KB249881

Octavio Paz y otros

Piedra de sol

•

태양의 돌
라틴아메리카 현대대표시선

창 비 세 계 문 학

15

•

태양의 돌
라틴아메리카 현대대표시선

•

옥따비오 빠스 외

민용태 엮고 옮김

창비

차례

•

옥따비오 빠스

니까노르 빠라

에르네스또 까르데날

로베르또 후아로스

호세 에밀리오 빠체꼬

일러두기
1. 본문 중의 각주는 옮긴이의 것이다.
2. 외국어는 되도록 현지 발음에 가깝게 표기하되, 우리말 표기가 굳어진 것은 관용을
   따랐다.

옥따비오 빠스(Octavio Paz, 멕시코, 1914~98) ────────

옥따비오 빠스와 보르헤스가 읽히지 않는 한 한국 시는 오늘날 세계 시와 아직 거리가 멀다. 우리 문학에서 시는 그래도 세계 시와 가까운 편에 속한다. 그럼에도 불구하고 오늘 우리 시는 많은 편견과 터부, 고정관념으로 고질화되어 있다.

우리 예술에서 문학은 음악이나 미술, 심지어 연극보다 세계성이 약하다. 문학의 세계성이 약한 것은 그 매체가 한국어라는 소수 언어이기 때문이기도 하다. 특히 언어를 많이 쓰는 소설 장르는 오늘 세계의 어느 소설과도 다르다. 역설적인 것은 국내 사정으로는 소설이 시보다 훨씬 인기가 높다는 사실이다. 이런 현상은 세계 어느 나라나 비슷하다고 하겠지만, 조정래의 대하소설 『아리랑』이 베스트셀러가 되는 풍토는, 좋고 나쁨을 떠나 우리 문학이 살아가는 방식이 세계문학과 달라도 너무 다르다고 느끼게 한다.

"옥따비오 빠스와 보르헤스가 읽히지 않는 한 한국 시는 오늘날 세계 시와 아직 거리가 멀다"고 한 것은 국수주의자들 생각에 외국문학 숭배주의로 비칠 수 있다. 그것도 영·불·독문학만 문학이라고 생각하는 우리 풍토에 (이런 현상도 우리가 가장 영향을 많이 받고 있는 미국문학 풍토보다 편견이 심하다) 에스빠냐어인지 멕시코어인지 모르는 이상한 나라 언어로 쓰인 문학을 일부러 부추기는 것 같은 인상을 주기 때문이다.

물론 지금 우리 문학이 외국문학을 추종해야 한다는 것은 이유로도 원칙으로도 바람직하지 않다. 그러나 문학이란, 작품을 독자가 읽음으로써 벼려지는 미학이라고 할진대, 그 독자군이 한국의 독자층으로, 그것도 극소수로 제한된 독자층을 대상으로 하는 문학하기의 방법은 옳지 않다. 가능하면 미국인도 아프리카인도 우리 문학작품을 읽고 감동했으면 한다. 따라서 많은 세계인들에게 공감을 불러일으킨 문학은 우리가 우리 문학을 키우기 위해서도, 즉 우리 문학의 독자군을 넓히기 위해서도 반드시 읽히고 공감되어야 한다.

오늘날 세계의 많은 시인, 작가와 독자가 훌륭하다고 감탄하고 모방하는 빠스의 시는 1990년 노벨문학상이라는 어마어마한 상표를 달고 우리 땅에 도착했으나 큰 인기를 얻지 못했다. 기회 있을 때마다 빠스의 시를 소개하고(『스페인·중남미 현대시의 이해』『서양문학 속의 동양』『태양의 돌』등) 그의 시에 미친 동양의 영향까지 알렸지만, 우리 시는 빠스를 환영하지 않았다. 이것은 물론 번역과 소개가 미흡했던 것도 이유일 수 있으나 그보다는 우리 시의 감상주의적 성향과 사회성에 비춰볼 때 옥따비오 빠스의 형이상학적 아름다움이 낯설었기 때문으로 생각된다.

시집에 『가석방 상태의 자유』(*Libertad bajo palabra*, 1949)『독수리인가 태양인가?』(*¿Águila o sol?*, 1951)『태양의 돌』(*Piedra de sol*, 1957)『격렬한 계절』(*La estación violenta*, 1958)『도롱뇽』(*Salamandra*, 1962)『하양』(*Blanco*, 1967)『동쪽 비탈길』(*Ladera este*, 1969)『공기의 아들들』(*Hijos del aire/Airborn*, 1979) 등이 있다.

상호보조

나의 몸에서 너는 산을 찾는다,
숲 속에 묻힌 산의 태양.
너의 몸에서 나는 배를 찾는다,
갈 곳을 잃은 밤의 한가운데서.[1]

---

1 제목이 말하고 있듯이 이 시는 태양은 바다를 필요로 하고 바다는 태양을 필요
로 하는, 이상적인 풍경을 그리고 있다. 이를테면 여명이나 저녁노을의 형상 등
이다. 가장 아름다운 자연 풍경이 두 몸의 열정으로 물들어 있다. 자연 풍경의 이
미지와 사랑에 취한 두 남녀의 성기의 모습이 무리 없이 조화를 이루면서 노을
의 아름다움 혹은 여명의 환희를 암시한다.

너의 눈동자

너의 눈은
번개와 눈물의 조국,
말하는 고요,
바람 없는 폭풍,
파도 없는 바다, 갇힌 새,
졸음에 겨운 황금빛 맹수,
진실처럼 무정한 수정,
숲 속의 환한 빈터에 찾아온 가을,
거기 나무의 어깨 위에선 빛이 노래하고,
모든 잎사귀는 새가 되는 곳,
아침이면 샛별같이
눈물에 뒤덮인 해변,
불을 따 담은 과일 바구니,
맛있는 거짓,
이승의 거울,
저승의 문,
한낮 바다의 조용한 맥박,
깜박거리는 절대 사막.[2]

----

2 한 소녀의 고요한 눈동자를 바라보며 시인은 사랑을 느낀다. 반짝이는 눈동자,
조그만 감동에도 곧잘 눈물에 젖는 그녀의 눈. 그렇다. 생명성의 빛은 사멸(死滅)
의 예고이다. 산다는 것의 모든 환희와 아픔을 함께 살고 있는 너의 눈동자. "바
람 없는 폭풍,/파도 없는 바다." 무정하리만큼 흔들림 없는 너의 눈동자는 폭풍

전야의 고요처럼 생명성으로 포효할, "황금빛 맹수"의 야성을 길들인 모습일 뿐. 아름다운 소녀의 눈동자는 질투가 나리만큼 파랗고, 생기와 생명성이 충일한 매력이 엿보인다. 물론 따 먹을 수 없는 맛있는 과일의 유혹이며 저주다. 우리 모두 영원히 살고 싶지만 아무도 영원하지 못하는 것처럼. 그러나 그런 소녀의 눈길은 얼마나 아름다운가, 얼마나 우리로 하여금 살아 있음의 열락과 황홀을 느끼게 하는가. 그리고 시간과 세월의 노예인 우리의 삶을 또 얼마나 "절대 사막"으로 느끼게 하는가.

우리는 삶의 진실을 알고 싶지 않다. 유일하게 증명할 수 있는 삶의 '진실'은 '그러나 너도 죽을 것이다'이기 때문. 그러나 아름다운 너의 눈길은 "진실처럼 무정한 수정"이다. 아무 표정이 없는 아름다움, 즉 우리는 모두 죽는다는 것을 알고도 분명히 반짝이고 있는 수정 같은 맑음이기 때문이다. 여기에서 우리는 소녀의 눈길이 부처의 눈길을 닮은 것을 안다.

이 시에서 옥따비오 빠스는 어떤 소녀의 눈길이라기보다는 어느 부처의 석상의 눈길을 노래하고 있다는 느낌이다. 그러나 그것이 어느 절대적으로 아름답게 보였던 소녀의 눈길이라고 해도 달라질 것은 하나도 없다. 사랑에 취할 때 우리는 늘 "세상에 어떻게 이렇게 아름다운 여자가 있을 수 있을까!" 감탄하니까.

육체를 보며

마침내 어둠이 다시 열리고
육체가 모습을 드러냈다:
너의 머리칼, 짙은 가을, 햇살 같은 물줄기가 흘러내린다,
너의 입과 그 식인종 치아,
그 하얀 군대는
불길 속에 잡혀 있다,
갓 익은 노란 빵 색깔 너의 살결과
불에 탄 설탕빛 너의 눈길,
거기 시간은 흐름을 멈춘다,
오직 나의 입술만이 아는 계곡이여,
젖가슴을 거슬러 너의 목까지
이르는 달의 행로,
목덜미의 굳어진 분수 폭포,
높은 고원 위 너의 배,
너의 옆구리를 달리는 끝없는 해변.

너의 눈동자는 호랑이의 응시하는 눈이다가
일분도 못되어 금방
물기 젖은 강아지의 눈길이 된다.
너의 머리칼에는 항상 벌蜂이 있다.
너의 잔등은 고요하게 나의 눈 밑을 흘러간다
불길 밑에 반짝이며 흐르는 강물의 잔등처럼.

잠든 물결이 밤낮
진흙으로 된 너의 허리를 두들긴다
달빛 아래 모래사장 같은 크막한
너의 바닷가에서
바람은 내 입으로 불어나오고
그 긴 신음 소리는 잿빛 날개로 감싼다
육체와 육체의 밤을,
마치 사막의 고적孤寂을 담고 가는 독수리 그림자처럼.

너의 발가락의 발톱들은
한여름 유리로 만들어져 있다.
너의 다리 사이에는 물이 잠든 우물이 있다,
밤바다가 고요해지고
검은 말 같은 물거품이 머무는 항만,
보물을 감춘 산자락의 동굴,
성스러운 빵을 빚는 화덕의 입,
반쯤 열린 사나운 입술의 미소,
빛과 그림자,
보이는 것과 보이지 않는 것의 결혼
(거기 육체는 스스로의 부활과
영생永生의 날을 기다린다)

피의 조국,

나도 알고 또 나를 아는 유일한 고향,

내가 믿는 유일한 조국,

영원을 향해 열린 문 하나.[3]

---

3 살과 뼈가 있는 자의 영생의 꿈은 어쩌면 영혼만의 영생이 아닐 수 있다. 미겔 데 우나무노도 같은 말을 했다. 지금도 어디 있는지 잘 모르는 내 영혼의 영생이 내게 무슨 의미가 있는가. 내가 영생을 원한다면 지금 내가 나라고 생각하는 그 모든 것의 있는 그대로의 영생일 것이다. 그런데 지금 내가 나라고 생각하는 나는 도대체 누구인가. 나는 지금 그 '나'를 확실히 알고 있는가. 신(神)과 마주할 때에, 신에게 영생을 바라며 내놓을 수 있는 그 '나'는 준비되어 있는가.

우리는 어쩌면 불완전하게나마 육체를 동반한 영혼의 영생을 바라고 있는지 모른다. 보고 싶은 사람이 있고, 사랑하는 사람이 있고, 만지고 싶은 사람이 있고, 사랑 행위로 갈증을 채우고 싶은 이 불완전한 나를 동반하는 그 어떤 영원에의 길을 우리는 바라고 있다. 그럴 때 육체는 이미 영혼이 버리고 가야 할 버거운 유산이 아니다. 오히려 그 "영원을 향해 열린" 유일한 문이다. 그것은 마치 내 앞에 놓인 여인의 육체의 안타까운 부름처럼 육체를 통해 바라볼 수 있는 영원한 빛에의 갈구이다.

빠스는 인도의 탄트라를 무척 좋아한다. 육체를 사닥다리로 하여 천상에 오르는 황홀과 열반의 길을 많이 인용한다. 에로티즘이야말로 인간이 경험할 수 있는 종교성이다.

이 시에서 보는 여인의 육체 또한 실존의 '어둠'을 열고 희망으로 다가선 몸뚱이이다. 사랑하는 여인의 "식인종 치아"가 참 인상적이다. 너무 사랑스러워 꼭 깨물어주고 싶은, 아니면 나를 꼭 깨물어주고 싶다는 듯이 응시하는 불타는 눈길…… 너의 육체는 금방 화덕에서 나온 갓 구운 빵처럼 식욕과 성욕을 돋운다. 사랑 행위 속에서 너는 호랑이인가 강아지인가. 불인가 물인가. 사랑한다는 것은 목마름의 연속인 사막이다. 그 사막 속에서 "너의 다리 사이에는 물이 잠든 우물이 있다". 그 우물 속에서 "빛과 그림자", 목마름과 해갈(解渴), 고통과 열락,

"보이는 것과 보이지 않는 것"이 만난다. 그러기에 거기가 지상에 육체를 가지고
사는 존재의 유일한 갈등과 화해의 장소요, "유일한 조국"인 것.

연인들

풀밭에 누워
처녀 하나 총각 하나.
밀감을 먹는다, 입술을 나눈다
파도와 파도가 거품을 나누듯이.

해변에 누워
처녀 하나 총각 하나.
레몬을 먹는다, 입술을 나눈다
구름과 구름이 거품을 나누듯이.

땅 밑에 누워
처녀 하나 총각 하나.
말이 없다, 입맞춤이 없다
침묵과 침묵을 나눈다.⁴

---

4 사랑한다는 것은 무엇인가. 내가 너를 사랑한다는 행위는 무엇인가. 사랑하는 순
간, 너를 그리워하는 자리에 내가 있음을 안다. 그리고 그 그리움이 향하는 건너
편에 네가 있음을 안다. 살아간다는 것은 물거품이다, 구름이다. 확실하게 잡을
수 있는 것은 없다. 그러나 너와 나 사이 '나눔'의 밀감, 입맞춤 속에서 살아 있음
이 잡힌다. 마침내 그것이 비록 침묵의 대화, 죽음의 대화뿐이었다고 할지라도.

확실한 것

지금 이 램프가 실제 있는 것이고
이 하얀 불빛이 실제 있는 것이고
이 글을 쓰고 있는 손이 실제 있다면, 이 쓴 것을
바라보는 눈은 진짜 있는 것인가?

말과 말 사이
내가 하는 말은 사라진다.
내가 아는 건 지금 내가 살아 있다는 것뿐
두 괄호 사이에서.[5]

---

5 굳이 불교의 '만물무상'이나 플라톤의 "현실세계는 가짜다"(즉, 이데아의 세계
에 대한 모방이다)를 말하지 않고도, 우리는 문득, 지금 내가 바라보고 있는 이
램프가 진짜 여기 있는 것인가를 생각해볼 수 있다. 이 램프를 바라보는 나의 눈
은 진짜 있는 것인가를 의심한다. 나의 눈은 나의 눈을 직접 본 일이 없다. 항상
거울을 통해서나 무엇에 비추어서 본다. 백문이 불여일견, 즉 백번 듣는 것보다
한번 보는 것이 훨씬 확실하다고 말들 하지만 실제 본다는 것처럼 불확실한 건
없다. 그 보는 주체인 눈의 존재 자체가 불확실하기 때문이다. 불확실한 것으로
보는 것은 모두 불확실할 뿐. 그러나 우리는 의심 없이 이 램프는 분명히 존재한
다고 단정한다. 그리고 이 "하얀 불빛"도 지금 책상을 비추고 있지 않느냐고 다
그친다. 물론 글을 쓰는 이 손도 의심할 나위 없이 여기 움직이고 있다. 그렇다면
"이 쓴 것을/바라보는 눈", 이 불확실한 나의 눈이 바라보는 실체는 실제 있는
것인가?
우리가 말을 하고 말을 알아듣는다는 것도 참 신기하다. "사랑해!"라는 말을 말
과 동시에 동가치로 알아듣지 못한다. 반드시 말한 뒤에, 즉 그 말소리가 사라
진 뒤에 우리는 그 말을 알아듣는다. 그렇다면 우리가 "당신이 나를 사랑하는군
요!"라고 알아듣는 이 말뜻의 이해는 정말 네가 한 말의 뜻인 것인가, 아니면 그
겉껍질이나 흔적뿐인 것인가? 도대체 지금 내가 알아들었다고 하는 네 말의 뜻

은 네가 한 말과 구체적으로 어떤 상관관계에 있는 것인가, 아니면 아무 관계가 없는 것은 아닌가?

확실한 것은 없다. 다만 나는 "내가 살아 있다"고 믿을 뿐. 이 사실만은 증명할 수 없어도 물러설 수 없는 나의 존재의 확실성이다. 확실성이라기보다 확실해야만 하는 실존의 보루다. 다만 "지금 내가 살아 있다"는 이 말조차도 허상과 실상 사이 어딘가에서 들리는 소리인 줄은 알지만…… 철학은 시가 아니다. 사고나 관조의 깊이가 곧 시는 아니다. 그러나 이미 철이 들고 책을 읽고 강의를 하고 세상을 이야기하는 소위 지성인이라는 위치에서 옛날 가곡을 부르듯 서정을, 시를 읊어서는 어딘가 진솔하지 못한 데가 있다. 삶에 대한 느낌과 영혼의 파동을 넘어, 존재의 불확실성, 그 가벼움에 대한 관조가 오히려 진정한 시취로 육박할 때가 있다. 그때 우리는 옥따비오 빠스를 만난다.

시인의 숙명

말? 그렇다, 그건 공기다,
대기 속에 사라지니까.
이 말들 속에 나 또한 사라지게 하라,
그러다가 어느 입술에 감도는 대기이게 하라,
정처 없이 떠도는 바람
떠돌며 바람을 흩뜨리는 바람.

빛도 스스로의 빛 속에 사라지나니.[6]

---

6 "빛이 있으라!"가 창세기의 신이 처음 한 말이다. 시간을 사는 우리에게는 이미 영원불멸하는 빛도, 사물이 곧 말인 시도 기대할 수 없다. 예술, 이미지, 말. 이들은 나의 삶의 겉껍질들이다. 심지어 내가 죽어도, 내가 지금도 살아 있는 듯 나의 목소리를 대변하는 허상들이다.

내가 지금 시나 글에 쓰는 말들은 애초에 나의 것이 아니었음을 기억하라. 그렇다. 시인이 쓰는 말, 혹은 시인이 읊조리는 시는 공기다. 빈 공간, 빈 공간의 바람, 그 바람의 무늬. 바람은 더러 모양을 짓지만 그러나 다시 보면 형상이 없는 바람이다. 나의 말, 시의 말 또한 그렇다. 나는 지금 이 시를 쓰면서 지금 내가 신나게 진짜로 살아 있음을 원가 그대로 적어넣고 싶다. 그러나 이미 적고 보면 그것은 과거다. 그때 그 순간 나의 생명성, 생기, 느낌과는 거의 상관이 없는 이상한 흔적일 뿐. 결국 공허한 흔적, 겉껍질만 남겨야 하는 게 시인의 숙명이다.

그렇다면 차라리 이 말들, 이 공허한 흔적들, 그 빈 공간 속에 "나 또한 사라지게 하라". 내가 나를 버리고 바람이 되는 날, 그 바람이 때로는 내가 바라는 예쁜 소녀의 "입술에 감도는 대기"가 될 수도 있겠지. 내 시를 외고 다니는 예쁜 소녀의 숨결이 될 수도 있겠지. 그러나 그것도 헛된 나의 희망. 나는 안다. 나는 이 시간의 우주 속에 "정처 없이 떠도는 바람/떠돌며 바람을 흩뜨리는 바람". 그러다 다시 모양 없음으로 고요해지는…… 그러나 이 시의 마지막 구절은 무형의 반짝임에 힘을 더한다. "빛도 스스로의 빛 속에 사라지나니."

글

어느 고적한 시간
종이에 붓이 글을 쓸 때, 누가 그 붓을 움직이나?
나를 대신해 글을 쓰는 사람은 누구에게 쓰나?
입술과 꿈으로 얼룩진 해변,
조용한 언덕, 좁은 항만,
세상을 영원히 잊기 위해 돌아선 등허리.

누군가 내 속에서 글을 쓰는 사람이 있다,
내 손을 움직이고, 말을 고르고, 잠깐 멈춰 주저하고
푸른 바다일까 파란 산등성이일까 생각하면서.
차가운 불길로
내가 쓰고 있는 것을 바라보며.
모든 것을 불태운다, 정의의 불.
그러나 재판관도 역시 희생자일 수밖에 없다.
나를 벌한다는 것이 재판관 스스로를 벌하는 일:
실은 이 글은 아무에게 쓰는 것도 아니다,
아무도 부르지 않고 자기 스스로를 위해 쓴다,
자기 자신 속에 스스로를 잊는다.
이윽고 뭔가 살아남을 것이 있으면
그건 다시 나 자신이 된다.[7]

---

7 뻬스는 낭만주의자가 아니다. 자신 혹은 자신의 감정을 표현할 수 없음을 아파하

지 않는다. 붓이 글을 쓰고 말이 글을 쓴다. 이 붓도 이 말도 이 글도 내가 만든 게 아니다. 또 이 글도 누구에게 무슨 이야기를 전하기 위해 쓰는 것이 아니다. "아무도 부르지 않고 자기 스스로를 위해 쓴다,/자기 자신 속에 스스로를 잊는다." 나의 시는 나의 망각이거나 죽음이다. 그것이 독자에게 전달되는 것이 있다면 그것은 나의 부활이다.

독백

허무와 꿈 사이
부서진 기둥 밑에서
나의 불면의 시간들을 가로질러가는
너의 이름, 음절들.

불그레한 너의 긴 머리칼,
한여름의 번갯불이
밤의 등 뒤에서
달콤한 횡포의 불빛으로 떨리고 있다.

폐허에서 솟아나
허무로부터 너를 벼려내는
꿈의 어두운 물살:
물에 젖은 밤의 해변,
거기 눈먼 바다가 밀려와
미친 듯 후려치고 있다.[8]

---

8 이 밤 함께 있는 것은 지금 함께 있는 여인뿐만이 아니다. '독백'이 함께할 수 있
다. 꿈이 없는 것은 아니다. 추억이 없는 것도 아니다. 허무는 없다. 사랑한다는
것이, 사랑했다는 것이 이름 할 어느 기둥도 없지만, 이 밤도 잠 못 이루게 하는
이름들이 있다. 그 살결의, 그 살맛의 이름들이 증명할 수 없는 허공을 맴돌고 있
다. 누구냐고, 언제였냐고 물어도 대답할 수 없는, 그러나 피부에 와닿는 확실한
음절들. 이처럼 이름으로, 확실한 기억으로 아픔이지 못한 느낌들이 있다.
모든 것은 잊힌다. 모든 것은 밤으로 향한다. 그러나 그 밤 등 뒤에서 문득문득

되살아나는 횡포한 불빛들, 기억들, 나를 잠 못 들게 하는, 이미 없는, 그러나 너무나도 확실한 입술들. 그것은 날밤으로 지새우는 밤의 날반딧불 같은, 그러나 "달콤한 횡포의 불빛"이다. "불그레한 너의 긴 머리칼"의 젖은 냄새거나 한여름 밤의 꿈이어도 그것은 있었고, 이제는 전설이다.

전설 속에서 솟아나는 "꿈의 어두운 물살". 망각이나 허무로부터 나는 살았노라! 다시 일깨우는, 심지어 이 밤 눈물을 가능케 하는 이름없는 추억이여. "물에 젖은 밤의 해변"이여. 나는 하나도 증명할 수 없는 한 여인의 사랑을 아파하며, 주소 없는 아픔의 "눈먼 바다가 밀려와" 나의 망막을 후벼파는 비극 아닌 비극을 실감한다.

말들

뒤집어엎어라,

꽁지를 잡아라(악을 쓰라고 그래, 똥갈보 년들),

두들겨패라,

채찍으로 묶어 주둥이에 설탕을 먹여라,

풍선처럼 불어대, 그리고 터뜨려,

피고 골수고 빨아마셔,

말려라,

공알을 까버려,

짓이겨라, 멋진 수탉처럼,

울대를 비틀어라, 요리사처럼,

털을 벗기고,

창자를 꺼내라, 투우처럼,

수소처럼, 짓이겨놓아라,

새 말을 만들어라, 시인아,

제가 한 말을 저 혼자 다 들이마시게 하라.[9]

---

9 말은 관습의 산물이다. 관습이나 상투적 표현이 아니면 나의 느낌을 나타내지 못한다. 따라서 말을 사랑할 순 없다. 말은 창녀나 "똥갈보 년"이기 때문이다. 이 사람도 말을 쓰고 저 사람도 말을 쓴다. 이 사람의 사랑도 받아들이고 저 사람의 사랑도 받아들인다. 받아들이는 게 아니라 내뱉는다. "정말 너만을 사랑해!"라는 말을 잘도 한다. 수천년 전의 사람도 그러했다.

말라르메(Stephane Mallarmé, 1842~98)와 함께 '말이 시를 쓴다'고 믿는 시인은 그 '말'이 가장 믿을 수 없는 실체인 것을, 시와 인생을 함께해야 할 동반자가 창녀인 것을 발견한다. 말을 떠나 시가 있을 수 없듯이, 이미 이혼이 불가능한 시의 존재의 반쪽이 파멸의 그림자를 가지고 있다. 해결은 없다. 나의 광분과 고뇌로 말과 이 여자를 새사람으로 다스려가는 수밖에. 말은 시인의 말이 되기 위해 우선 "제가 한 말을 저 혼자 다 들이마시게" 해야 한다. 말이 말이기 위해 가져야 했던 소통의 문, 그 성기와 관습성 일체를 스스로 파괴하게 해야 한다. 말의 폐허에 싹트는 하나의 풀 이파리. 그런 말은 없는가.

태양의 돌

(전략)

무너진다

한 커다란 순간에 우리는 무너진다, 그리고 우리는
우리의 뭉친 힘이 허물어지고 있는 것을 겨우 알아낸다,
인간이란 결국 올 데 갈 데가 없다, 인간이란 결국 행복하다
함께 빵을 나누고, 태양을 나누고, 죽음을 나누고,
살아 있다는 것을 잊고 살았던 우리의 삶에 대한 경악;

사랑한다는 것은 싸우는 것, 둘이 키스를 하면
세상은 바뀌고, 욕망들이 살이 되고,
생각들이 살이 되고, 날개 솟고
노예들의 등판에 날개가 솟고, 세상은
진짜이고 만질 수 있고, 술은 술이고,
빵은 다시 맛이 있고, 물은 물이고,
사랑한다는 것은 싸우는 것, 문을 여는 것,
번호 하나로 귀신이 되는 걸 그만두는 것,
숫자 하나로 얼굴 없는 주인에 의해
종신형을 사는 걸 그만두는 것;

둘이 서로 마주 보면

세상이 바뀐다, 마주 보고 서로를 알아보면,
사랑한다는 것은 이름을 벗고 벌거숭이가 되는 것;[10]

(하략)

10 빠스의 시들은 장시가 많다. 특히 「태양의 돌」은 워낙 긴 장시여서 시 전체를 옮기는 것은 여간 부담이 되는 게 아니다. 이 시는 중간을 잘라내도 '어느 중간쯤에 와 있는' 느낌은 여전하리라. 이 말의 중간쯤, 인생 중간쯤에서 행복도 죽음도 닥칠 수 있다. 이 말의 중간쯤에서 나의 시와 인생이 몸담고 숨 쉬는 행복과 사랑, 특히 둘이 마주 보고 사랑하는 느낌이 절정일 수도 있다. "사랑한다는 것은 이름을 벗고 벌거숭이가 되는 것"을 체험하면서.

비가 오는 소리를 듣듯이

비가 오는 소리를 듣듯이 내 소리를 들어다오,
무심하게도, 무심하지 않게도 아닌,
가벼운 발걸음 소리, 이슬비 내리는 소리,
물이면서 바람, 바람이면서 세월,
하루는 아직 끝나지 않았다,
밤은 아직 오지 않았다,
길모퉁이를 돌아설 때
안개의 무늬짐,
이 쉼표의 후미진 골목에 머무는
세월의 무늬짐,
비가 오는 소리를 듣듯이 내 소리를 들어다오,
내 말을 듣지 말고, 내가 안으로 눈을 뜨고
말하는 소리를 듣고,
모든 감각을 일깨운 채 잠든
빗소리, 가벼운 발걸음, 음절들의 수런대는 소리,
바람과 물, 무게 없는 말소리:
우리의 과거, 우리의 현재,
하루 이틀, 한해 두해, 이 순간,
무게 없는 세월, 크막한 두께,
비가 오는 소리를 듣듯이 내 소리를 들어다오,
젖은 아스팔트가 반짝이고,
김이 일어나고 걸어가고,

밤은 눈을 뜨고 나를 바라본다,
그게 너, 김으로 일어선 너의 몸매,
그게 너, 밤으로 다가선 너의 얼굴,
너와 너의 머리칼, 그 느린 번갯불,
너는 거리를 건넌다, 나의 이마에 들어온다,
나의 눈동자 위에 물의 발걸음 소리,
비가 오는 소리를 듣듯이 내 소리를 들어다오,
아스팔트는 반짝인다, 너는 거리를 건너간다,
그것은 밤에 방황하는 안개,
비가 오는 소리를 듣듯이
너의 침대에 잠든 밤,
너의 숨소리의 물결 소리,
너의 물의 손가락들이 나의 이마를 적신다,
너의 불길의 손가락들이 나의 눈을 태운다,
너의 바람의 손가락들이 세월의 동공을 연다,
도깨비들이 흘러나오고 다시 태어나고,
비가 오는 소리를 듣듯이 내 소리를 들어다오,
세월은 가고, 순간들이 돌아온다,
가까운 방에 들리는 너의 발걸음 소리를 듣는가?
여기가 아닌, 거기가 아닌 곳에서: 너는 듣는다,
바로 지금이라는 다른 시간 속에서,
시간의 발걸음 소리를 너는 듣는다

무게도 장소도 없는 현실들을 만들어가는 시간,
마당으로 흘러가는 빗소리를 들으라,
밤은 숲 속에서 이미 더욱 깊은 밤,
이파리들 사이 번갯불이 머문다,
표류하는 희미한 정원
들어오라, 너의 그림자가 이 백지를 채우게 하라.[11]

11 빠스의 현재는 과거와 미래, 꿈과 현실이 만나는 곳이다. 비 오는 소리가 들리
  는 방이다. 보르헤스의 시구처럼 "비는 과거로부터 온다"(「열다섯개의 동전」).
  빗소리를 들으면 옛 임이 생각난다. 그러나 그 옛날은 현재의 빗소리다. 현재의
  빗소리도 빗속에서 들리는 것이 아니라 나의 귀에, 나의 의식에 들린다. "가까운
  방에 들리는 너의 발걸음 소리……" 현실을 현실로, 현재를 현재로 감지할 수 있
  는 기능은 없다. '현재!'라고 생각하면 곧 그것은 과거다. 빗방울이 지금 여기 떨
  어진다고 생각하면 이미 그 빗방울은 없다. 생명이나 현재는 일회성이다. 어느
  말이나 생각을 통해 그대로 재생될 수 없다. 시간은 지금 이 순간일 뿐.

한 예^例

나비가 자동차 사이에서 날고 있었다.
마리 호세가 내게 말했다: 저 나비가
장자인가봐, 뉴욕으로 산보 나온.

                            그러나 나비는

모르고 있었다, 자신이 한마리 나비인 줄을
장자인 것을 꿈꾸고 있는 나비,

                            아니면 장자

나비가 된 꿈을 꾸고 있는 장자.
아무 의심 없이

                            나비는 날고 있을 뿐.[12]

---

12 보르헤스 이후 서양문학의 고전이 되어버린 장자의 나비 꿈 이야기. 이 이야기가 다시 옥따비오 빠스의 현재로 파고든다. 번잡한 뉴욕의 교통 체증 사이를 날고 있는 나비 한마리. 그 낯선 풍경은 빠스의 아내 마리 호세에게 낯선 상상을 불러일으킨다. 장자가 하루 낮잠을 잔다. 꿈속에서 그는 나비가 된다. 나비가 되어 훨훨 나니 기분이 너무 상쾌하다. 꿈속에서 그는 의심할 바 없는 나비였다. 장자는 잠을 깬다. 아직 꿈이 덜 깬 눈으로 자신을 바라본다. 나무 밑에 축 처진 채 침을 흘리며 누워 있는 장자 자신을. 이게 어찌 된 일인가. 나는 잠깐 전에 나비였지 않은가. 그렇다면 지금 침 흘리고 누워 있는 이놈은 누구인가. 나는 방금 나비가 된 꿈을 꾼 장자인가. 아니면 지금 이 장자라는 놈이 된 꿈을 꾸고 있는 나비인가.

바쇼오암^{芭蕉庵}

세상은 17
음절에 들어간다:
이 초가집에.

지푸라기와
기둥: 이 틈 사이로
벌레와 부처.

솔과 바위들
사이, 바람 속에서
시가 솟는다.

모음과 자음
얽히고설켜, 이내
세상 집 되다.

세월의 뼈들,
고통은 이제 돌산:
무게가 없다.

내가 한 말은
채 석 줄이 못된다:

이 소리의 집.[13]

<hr>

13 마쓰오 바쇼오(松尾 芭蕉, 1644~94)는 일본의 하이꾸(俳句) 대가다. 선승이었던 이 시인의 여행기 『오꾸의 오솔길』을 에스빠냐어로 번역할 만큼 빠스의 바쇼오에 대한 사랑 또한 지극하다. 그가 붙인 주석을 보면, 1984년 아내와 함께 옛 바쇼오의 암자를 찾아갔다고 한다. 그때의 감흥을 하이꾸 형식으로 읊은 것이 이 시다. 보잘것없는 작은 초가집이 그의 암자라는 게 믿기지 않았던 듯, 빠스의 시에는 여러 형태로 우주와 나, 대서사시와 5·7·5의 작은 시 형식이 한 이미지로 반추된다. 이 시는 바쇼오의 삶에 대한 시라기보다는 하이꾸 형식에 대한 성찰이다.

귤[14]

작은 태양
식탁 위에 조용히
머문 한낮
무언가 부족하다:
                밤.

---

14 이하 네편의 시에서 보이는 하이꾸식 이미지즘은 곳곳에서 발견된다. 하이꾸
형식이나 불교적 내용에 구애받는 것은 아니다. 시인의 사고와 이미지에 부합되
면 금방 하이꾸식 풍경이 전개된다. 에로티즘과 이미지즘이 옥따비오 빠스 시의
기본 특질이라면 하이꾸 형식만큼 그의 우주관과 일상적인 체험을 절정감으로
함축, 합일시켜주는 그릇이 없었으리라.

여명

모래 위에
새들의 글씨:
바람의 일기장.

별과 귀뚜라미

하늘은 커서
위에서는 세상을 심는다.
그 많은 밤을
꿈쩍 않고 뚫고 있는
송곳, 귀뚜라미.

고요

달, 모래시계:
밤은 비어간다,
시간이 빛난다.

니까노르 빠라(Nicanor Parra, 칠레, 1914~) ───────────

초기 『이름없는 노래』(*Cancionero sin nombre*, 1937)에서 민요조의 시를 시도한 적 있지만 정작 그가 유명해진 것은 그의 '반시'(antipoemas)가 유명해지기 시작하면서부터다. 그는 현실 체험에서 비롯된 가장 사실적이고 일상적인 어투로 아이러니와 유머에 버금가는 서정을 쏟아낸다. 그는 "예술가의 역할이란 어떤 종류의 해설 없이 자신의 체험을 엄격하게 표현하는 데 있다"고 하면서 반시 『선언문』(*Manifiesto*, 1963)에서 "우리는 날마다 쓰는 언어로 대화할 뿐, 어떤 신비주의나 철학적인 기호학을 믿지 않는다"라고 외친다.

그러나 빠라의 반시는 타성에 젖은 현실의 언어 밑바닥에서 숨 쉬고 있는 본질적인 모순이나 부조리를 대단히 창조적인 은유를 통해 사정없이 까발리는 힘을 가졌다. 시인은 일상 대화를 하듯이 평이하게 이야기한다고 말하지만 그에게는 일상어 속에 살아 있는 숨은 의미나 예술적 감각을 무섭게 살려내는 호소력이 있다. 자신의 시학을 말하는 「청룡열차」에서 그는 이렇게 말한다.

반세기 동안
시는
숭고한 바보의 천국이었다.
마침내 내가 와서
나의 청룡열차를 타고 자리하고 앉을 때까지.

생각 있으면 올라들 오시라.
물론 입과 코에 코피 터져
내려온다 해도 나는 책임 못 진다.

이렇듯 빠라의 반시 시학에는 블랙유머에 가까운 극적인 희비극성이 있다. 평자에 따라서는 '신상징주의'(neosimbolismo)라고 부르는, 내적 체험의 신선한 은유와 상징이 예리한 필치로 빛을 발한다. 해마다 노벨문학상 후보에 오르더니, 2011년 에스빠냐어계 노벨문학상이라 불리는 '세르반떼스상'을 수상했다.

시집에 『시와 반시』(*Poemas y antipoemas*, 1954) 『쌀롱의 시』(*Versos de salón*, 1962) 『러시아 노래』(*Canciones rusas*, 1967) 『빠라의 쪽지들』(*Hojas de Parra*, 1985) 등이 있다.

비명碑銘

키는 중간쯤,
목소리는 굵지도 가늘지도 않고,
초등학교 선생과 웃가게 하는 여자
사이에 태어난 우리 집 큰아들;
태어날 때부터 마른 편이지만
좋은 음식이라면 퍽 좋아하는,
볼은 홀쭉하지만
귀는 비교적 풍성한 쪽에 속하는,
네모난 얼굴에
눈은 거의 뜨지 않고 있는,
거기 가무잡잡한 흑인 복싱 선수 같은 코가
아즈텍 우상의 입 있는 데로 내려오는
―이 모든 것이 아이러니와 불신의
빛으로 에워싸인―
아주 영리한 것도 아니고 바보 천치도 아닌
그런 게 바로 나:
식용 올리브유와 식초를 섞은 그런 잡탕
천사와 짐승을 한데 섞은 순대![1]

1 빠라는 정말 시인 같은 데가 전혀 없는 시인, 반시인이다. 복싱 선수 식충이가 어떻게 꿈을 꾸는가. "아이러니와 불신"으로 가득 찬 그의 눈빛이 어떻게 사랑하는 여인을 꿈꾸듯 바라볼 수 있겠는가. 그래서 그의 여인은 "두 가랑이를 벌리고 있는"(「십자가」) 아주 현실적인 여자다. 물론 거기에는 꿈을 지탱할 수 없었던 실

낙원(失樂園) 고아의 눈물이 있다. 그리고 그 어느 꿈과 이상의 좌절에도 끝까지 눈물을 참는 사내다움이 있다. 자신을 "천사와 짐승을 한데 섞은 순대"라고 한 솔직성이 통쾌하지 않은가.

개인의 독백

나는 개인이다.
처음 한 바위 위에 살았다.
(거기 그림 몇점을 그렸었지)
다음에 나는 좀더 적당한 장소를 찾았다.
나는 개인이다.
처음엔 먹을 것을 찾아야만 했다,
물고기를 찾고, 새를 찾고, 장작을 구해야 했었지.
(차차 다른 일에도 신경을 쓰게 되었다)
모닥불을 지피는 일,
장작, 장작, 어디서 장작을 좀 구한다?
모닥불을 피우려면 장작이 좀 필요했고,
나는 개인이다.
동시에 나는 혼자 묻곤 했다,
대기가 가득한 심연으로 갔다;
나에게 목소리 하나가 대답했다:
나는 개인이다.
그뒤 나는 다른 바위로 옮겨가기로 했다,
거기 또한 그림들을 새겼다,
강을 새기고, 물소들,
뱀도 하나 그렸다,
나는 개인이다.
하지만 이게 아냐. 나는 내가 하던 짓에 싫증이 났다,

불은 귀찮았다,

더욱 세상을 보고 싶었다,

나는 개인이다.

강물로 젖은 골짜기로 내려왔다,

거기서 나는 필요한 것을 구했다,

야만인들을 만났다,

한 부족,

나는 개인이다.

거기서도 몇가지 하는 일을 보았다,

바위에 그림을 새기고,

또 불도 지피고 있었다, 이 사람들 역시 불을 지피다니!

나는 개인이다.

나더러 어디서 왔느냐고 물었다.

나는 그저 왔다고 대답했다, 별다른 계획이 있어서 온 것은 아니
라고,

그리고 앞으로는 그렇게 살지 않겠다고 대답했다.

좋다.

그때 나는 강에서 돌 조각 하나를 주워

그걸로 작업을 하기 시작했다,

그것을 갈고 닦기 시작했다,

그리하여 그 작업으로 나 스스로의 인생의 일부를 만들었다.

하지만 이 일은 너무 길다.

배를 타고 항해하기 위해 나무들을 잘랐다,

물고기들을 찾았다.

여러가지 것들을 찾았다.

(나는 개인이다)

마침내 또다시 나는 싫증이 났다.

폭풍우는 싫증이 난다,

우레도, 번갯불도,

나는 개인이다.

좋다. 나는 조금 생각하기로 했다,

미련한 의문들이 머리에 떠올랐다,

거짓 문제들.

그러자 나는 숲 속으로 방황하기 시작했다.

나무 하나에게로 갔다, 그리고 또다른 나무에게로,

샘물에 당도했다,

묘 구덩이에는 쥐 몇마리가 보였다:

나 여기 왔어, 그때 내가 말했다,

이 근방 어디 혹시 한 부족을 본 일 있니?

불을 지피는 야만인들 말이야.

이런 식으로 나는 서쪽으로 옮겨갔다

다른 존재들과 함께,

아니면 차라리 혼자서.

세상을 보려면 믿어야 해, 사람들이 말했지,

나는 개인이다.
어둠 속에서 형태들을 보았다,
어쩌면 구름 같은,
어쩌면 구름을 보고, 번갯불도 보았다;
이런 일이 있고 나서 벌써 며칠이 더 지났다,
나는 죽을 것 같았다;
기계를 만들었다,
시계를 만들었다,
무기를, 차량을 만들었다,
나는 개인이다.
나는 죽은 내 사람들을 묻을 시간도 없었다,
씨를 뿌릴 시간도 없었다,
나는 개인이다.
몇년 뒤 나는 몇가지 생각을 했다,
몇가지 형태를,
국경을 넘어갔다,
그리고 일종의 구덩이 같은 데 꼼짝 않고 남아 있었다,
40일간의 낮을
40일간의 밤을 배를 타고 갔다,
나는 개인이다.
그뒤 가뭄이 왔다,
전쟁이 왔다,

유색 인종들이 골짜기로 들어왔다,
그러나 나는 계속 앞으로 나아가야 했다,
생산해야 했다.
과학을 만들고, 불변의 진리를 생산했다,
도제 인형을 생산했다,
수천 페이지에 달하는 책을 펴냈다,
얼굴이 부어올랐다,
유성기를 만들었다,
재봉틀을 만들었다,
최초의 자동차들이 나타나기 시작했다,
나는 개인이다.
누군가 유성을 분리했다,
나무들을 몰아냈다!
그러나 나는 도구들을 몰아냈다,
가구들, 책상 용품들,
나는 개인이다.
또한 도시들도 건설했다,
길도 건설했다,
종교 기관도 유행에서 멀어졌다,
사람들은 운을 찾고, 행복을 찾았다,
나는 개인이다.
다음에 나는 차라리 여행에 온 마음을 쏟았다,

연습해야지, 외국어들을 배워야지,
외국어들을,
나는 개인이다.
자물쇠 구멍으로 들여다보았지,
그래, 들여다본 거야, 내가 뭐래, 들여다보았다고,
의문이 풀리지 않아서 들여다보았지,
몇 겹의 커튼 뒤에서,
나는 개인이다.
좋다.
어쩌면 다시 옛 골짜기로 돌아가는 게 나을지 몰라,
처음 내 집으로 쓰였던 그 바위로,
그리고 다시 새겨가기 시작해야지,
뒤에서 앞으로 세상을
거꾸로 새겨가야지.
하지만 아냐: 인생은 의미가 없어.[2]

---

2 이 시에는 원시시대부터 현재까지 인간의 역사가 그려져 있다. 역사라기보다는
한 개인의 고독한 독백과 푸념이 메아리친다. 끝없는 시도와 좌절, 의미없는 방
황과 피로, 싫증, 그리고 또다시 일어서서 무언가 하는, 하다보면 자기 무덤을 파
는 싫증나는 결말들. 결말이 아닌 다시 옮겨가기의 이유들, 결국 쓸데없는 존재
의 방황. 마침내 시인은 세상을 다시 거꾸로 새겨야 한다고 생각한다. 그러나 그
또한 부질없는 짓인 것을. "하지만 아냐: 인생은 의미가 없어."

의식들

긴 여행을 끝내고
우리 고향에
　　　　돌아올 적마다
맨 처음 하는 짓이
죽은 사람들에 대하여 묻는 일이다:
모든 사람은 영웅이다,
죽는다는 단순한 사실만으로도
그리고 영웅들은 우리의 선생들.

두번째는
　　　　상처 난 사람들에 대하여 묻는 것.

그리고 그다음에야
　　　　이 작은 장례 의식을
반드시 마치고 난 후에야
나는 나 자신이 살 권리가 있다고 생각한다:
더욱 잘 보기 위해 나는 두 눈을 감고
한에 차서
세기 초의 노래 한 곡을 부른다.[3]

------

3 진지한 만큼 비극적인 인생관이다. "모든 사람은 영웅이다,/죽는다는 단순한 사
　실만으로도"라는 말은 단호하다 못해 장엄하다. 산다는 것을 잘 보려면 죽음 위
　에서 봐야 한다.

홀로

조금씩
      조금씩
            나는
                  홀로
                      남는다
감지하지 못한 사이:
조금씩
      조금씩.

이런 상황은 슬프다, 특히
좋은 동반자와 행복했던 사람
이런저런 이유로 헤어졌던 사람에게는.

불평은 없다: 모든 걸 가졌었다
그러나
      생각지도
             않은
                  사이에
하나하나 이파리를 잃어가는 나무처럼
나는
      차츰
            홀로
               남는다.[4]

4 시각성을 강조하기 위해 시행 배치까지 이파리가 져가는 모습으로 배치했다. 겨울 되어 혼자 남은 나무처럼……

십자가

조만간에 나도 십자가의 열린 품속에
흐느끼며 다가가게 되겠지.

늦는다기보다는 생각보다 빠르게, 십자가의 발밑에
무릎을 꿇고 쓰러지겠지.

그러나 나는 버텨야 한다
십자가와 결혼하지 않기 위해서:
그녀가 지금 나에게 팔을 벌리고 다가오지 않는가?

오늘은 아니리라
　　　　　내일도
　　　　　　　과거도
내일
　　그러나 일어날 일은 일어나고 말리라.

지금으로서는 십자가란 비행기이다.
두 가랑이를 벌리고 있는 여자.[5]

---

[5] 니까노르 빠라는 낭만주의의 여인의 꿈을 벗어던지면서 출발한다. 사실 퇴폐주
의의 창녀 같은 여인의 아름다움이나 상징주의의 신비스러운 여인도 모두 낭만
주의의 이상적인 여인상의 연속선상에 있다. 우리의 오늘의 시의 대상이나 시정
신의 전통이 그러하듯이. 빠라의 반시는 그런 말랑말랑한 그리움과 그런 창백

한 여인들과의 결별부터 시작한다. 시인의 말에 따르면 이제 "시인들은 신의 신전 올림포스로부터 내려왔다". 그는 말한다. "우리는 요정이나 인어를 믿지 않는다./시는 바로 이래야 한다:/가시 많은 가시꽃에 에워싸인 여인이거나/아니면 전연 아무것도 아닐 것."

그렇다. 이제 여인은 시인들의 달콤한 언어로 치장한 보석이나 고급 의상이 아니다. 삶의 실존의 냄새가 흠뻑 밴, 이상과 말을 잃어버린 세대의 절망을 얼싸안을 수 있는 "두 가랑이를 벌리고 있는 여자". 이런 여자가 오늘 시인의 갈망이다.

시 15⁶

내 마지막 똑같은 말을 되풀이하노니
구더기는 신이다
나비는 끝없이 움직이는 꽃이다
충치 먹은 이빨들
　　　　　　잘 부서지는 이빨들
나는 무성영화 시대의 배우.

간통하는 것이 문학행위이다.⁷

6 『다른 시들』(Otros poemas, 1950~68)에 실린 「의자에서 잠자는 시인에게서 온 편지」 1~17에서 15만 발췌번역했다.
7 그렇다. 눈 감지 않고, 눈 감은 여자가 아니고, 어떻게 현실 속에서 시의 뮤즈를 찾을 수 있을 것인가. 그것은 어차피 죽음 앞에서 불가능한 무성영화나 연극이다. 세네카가 그랬던가? 인생은 어차피 구더기 밥이다. 영원한 사랑, 영원한 아름다움은 없다. 따라서 문학은 정식 사랑을 할 수 없다. 그것은 거짓이 되거나 허물어질 것이기 때문. 영원한 아름다움에 대한 정식 사랑이 거부된 존재, 문학인들은 밤마다 '간통'을 저지른다. 그래도 사랑하지 않고는 시를 쓸 수 없기에.

독사

긴긴 세월을 나는 한 형편없는 여자를 사랑해야 하는 벌을 받았
었다,
　그녀를 위하여 희생을 하고, 수없이 조롱과 굴욕을 감수해야 했다,
　그녀를 먹여살리고 옷 입히기 위해 밤낮을 일하고,
　몇몇 범죄와 실수를 저지르고,
　달밤에는 작은 도둑질들을 감행해야 했다,
　서류들을 위조해 성공적으로 보이게 한다든지,
　어떻든 그녀의 매혹적인 눈길 앞에 불신을 심어주어서는 안되
니까.
　이해가 잘될 때 우린 공원으로 달려가곤 했다,
　거기에서 모터보트를 타며 함께 사진을 찍기도 하고,
　아니면 춤추는 까페로 가서
　거기에서 정신없이 춤에 빠지기도 했다,
　새벽 3시 밤늦게까지 춤판이 계속되기도 했다.

　긴긴 세월을 나는 그녀의 매력의 포로가 되어 살았다,
　그녀는 완전히 벌거숭이로 나의 사무실에 나타나곤 했으니까,
　상상할 수도 없이 어려운 몸 꼬기로 실력을 행사하면서
　나의 불쌍한 영혼을 그녀의 궤도에 접합시키려 했다,
　그리고 특히 나의 마지막 엽전 하나까지 수탈하려는 목적으로.
　(중략)

나의 아이들이 이미 다 자랐고, 시간이 흘렀다,

나는 심각하게 지쳐 있어, 나 잠깐만 쉬게 해다오,

나 물 한모금만 가져다다오, 여인이여,

어디 먹을 것 좀 얻어와요,

나 배고파 죽겠어,

당신을 위해 더이상 일할 수 없어,

우리 사이 모든 것은 끝난 거야.[8]

---

8 너무 살냄새가 많이 나서 이것이 시인가 자서전인가 혼란스럽기도 한다. 그러나 빠라에게 시는 마지막까지 인간의 진솔성으로의 접근이 목표이다. 시 형식이 문제가 되지 않는다. 오히려 그는 시인 척 시 쓰는 그런 목소리를 제일 싫어한다. 아무튼 빠라에게 사랑과 여인의 이미지는 항상 문제의 초점이다. 시인의 최대의 갈망과 좌절의 지표에 "두 가랑이를 벌린 여인"이 '십자가'처럼 서 있다. 그 여인이 뱀의 유혹에 빠진 꽃뱀 혹은 '독사'거나, 사랑해도 영원히 사랑할 수 없는 시간의 노예거나, 실낙원의 그림자거나…… 따라서 이런 문제의 여인상은 항상 이상이나 꿈의 탈을 벗는 벌거숭이 생식기의 모습이나 성적 상징으로 나타난다. 실존의 몸부림의 마지막 손짓처럼.

자화상

애들아, 생각해보렴,
거지 수사님 같은 이 외투:
나는 한 이름없는 중고등학교의 선생이지,
수업을 하다가 목소리를 잃었어.
(어찌 되었든, 어찌 안되었든 간에
매주 40시간의 수업이야)
어디 주먹으로 얻어터진 것 같은 이 얼굴을 보니까 어때?
나를 보니까 불쌍한 생각이 들지, 안 그래?
그리고 이 멋대가리도 대가리도 없이 늙어버린
신부용 구두를 보니까 무슨 생각이 들어?

눈으로 말할 것 같으면, 3미터 밖에 서면
내 어머니도 못 알아본다고.
그럼 어떡하느냐고?──아무 일 없어!
수업하다가 내 눈 다 버렸어:
나쁜 불빛, 햇빛,
독에 찬 처참한 달빛.
그리고 이 모든 것이 무엇 때문이냐고!
돈 많은 사람 얼굴처럼 무정한
용서할 수 없는 빵 벌이 때문이었지,
피 냄새, 피 맛에 찌든.
무엇하러 우리는 인간으로 태어난 거야

다 같이 짐승같이 죽임을 당할 텐데!

과다노동으로, 어떤 때는
공중에 이상한 헛것들이 보여,
미치게 달려가는 소리들이 들리고,
죄악에 물든 대화들, 웃음소리들.
이 손들 좀 봐
그리고 시체같이 창백한 이 양 볼,
얼마 남지 않은 나의 이 머리칼들.
그리고 이 지옥의 검은 주름살들!
하지만 나도 꼭 지금 너희들 같았었지,
젊고, 아름다운 이상에 가득 차서
구리를 녹이고, 다이아몬드의 얼굴을
갈고 닦으며 꿈을 꾸었었지:
결국 오늘 여기 있는 내 모습이야
이 불편한 교탁 뒤에서
웅웅대는 주당 500시간의 소음 속에
으르렁대며 신음하며.[9]

....
9 1991년 멕시코에서 빠라를 만났을 때, 내가 본 그는 전광석화 같은 직감의 즉흥
시인이었다. 여기서 '즉흥시인'은 전통적 의미의 음유시인처럼 즉흥적 감정과
서정을 읊어내는 시인이라는 말이 아니다. 일상의 사물, 말, 글, 유머…… 그 어
디에서든 시상의 불꽃이 튀는 생활시인이란 말. 빠라의 시에 두드러지는 것은

무대 화장기 없는 생활연극, 별다른 시인이라는 역할도 없이 '선생질' 하다 무대 위로 끌려나온 진솔한 사람 냄새다.

현직 선생과 교실, 교탁에서 이야기하는 선생의 모습, 그 목소리가 손에 잡힌다. 흠이 있다면 이따금 이야기의 비약이 심한 데가 있다고 할까. 하지만 선생의 말은 늘 못 알아듣는 구석이 있게 마련이다. 여기에서 선생의 목소리와 시인의 목소리에는 구분이 없다. 다시 말하지만 약간의 모호한 비약이 있다. 예를 들어 "웅웅대는 주당 500시간의 소음 속에" 같은 말들. 앞에서는 주당 40시간의 수업을 한다고 해놓고서는 또 무슨 500시간? 그야 너무 간단한 과장논리다.

내 침대 밑에

나는 나의 본처를 묻어놓았다
빌어먹을 몇년 전에
분통이 터져 죽여버렸다

한밤중에 소스라치게 놀라 나는 눈을 뜬다,
나 추워, 여보,
왜 좀 올라와서 내 뼈 좀 덮혀주지 않으려우

그녀에게는 절대 따로 청할 필요가 없다
반대로 자발적으로 올라온다
내가 정확하게 부르지 않아도

나의 시체 위로 달려들어
껴안고 입 맞추며 나를 깨운다
우리 둘은 불붙은 밀밭.[10]

----

10 빠라가 아내를 "분통이 터져 죽여버렸다"고 한 소리는 죽은 아이의 뺨을 때리는
아비의 손처럼, 도저히 용서할 수 없는 죽음을 거꾸로 말한 것. 나도 늙어 죽어가
고 있다. 때로는 한밤중에 뼈끝이 시려움을 느낀다. 시체가 되어가고 있는 나를
느낀다. 그럴 때, "나 추워 여보,/왜 좀 올라와서 내 뼈 좀 덮혀주지 않으려우" 소
리가 나온다.
죽은 아내 생각이 어찌 생각하려고 해서 나겠는가. "자발적으로" 그녀가 무덤에
서 올라오겠지. 밤에 잠잘 때마다 침대 밑에서인 듯, 바로 위로 올라오는 손길과
체취가 느껴지겠지. 죽은 시체와 살아 있는 시체 사이 진짜 뜨거운 사랑이 불붙

는다. 죽음을 넘어서 불붙은 그리움의 화합. "우리 둘은 불붙은 밀밭."

사랑에 취한 이 두 연인들

마치 두마리 개미 같아
마치 한 얼굴의 두 눈 같아
한 코의 두 콧구멍 같아

사랑에 빠진 이 환상적인 두 연인들
밀물 썰물 속 바다 같아
그리고 태양 흑점에 빠진 태양 같아.[11]

---

11 빠라의 반시는 이렇게 한번 돌아 참시에 이르는 길이다. 그의 반서정은 한번 돌
아서 참서정을 찾는 죄 없는 숨바꼭질 놀이 같은 시학!
반시인의 이 사랑의 시에는 참으로 크막한 사랑의 이미지들이 있다. 처음에는
꼭 붙어 있는 일상 속 연인들을 현미경으로 본다. 그리고 이내 두 연인을 망원경
으로 바라본다. 사랑의 우주적 원경이 다가온다.

에르네스또 까르데날(Ernesto Cardenal, 니까라과, 1925~) ─────

1949년 컬럼비아 대학에서 미국문학 연구로 박사학위를 받고, 미국 켄터키 수도원에서 오랫동안 수도를 한 뒤 1965년 신부가 된다. 그리고 니까라과에서 라틴아메리카 문화종교혁명의 핵심 기구인 '쏠렌띠나메(Solentiname) 승려원'을 만든다. 니까라과의 군사독재자 쏘모사(Somoza)에 반대하여 민주화 투쟁의 선봉에 섰으며 정권이 바뀌자 1979년 문화부 장관에 오른다.

대학 시절부터 꾸준히 시를 쓴 까르데날은 『에피그램』(*Epigramas*, 1961) 『마릴린 먼로를 위한 기도 그리고 다른 시들』(*Oración por Marilyn Monroe y otros poemas*, 1965) 『아메리칸 인디오들에게 바치는 시들』(*Homenaje a los indios americanos*, 1969) 등을 발표했다. 그의 초기 시들은 소위 '비트 세대'(Beat generation)의 영향을 받아 소외받은 계층의 서정을 대변한다. 까르데날은 신비주의 시어와 서사시적 목소리의 합일을 추구하고, 민중의 문제와 마술적 현실의 마력을 융합하여 강력한 메시지를 제시한다. 맑스주의와 신학을 접목한 해방신학과도 밀접한 관계인 까르데날은 라틴아메리카 '해방시'의 대표적 시인이며 행동하는 지성으로 꼽힌다.

시집에 『껫살꼬아뜰』(*Quetzalcóatl*, 1985) 『우주의 찬가』(*Cántico cósmico*, 1989) 『어두운 밤에 보는 망원경』(*Telescopio en la noche oscura*, 1983)이 있는데, 특히 "빠블로 네루다의 『총가요집』 등과 함께 금세기 라틴아메리카 문학의 가장 충격적인 작품"(폴 W. 버거슨)이라 평가받는 『우주의 찬가』는 총 410면에 달하는 대작 장시이다. 호킹의 『시간의 역사』에 나오는 빅뱅, 블랙홀 이론으로부터 영감을 받은 듯한 이 시는 우주 사랑의 대서사시의 체계를 가지고 있다.

총 43편의 노래(cantiga)로 되어 있는 이 장시의 소제목들 일부를 살펴보자. 「노래 1. 빅뱅」 「노래 2. 말」 「노래 3. 가을의 도주」 「노래 4. 확장」 「노래 5. 별과 반딧불」 (…) 「노래 12. 비너스의 탄생」 「노래 13. 생명의 나무」 「노래 14. 손」 「노래 15. 낙원에의 향수」 (…) 「노래 23. 사무실 5600」 「노래 24. 다큐멘터리

라틴아메리카」(…)「노래 32. 하늘에는 도둑의 소굴이 있다」「노래 33. 외계의 어둠들」「노래 34. 흐느끼는 옛날 불빛」「노래 35. 파도처럼」「노래 36. 전사의 무덤」「노래 37. 공동체로서의 우주」「노래 38. 지상에서 하늘을 약탈하다」「노래 39. "나라들의 소망"」「노래 40. 사랑과 비상」「노래 41. 노래 중의 노래」「노래 42. 무엇무엇이 남는가」「노래 43. 종말」. 이 속에는 인류의 탄생에서부터 현대사에 이르는 사랑과 시의 탄생, 수난의 역사가 구체적으로 그려져 있다. 해방시부터 까르데날이 표방해온 '생명의 나무'에 대한 무참한 횡포와 약탈의 역사가 땅의 역사로 기록된다. 거기에는 구체적으로 라틴아메리카에 대한 미제국주의의 식민 침략, 현대문명의 자연 파괴, 배반의 사랑이 통렬한 절규로 점철된다.

까르데날은 2005년부터 꾸준히 노벨문학상 후보에 오르고 있다.

노래 1. 빅뱅

처음에는 아무것도 없었다
    공간도
        시간도.
            온 우주가 하나의 원자의
핵의 공간에 집결되어,
아니, 그보다 더욱 작은 양성자보다 훨씬 작은,
그보다 더욱 작은, 끝없이 응축된 수학상의 점 하나.
            그리고 빅뱅.
그 대폭발.
우주는 불확실성의 관계에 얽매이게 되고,
불확정한 면적의 지름과
    불명확한 기하학

(하략)

노래 2. 말

처음에는
　　　　──시간-공간 이전에는──
　　있이 있었다
모든 존재하는 것은 실제 그대로였다.
　　　　　　　　　　　　시詩.
사물들은 말의 형태로 존재했다.
나머지는 어둠, 기타 등등.
　　해도 달도 없었다, 사람도, 동물도, 식물도.
모두 말이었다. (사랑의 말)
신비와 동시에 그 신비의 표현.
실제와 동시에 그 실제의 표현.
"처음에 아직 아무도 없을 때
　　　　　　그는 말(*naikino*)을 창조했다
그리고 그 말들을 우리에게 주었다, 마치 유까[1]를 주듯"[2]
(하략)

──────────

1 주식으로 먹는 감자.
2 까르데날 본인이 저 유명한 토머스 머턴 명상종교의 사제이자 쏘모사 독재에 항
거한 신부 해방군이었듯, 그의 신앙세계에는 기독교주의와 인디오 원주민의 신
화, 종교, 폴리네시아의 신화, 그리고 동양의 음양사상이 평화롭게 공존한다. 그
는 종교통합론자이거나 세계종교적 이상을 꿈꾸고 있다. 물리학을 시로 끌어올
린 사랑의 우주관은 무형의 창세기의 찬가처럼 웅장하고 따스하다. 시인의 우주
관에는 물리학의 '빅뱅' 이론부터 아메리카 원주민들의 우주관까지 섞여 있다.
"처음에는 (…) 말이 있었다"가 기독교적 우주관이라면 "마치 유까를 주듯"은
인디오의 신앙에서 온 것.

노래 43. 종말

(전략)

모든 곳에서 향하고 있는 것은 전체다

이것은 내 시에서 '상투어'지만

그러나 그것은 플라톤의 말.

어쩌면 황홀경 속에서, 광기 속에서 그런 일이 있을 수 있다, 알폰소가 말하듯이:

"여기서는 모든 것이 시간까지 공간이 되는군요."

그 느낌은 은밀하리라, 그러나 옥따비오 빠스 같은 책략적 은밀주의가 아니지.

우주가 솟아나고 모아지는 중심!

오, 너의 입맞춤과 포옹으로부터 나를 떨어뜨리지 말아다오!

(중략)

그러면 밤하늘을 볼 때 우리는 무엇을 보는가?

밤에 우리는 단순히 우주의 팽창을 본다.

태양계와 태양계, 더 멀리 다른 태양계, 더 먼 은하계.

그리고 그 공간의 더 뒤에 이제 우리는 더이상 태양계도 은하계도 보지 못하리라.

그때 보는 것은 아직 아무것도 응결되지 못한 우주,

우주가 투명해지기 시작했던 그 이전의

그 어두운 벽. 아니면 그 이전

마침내 우리는 무엇을 보게 될까?

아무것도 없었을 때.

태초에……[3]

---

3 까르데날의 우주는 "태초에……"로 끝난다. 그 "아무것도 없었을 때"로 되돌아
가는 불교적 '공'(空)을 연상시킨다. 까르데날은 "우주가 솟아나고 모아지는 중
심", 시간과 공간이 하나 되는 핵이나 황홀 같은 플라톤적 원형을 상상하다가,
마침내 불교적 밝음의 빈 것보다는 어둠의 소용돌이를 상상한다. 탄트라의 신비
같은 어둠과 하나 되는……

내가 너를 잃으면[4]

내가 너를 잃으면 너와 난 손해지:
나에겐 네가 내 가장 사랑하던 것이었으니까,
그리고 너에겐 내가 널 가장 사랑하던 사람이었으니까.
하지만 우리 둘 중 네가 나보다 더 손해야:
너를 사랑했듯이 나는 딴 여자들을 사랑할 수 있겠지만
널 사랑할 사람은 없을 거야, 내가 널 사랑했던 만큼 그렇게.[5]

---

4 「에피그램」(Epigramas)의 세번째 시. 발췌한 부분의 첫 문장으로 제목을 붙였다.
5 말기 시에서처럼 까르데날이 처음부터 서사시적이거나 철학적·신학적인 시인
은 아니었다. 그보다는 오히려 민요조에 가까운 서정시인이다. 지극히 주관적인
사랑의 느낌에 대한 이 시는 오히려 낭만주의다.

어제 너를 보았지[6]

어제 너를 보았지
미리암,
길거리에서, 그리고

네가 너무 예뻤어,
미리암, 그래서

(어떻게 설명하지, 너한테
네가 그토록 예쁜 걸!)

너 자신도, 미리암,
너의 그 예쁜 모습을
볼 수 없을 거야
네가 나에게 얼마나 예쁜지
넌 상상도 못해
네가 얼마나 예쁘던지
내 눈에는

어느 여자도

---

6 「프로페르티우스의 모방」(Imitación de Propercio)의 일곱번째 시. 발췌한 부분의
첫 문장으로 제목을 붙였다.

너보다 더 예쁠 수 없어

어떤 연인도
그렇게 예쁜 여자는
찾지 못해,
미리암,
내가 내 눈으로 본 너처럼

너 자신은
미리암,
어쩌면
그렇게 예쁘지 않아.

왜 그토록 아름다운 것이
진실일 수
없을까?

내가 어제 길거리에서
너를 보았던 것처럼

아니면 미리암
내가 너를 그렇게 보았다고

오늘 생각하는 것처럼.[7]

<hr/>

7 현재와 과거, 주관과 객관을 하나로 이어주는 절대적 아름다움, 참으로 예쁜 너
는 존재하지 않는 것일까. 내 눈에 네가 그렇게 예뻤는데, 오늘 그렇게 예쁜데,
이것이 신의 눈앞에서도 진실일까?

올빼미는 밤에만 보듯

올빼미는 밤에만 보듯
대낮은 박쥐에게 한밤중이고
7월 찬연한 하오의 이 빛은 다른 걸까?
그리고 우리가 지금 보는 것은 오직 어둠일 뿐일까?
은빛 물탱크, 지는 해,
이리저리 날갯짓하며 나는 제비들, 쑤소Suso의 책,
지금 물고기처럼 7월의 하늘을 나는 비행기는 다른 것일까?[8]

---

8 까르데날은 초기에 생각의 파편들인 에피그램을 많이 썼다. 보는 각도와 견지에
따라 지금 빛은 박쥐에게 어둠일 수 있다. 이 엄연한 현실이 이것이 아닐 수 있다
는 생각.

독재자 쏘모사 궁전의 불은 빛나고[9]

사창굴 술집의 불들이 빛나는 시간이다.
까이파 까페는 사람들로 가득하다.
독재자 쏘모사 궁전의 불은 빛나고.
지금은 전쟁 각의가 소집될 시각.
그리고 고문 기술자들이 감옥으로 내려간다.
비밀경찰과 스파이들의 시간,
도둑들과 간통꾼들이 집 주위를 서성대고
시체들이 숨는 시간. 짐 더미 하나 물에 떨어진다.
지금은 죽음이 가까운 사람들이 마지막 시간에 들어가는 시간.
밭에는 땀이 있고, 유혹들이 있는 시간.
밖에는 첫 새들이 해를 부르며
슬피 노래하고. 지금은 어둠의 시간.
그리고 교회는 얼어 있다, 마치 악마들로 가득한 듯,
밤새도록 우리가 끊임없이 기도문을 외어대도.[10]

---

9 원제는 시의 첫 행 'Es la hora en que brillan las luces de los burdeles'이나 이해를 돕기 위해 제목을 달리 붙였다.
10 아이러니 가득한 산문적 시다. 군사독재 시절의 어둡고 답답한 사회가 그려진다. 얼어붙은 교회에서 계속 "기도문을 외어대도".

또다른 귀향

전쟁의 승리가 있은 뒤 다음 주였다.
우리는 꾸바에서 오고 있었다
7월 26일의 기념식을 마치고.
나는 피델 까스뜨로의 연설을 생각하고 있었다
그리고 호세 마르띠의 시구 "7월에는 모든 게 영광이 된다"를.
그리고 갑자기, 청색 위 청색으로 모모뚬보 행렬이 나타난다
인디오 시절 이래 최초로 자유로운.
동틀 녘, 네모진 들판은
파란 불빛으로 가득하다.

마나과 호수는 동틀 녘이라서 불그레하고
마나과 옆 조그만 '새의 섬'
(이 섬 또한 쏘모사의 것이었지)
나는 지금 우리나라가 새삼 더욱 아름답다는 생각을 한다.
나는 내 옆에서 함께 가는 도라 마리아에게 그 생각을 말한다.
그녀 또한 황홀한 듯 해방된 조국을 바라본다.
우리 모두는 이 꿈 같은 현실을 살고 있다.
우리는 이 꿈에서 결코 깨어나지 않으리라.
전에는 이 아름다움이 술에 취한 듯 비틀거리더니……
지금 이 나라는 참으로 아름답구나.

쏘모사가 없는 지금 우리 자연은 얼마나 아름다운가.

장밋빛 새벽 호수 위
꾸바 비행기 스튜어디스의 안내 방송을 듣는 기쁨
지금 우리는
    '아우구스또 세사르 쌴디노'[11] 공항에 도착하겠습니다.

게릴라 대장들로 가득 찬 비행기.
그리고 이제 내려갈 때도 두려움이 없다
    (물론 여권 없이 다녔던 것도 아니지만)
그리고 통관 수속, 세관,
그리고 누구에게든 하는 말 '동무'.[12]

---

11 Augusto César Sandino(1893~1934). 새 대통령.
12 독재자 쏘모사 정권을 무너뜨리고 꾸바에서 전승 기념식을 올린 다음 니까라과
로 돌아오는 환희를 노래하고 있다.

메릴린 먼로를 위한 기도

주여
이 소녀를 받아주소서, 온 지구 상에
메릴린 먼로라는 이름으로 알려진,
비록 그 이름은 그녀의 진짜 이름이 아니었지만
(하지만 주여, 주님은 그녀의 진짜 이름을 아시겠지요,
아홉살에 강간당하고 고아로 살아온,
열여섯에 자살하려고 했던 상점 점원)
그녀가 이제 주님 앞에 화장기 하나 없이 맨얼굴로 갑니다,
자기 신문기자도 없이
사진기자도 없이, 싸인할 필요도 없이
혼자서, 우주 공간의 밤 앞에 홀로 선 우주인처럼.

어렸을 때 그녀는 어느 교회에 혼자 벌거벗고 있는 꿈을 꾸었다
지요(『타임스』의 이야기에 의하면).
　수많은 사람들은 머리를 바닥에 조아리고 있는데 말이지요.
　그래서 사람들 머리를 밟지 않으려고 그녀는 살금살금 곤추 발
로 걸어나왔다지요.
　주님께서는 정신과 의사들보다 우리의 꿈을 잘 아시지요.
　교회니 집이니 동굴이니 이 모두가 어머니의 품 같은 안전한 곳
이고
　어쩌면 그보다 더 큰 의미가 있지요……

그 머리들은 물론 팬들이겠지요

(빛의 분수 아래 어둠 속 머리들).

그러나 성당은 '20세기폭스사' 스튜디오가 아니지요.

성당은——대리석과 금으로 된——그분의 몸

사람의 아들이신 그분이 손을 휘둘러

'20세기폭스사'의 장사치들을 내쫓으셨지요.

주님의 기도의 집을 도둑들 소굴로 만든 자들이 그들이니까요.

주여

수많은 죄와 방사능으로 오염된 이 세상에

주님께서는 단지 한 상점 여점원에게만 죄를 묻지는 않으시겠지요.

모든 상점 여점원들은 영화배우가 되는 게 꿈이었으니까요.

그리고 그녀의 꿈은 현실이 되었지요(하지만 총천연색 현실).

그녀는 우리가 준 대본대로 연기했을 뿐이에요.

우리 자신들의 삶의 대본, 하지만 참 부조리한 대본이었지요.

주여, 그녀를 용서하시고, 우리를 용서하소서

우리의 '20세기폭스사'를 위하여

우리 모두가 일했던 거대한 슈퍼 프로덕션을 위하여.

그녀는 사랑에 굶주려 있었습니다. 그러나 우리가 준 것은 신경
안정제였지요.

성신이 없는 것이 한이지만,

                그녀에게 추천한 것은

정신분석이었습니다.

주여, 기억하십니까, 그녀가 날이 갈수록 카메라를 두려워한 것을

분장하는 걸 증오한 것을— 씬이 바뀔 때마다 분장을 하라고 시
키고 또 시키고

그 공포는 날이 갈수록 커져만 갔고

영화 스튜디오에 제시간에 안 가는 것도 잦았지요.

상점 아가씨들은 모두

영화배우가 꿈이었지요,

그 꿈 같은 현실과 삶, 정신과 의사나 해석하고 보관하는 꿈들.

그녀의 로맨스는 두 눈을 감고 키스하기

그러나 눈을 뜨면

그 키스는 조명 반사경 아래였다는 걸 알게 되는

그리고 조명은 꺼지지요!

그 침실의 두 벽이 철거되고(영화 세트였으니까)

영화감독은 자기 수첩을 들고 멀어져가고

　　　　왜냐하면 그 장면은 이미 다 찍었으니까.

아니면 요트를 타고 여행 한판, 싱가포르에서 키스 한번, 리우데
자네이루에서 춤 한판

　　　　윈저 공작 부부 저택에서 파티 한번

초라한 아파트 입구에서 본 풍경.

영화는 마지막 키스 한번 없이 끝났지요.

메릴린 먼로는 손에 전화기를 든 채 자기 침대에서 죽어 있었습니다.

그리고 형사들은 그녀가 누구를 부르려고 했는지 몰랐지요.

그것은

누군가 유일한 친구 목소리 번호를 눌렀는데

단지 들리는 소리는 "번호가 틀렸습니다" 녹음 소리 같은,

아니면 누군가 깡패들한테 얻어맞아 상처를 입고

손을 펼쳐 전화기를 잡는다는 것이 전화선 끊긴 전화 같은.

주여:

그녀가 부르려 한 사람

아니면 부르지 못한 사람(어쩌면 그 사람이 아무도 아닌지도 모를

아니면 그분의 번호는 '로스앤젤레스' 혹은 '천사들' 전화번호

부에는 없었던)

주님, 받아주소서, 당신께서 그 전화를 받아주소서!

로베르또 후아로스(Roberto Juarroz, 아르헨띠나, 1925~95) ──────

사색의 깊이가 이룩한 "놀랍도록 투명한 시어의 구축물"(옥따비오 빠스)이 후아로스의 『수직의 시』(*Poesía vertical*, 1958)다. "눈길로 만든 어떤 그물이/세상을 하나로 지탱한다"(「수직의 시 1」)로 시작한 후아로스의 세상 바라보기는 무엇보다 만유인력이 지배하는, 모든 것이 (죽음을 향하여) 수직으로 떨어지는 인간 실존 현상에 대한 진지한 탐구이다.

1925년 아르헨띠나 태생인 후아로스의 눈빛은 명상으로 살아온 승려처럼 조용하고 맑았다. 1994년 멕시코의 과달라하라에서 열린 '국제 환 룰포 문학상'에 참여했을 때 에르네스또 까르데날과 함께 만났다. 대가들이 많이 왔었지만, 상을 탄 반시의 시인 니까노르 빠라와 하얀 도인의 모습을 한 까르데날, 그리고 늘 세상과 사람을 꿰뚫어보는 듯한 눈길을 가진 로베르또 후아로스가 가장 인상적이었다. 후아로스는 시인끼리 만나면 첫 인사가 "아직도 그 아내와 살아요?"라며 웃는 것이었다.

사실 후아로스는 『수직의 시』 한권의 시인이다. 1958년 당시 서른세살의 나이로 최초의 시집 『수직의 시』를 발표한 후, 계속 같은 이름으로 『제3의 수직의 시』(*Tercera poesía vertical*, 1965) 『제7의 수직의 시』(*Séptima poesía vertical*, 1982) 등 열권에 가까운 시집을 발표했다. 로제 뮈니에, 비센떼 알레익산드레, 옥따비오 빠스, 훌리오 꼬르따사르 등 수많은 시인·평론가의 격찬을 받는 그의 시는 "불타는 투명성의 시"(알레익산드레)로, 특히 형이상학적 깊이에 약한 우리 시에 좋은 자극제가 될 법하다.

잠시 언급했듯이 그의 '수직'이란 말은 만유인력에 의해 모든 사물이 땅으로 떨어지는 현상에서 비롯된다. 태어난다는 것은 곧 죽어가고 있음을 뜻한다. 다시 말하면 끝없이 땅으로, 무덤으로 떨어지고 있음을 뜻한다. 사람은 자라가는 것이 아니라 떨어지고 있다. 그 떨어짐은 땅속 어딘가 우리를 이끄는 커다란 힘이 있음을 느끼게 한다. 중국식 우주관으로 하늘과 땅, 사람이 있을 때, 사람 인(人) 자는 두 발을 버티고 하늘과 땅 사이에 서 있는 형상이다. 마찬가지로 후아로스의 실존의 공식은 하늘과 땅 사이, 수직적 힘의 체감 속에서 균형을 유지하는 삶의 양태에 대한 성찰이 주가 된다.

후아로스는 말한다. "시인은 다른 세상을 창조하거나 만들어내는 수밖에 다른 길이 없는 사람이다. 시는 허구가 아니라 진실을 창조한다. 나는 시가 참현실이라고 말한다. 그리고 그것이 나에게 주어진 능력 내에서 찾을 수 있는 가장 큰 진실이다. 왜냐하면 시가 영원의 참다운 의식을 되찾는 길이기 때문이다."

수직의 시 1

눈길로 만든 어떤 그물이
세상을 하나로 지탱한다,
떨어지게 하지 않는다.
내 비록 눈먼 이들은 어떻게 사는지 모르지만,
나의 두 눈은 어쩌면 어떤 신인지도 모르는 사람의
등에 기대려 하고 있다.
그렇지만,
눈들은 우선 다른 그물, 또다른 실을 찾는다,
빌려 입은 옷으로 눈을 감기게 한다든지
땅도 하늘도 없는 빗줄기를 내려뜨린다든지.
나의 눈이 찾는 것은
밑에서 우리를 지탱하고 있는 것이 무엇인가 찾아보려고
구두를 꺼내 신게 하는 그 무엇
아니면, 정말 대기가 존재하는가를 알아보려고
새 한마리를 만들게 하는 그 무엇
아니면, 신이 있는가를 알아보려고
세상을 창조해보는 그 무엇
아니면, 우리가 정말 존재하는가를 확인하려고
모자를 써보는 그 무엇.[1]

----
1 이렇게 되면 시 쓰기는 이 세상에 살아 있음, 살아가기의 가장 치열한 궁극적 탐
 구이다. 실존주의는 우리가 살아가는 이유의 어느 것도 모르는 눈먼 사람임을
 일깨워주었다. 어쩌면 살아간다는 것은 '신의 등'이나 쳐다보는 일이 전부인지

도 모른다. 그러나 그 "눈길로 만든 어떤 그물"은 눈먼 이의 절망의 늪이 아니다. 그 알 수 없는 실존의 맛에 대한 호기심이거나 진지한 탐구이다.

시인이 싫어하는 것은 타성이나 관습에 젖은 사고이다. "빌려 입은 옷으로 눈을 감기게" 해서는 안된다. 시인의 말이나 이미지나 일상 용품은 실존의 궁극적 조건을 탐험하기 위한 도구들이다. 그래서 시인은 시 속에서 "땅도 하늘도 없는 빗줄기를 내려뜨린다든지" 같은 갖은 미친 짓을 다 한다. 아무래도 알 수 없는 실존의 환경 속에서 미친 짓이야말로 진지함의 몸짓이다.

시인의 이런 진지한 몸짓 앞에서 우리의 일상은 놀라운 시적·마술적 사실성을 갖는다. "우리를 지탱하고 있는 것이 무엇인가"를 알아보기 위해 "구두를 꺼내" 신어보자. 정말 저기 저 하늘에 "대기가 존재하는가"를 알아보기 위해 새를 만들어 날려보자. 아니면 "우리가 정말 존재하는가를 확인"하기 위해 모자를 써보자. 모자가 써진다면 그 안에 뭐가 존재한다는 증후이다. 내게 이 생각이 실제로 존재하는가를 알아보려면, 다시 모자를 써보면 알리라. 이 얼마나 재미있는 놀이인가, 시 쓰기라는 것은.

수직의 시 4

사물의 바탕은 삶이나 죽음이 아니다.
내가 그것을 증명할 수 있는 것은
새들 속에서 맨발이 되는 대기를 보면 안다,
고요를 지탱하고 있는 부재의 지붕들을 보면 안다,
그리고 그 밑바닥에서 맴돌고 있는 이 나의 눈길을 보면 안다,
모든 사물이 사라지려고 할 때는 소용돌이를 치듯이.

또한 다른 증거들이 있다
밀가루보다 먼저 빵이 되었던 나의 어린 시절,
나의 어린 시절은
위에서 내려오는 연기가 있는 걸 알았다.
아무도 말하지 않는 목소리들,
그 안에 사람이 꼼짝 않고 있는 종이들이 있는 걸 알았다.

사물의 바탕은 죽음이나 삶이 아니다.
바탕은 다른 것, 그 다른 것이
이따금 강가로 나오기도 한다.²

---

2 그렇다. 실존을 삶과 죽음으로 보려는 시각은 이성 중심적이다. 그보다도 알 수
없는 구체성으로 나의 삶을 벼려가는 맛과 시선이 있다. "새들 속에서 맨발이 되
는 대기", 그렇다, 태어남이나 날아감은 이성으로 설명할 수 없는 생명성의 '맨
발'이면서 구체적이다. "밀가루보다 먼저 빵이 되었던", 원인 모를 내 존재의 살
덩이의 어린 시절. 그때 아버지의 사진을 보면, "사람이 꼼짝 않고 있는 종이"를
보면 너무 놀라웠다. 죽음도 삶도 어린애의 눈으로 보면 매우 일상적이고 손으

로 만질 듯 구체적이다. 그래서 시인은 철학을 믿지 않는다. 다른 증명들이 많기 때문이다. "바탕은 다른 것"임을 안다. 그리고 이따금 "그 다른 것이" 이성과 상식의 강을 헤쳐나와 "강가로 나오"는 것을 보는 재미.

제3의 수직의 시 19

제법 진지한 척 가라앉은 한밤의 눈길이
빗방울을 헤아린다
사물의 원래 모습을 주의 깊게 보게 한다
그리고 오래된 음절 하나,
사람을 닮은 물방울 하나,
땀구멍 많은 사념의 벽을 적신다.

생생한 돌로 만든 나비가
꺼진 별의 색깔을 주워
불타는 융단이 있음을 알린다
융단 위에서, 생각한다는 것은 사물의 여물이 되는 것,
먹거리의 탑,
비상 걸린 틈새의 배고픔.

생각하는 것은 사랑하기.[3]

---

3 '사랑하다'는 원래 '생각하다'에서 온 말이다. 위 시에서는 사물과 나의 사랑이
시이고 생각이다. 고요한 밤의 빗소리, 그 속에서 우리는 숙연해진다. 사물과 사
람의 모습이 새로운 얼굴로 비친다. "사람을 닮은 물방울 하나"라고 옮긴 것은
"사람의 물방울"이라고 해도 좋을 표현이다. 일상의 껍질을 벗고 그 원형적 모습
으로 이마를 치는 사고의 파편들. 그것은 "생생한 돌로 만든 나비"가 "꺼진 별의
색깔을 주워" 생각을 계속하는, 이미 신의 기억을 잃은, 배고픔과 목마름만이 확
실한 사랑의 행위이다. "비상 걸린 틈새의 배고픔" 같은 시 표현은 정말 참신하
지 않은가.

제7의 수직의 시 1

자기 손을 베개 삼아 베는 것.
하늘도 구름을 베고 눕는다,
땅도 흙덩이를 베고 눕듯이
그리고 나무도
자기 이파리들과 함께 쓰러진다.

오직 이런 모습으로라야
거리 없는 노래를 들을 수 있다,
귀에 들어가지 않는 노래를,
이미 귓속에 있기에
다시 되풀이되지 않는 유일한 노래를.

사람다운 사람은 모두
다시 옮길 수 없는 노래 하나를 원한다.[4]

---

4 시를 써놓고 나면 나의 시가 아니다. "사랑해요!"라고 말하면 이미 내 사랑이 아
니다. "사랑해요!"라고 들리는 소리거나 관념이다. 나의 삶을 표현하면 이미 나
의 삶이 아니다. 그것은 생각이나 말이 된다. 말은 숨을 쉬지 않는다.
공자는 천성(天性)을 말하면서 "하늘이 말을 하던가"라고 되묻는다. 하늘이 구름
으로 팔베개를 하듯, 나무가 나무 이파리와 함께 쓰러지듯, 이 살아 있는 삶의 맥
박을 원가로, 동시에 동질로 표현할 수 있는 시는 어디에 있는가. 이 유일무이한
내 삶의 고뇌와 희망과 눈빛과 호흡을 원형 그대로 함께할 수 있는 노래는 없는가.
그래서 시는 이런 불가능성의 생채기거나 "틈새의 배고픔"(「제3의 수직의 시
19」)이다. 시와 사랑이 고뇌하고 "깨어진"(「제7의 수직의 시 5」) 것이 실은 삶의
맛의 원형이나 고향 길로 돌아가는 햇살을 만나기 위한 시련인지도 모른다.

90

제7의 수직의 시 5

깨어진 시,

번갯불에 쪼개진 나무 둥치 같은,
자신이 떠받고 있는 꽃의 광란으로
부서진 꽃줄기 같은,
그런 시가 문득 그 부서진 틈바귀에서
고향으로 돌아가는 길 같은 것을 보여준다.

오직 그 많은 것을 사랑한다는 부끄러움이
사랑을 광란으로 몰아가다,
어느날 문득 사랑은 눈앞에 난 오솔길로
갑자기 옮아오는 해로 둔갑한다.

시는 깨어진다
사랑이 스스로의 본질 속에서
부끄러움을 잃고
그 다양성의 통일성을 회복하도록.

시는 깨어진다
해가 돌아오도록.[5]

5 시는 "번갯불에 쪼개진 나무 둥치". 파괴는 창조의 신이다. "해가 돌아오"게 하기
위해 "시는 깨어진다".

호세 에밀리오 빠체꼬(José Emilio Pacheco, 멕시코, 1939~) ——————

옥따비오 빠스 이후 오늘의 멕시코 시를 이야기하라면 맨 먼저 떠오르는 시인이 빠체꼬다. 시집 『땅을 보다』(*Miro la tierra*, 1986)에는 시간 속에 마모되어가는 고독한 삶의 먼지들이 소용돌이친다. 사랑도 만남도 도시도 무덤 위에 펼쳐진 귀신들의 춤일 뿐이며, 시간의 횡포, 그 파괴의 고리 속 고독이 빠체꼬의 얼굴이다. 빠체꼬는 처음부터 시간의 시인이다. "날아가는 시간이/흘러가며 불러주는/말들이" 자기 시라고 말한다. 시인은 자신의 시에 대하여 "관심 있는 분들께" 이렇게 말한다.

　　다른 사람들이야 아직
　　위대한 시를 만들고
　　통일성 있는 책을 쓰고
　　조화의
　　거울이 될 만한 쟁쟁한
　　작품을 만드시길.

　　내가 관심 있는 것은
　　오직 지나가는 순간의
　　증언
　　날아가는 시간이
　　흘러가며 불러주는
　　말들이지요.

　　내가 찾는 시는
　　하나의 일기 같은 거
　　거기엔 어떤 계획도 방편도 없습니다.

빠체꼬의 시는 진솔함이 힘이다. 일상적인 말투로 우리에게 주어진 시간과 인생을 성실하게 성찰하며, 모든 것은 다 흘러간다는 헤라클레이토스의 철학을 믿으면서, 따로 계획이나 계략 없이 솔직하고 진실하게 속 이야기를 털어놓는 스타일. 그에게 엄청난 애국주의나 "위대한 시" 같은 것은 안중에 없다. 그의 시의 매력이 오래가는 것은 이런 낡거나 늙지 않는 성실성 때문이다.

시집으로는 『밤의 요소들』(*Los elementos de la noche*, 1963) 『불의 휴식』(*El reposo del fuego*, 1966) 『세월이 어찌 가느냐고 내게 묻지 마』(*No me preguntes cómo pasa el tiempo*, 1969) 『가리라, 그리고 돌아오지 않으리라』(*Irás y no volverás*, 1973) 『표류하는 섬』(*Islas a la deriva*, 1976) 『그때로부터』(*Desde entonces*, 1980) 『바다에서의 작업』(*Los trabajos del mar*, 1983) 『땅을 보다』(1986) 『달의 침묵』(*El silencio de la luna*, 1994) 등이 있다.

역사가 박차를 가한다

내가 몇 마디 말을 쓴다

　　　　　　　그 말이 동시에

다른 것을 말한다

　　　　　　그 말이 의미하는 것은

다른 의도이다

　　　　　그것은 잡지 『까르보노 14』에

벌써 복종한다:

　　　　암호문^{暗號文}

아주 오래된 민족

　　　　　민족의 역사는

어둠 속에서 글자를 찾는다.[1]

---

1 우리가 읽은 역사는 해석이다. 그 해석은 원문과 다르다. 원문은 늘 암호문.

대반역

나는 나의 조국을 사랑한다.
조국의 추상적 광휘는
손에 잡히지 않는다.
그러나 (듣기 좋은 말은 아니지만)
내가 목숨을 걸고 좋아하는 것은
그중 한군데
몇몇 사람들, 항구들, 소나무 숲, 요새들,
부서진 도시 하나, 잿빛으로 괴물 같은
도시의 역사 속의 여러 사람들,
산들
—그리고 서너 강물.[2]

---

2 '조국'이란 개념은 늘 추상이다. 그런 조국을 사랑하는 애국자는 늘 수상쩍다. 오
히려 빠체꼬가 진정으로 조국을 사랑하는 게 아닐까. 사랑한다는 것은 그녀의
손만 잡아도 그녀의 전체를 가진 것같이 느끼니까.

오징어

심해 깊은 곳에서 사는 어둠의 신,
아무도 보지 않는 바위 사이에 사는
고사리나 버섯, 히아신스꽃,
거기 그 심연 속에서 자리하고 동이 트면, 햇빛에 저항하며
바다 밑까지 밤을 끌어내려, 오징어가 삼킨다
촉수의 빨판으로 어둠의 먹물을.

그 어둠의 광휘는 밤의 아름다움,
오징어는 유유히 항해한다, 어머니 바닷물의 가장 어스름하고 짠
그곳이 오징어에게는 수정처럼 맑고 다정하다.
그러나 플라스틱 쓰레기가 오염시킨 해변에서는
그 끈끈한 황홀의 살로 된 보석은
그냥 하나의 괴물 같다; 사람들은 그 좌초한 무방비의
생물을 사정없이 몽둥이질로 죽인다.

누군가 작살을 던지자 오징어는 죽음을 숨 쉰다,
그 상처가 두번째 질식을 일으킨다.
오징어 입술에선 피가 나오지 않는다: 밤이 솟구친다,
바다가 상복을 입는다, 땅이 사라진다,
아주 서서히, 오징어가 죽어가는 동안.[3]

---

3 빛과 어둠의 이분법이 서양철학 종교의 뿌리다. 항상 "빛이 있으라!"가 구약성서

에서처럼 먼저다. 그러나 탄트라를 비롯한 동양 주역에서는 음양이 다 같이 우주 형성 순환 요소다. 특히 탄트라 불교에서는 "어둠을 온몸으로 빨아들이라!"라고 말한다. 인간의 분별심의 악(惡)으로부터 벗어나라는 말이다. 빠체꼬에게는 불교적인 데가 있다. 특히 이 「오징어」는 불교의 눈으로 본, 인간에 의한 환경 오염의 참혹함을 웅변으로 전한다.

붓다의 말

모든 세상 사람은 불길 속에 있다: 눈에 보이는 것은
불타고 있다, 그 눈 또한 불길 속에서 질문을 던진다.

증오의 불이 탄다.
                    고리대금이 탄다.
출생이 탄다, 타락이 탄다.
                        고통이 탄다.
통곡, 고뇌 역시
            불탄다.
걱정은 불길.
            불구덩이는 번뇌다.
번뇌 속에 타는
            온갖 사물들:

불길이 부른다,
            불길이 탄다,
불길이 탄다,
            세상과 불이 탄다, 보라
바람에 나부끼는 이파리, 저 서글픈 불구덩이 속의 몸부림.[4]

---

4 인간의 마음속 불이, 현대문명과 자본이 생명을 태운다. 자연을 태운다.

담쟁이

파랗고 푸른, 벽의 열매가 자란다;
하늘과 땅을 가른다.
세월과 함께
더욱 뻣뻣해지고, 더욱 파랗다,
돌의 속성, 서로 어루만지며
얽히고설킨 손끝으로 이룬
목마른 육체, 그 육체의 수액,
그것의 숲,
세월,
세월은 매듭짓고 부서지고;
나날들,
화재의 불길, 그 색깔;
바람,
가을을 통해
세상을 만지는,
어두운 죽음의
뿌리들,
담쟁이덩굴 속에
문득 발돋움한 어둠의 핏줄.[5]

---

5 「오징어」에서 어둠을 칭송하던 빠체꼬는 '담쟁이덩굴'에서 "어두운 죽음의/뿌리들, (…) 핏줄"을 본다.

멕시코의 폐허 1⁶

1

허공을 꿰뚫다, 스스로 부서져내리는,
빈틈, 세상 만물이란 참 어처구니없다.
아니지: 만물이 파괴되는 것은 아니지,
사물에게 우리가 준 형태가 분산되는 것,
우리의 작품이 산산조각 나는 것.⁷

6

밑바닥에서 죽음의 바람이 올라온다.
세상은 죽음의 꿀음 속에 전율한다.
땅은 죽음의 돌쩌귀에서 나온다.
비밀스러운 연기처럼 죽음이 나아간다.

---

6 「멕시코의 폐허 1」에서 1, 6, 7, 8, 9, 10만 발췌번역했다.
7 여기에서 우리는 빠체꼬의 깊은 심안을 접한다. 사물이 "부서져내리는" 것은 곧
그 사물을 사랑하던 내가 붕괴되는 모습이다. 내가 사랑하던 사람, 그 까페, 그
도시, 나의 조국이, 나의 사랑으로 이룩한 세계("우리의 작품")가 모두 산산조각
나고 있다. 무엇 때문에가 아니다. 우리 실존의 참상일 뿐. 이것이 빠체꼬의 세상
을 보는 눈이다. 죽음으로 가득한, 파괴의 꿀음으로 가득한 실존의 모습들. 그렇
다. 태어난다는 것은 죽는다는 것. 죽음은 존재의 밑바닥에서부터 올라온다. 따
라서 비밀스러운 죽음의 행진은 공포나 슬픔보다는 부질없는 소란만 낳는다.

깊은 감옥에서 죽음이 탈출한다.
가장 깊고 혼란한 곳으로부터 죽음이 싹터오른다.

7

낮은 밤이 된다,
태양은 먼지
파괴의 굉음이 세상을 채운다.[8]

8

그래서 어쩌다 문득 단단한 것이 부서진다,
쇠와 콘크리트가 흔들흔들거린다,
아스팔트가 금이 가고, 인생과 도시가
무너져내린다. 그러나 지구는 승리한다,

---

8 세상을 살아간다고 하는 것은 죽음을 잠깐 가둬놓는 일이다. 우리의 희망과 즐거움으로 죽음을 잊고 산다. 그러나 어느새 죽음은 그 '감옥'(울타리)에서 빠져나와 우리 주변을 맴돈다. 새봄이 오고 새싹이 트는 것도 죽음이 싹터오는 모습일 뿐. 그래서 우리는 "낮은 밤이" 됨을 본다. 알고 보면 우리가 믿고 살던 태양은 먼지 덩어리. 그동안 태양이 부서지는 소리가 너와 나의 삶과 세상을 이토록 소란스럽게 했던 것.

침략자들의 책략에 맞서서.

9

밤과 추위, 불순한 기후의
횡포를 막아주던 집,
비정과 공복과 갈증을 막아주던 집은
결국 감방이고 무덤이었구나.
살아남은 자는 또 한번 포로가 된다
깊은 질식의 그물이나 모래펄 속에.[9]

---

9 어떻게 보면 빠체꼬는 페시미스트가 아니다. 죽음에 에워싸인 우리의 삶을 직시하는 것이 페시미즘이라 할 수는 없다. 세네카의 말이 아니라도, 죽음은 인생에서 가장 자연스러운 현상이다. 누구나 갖게 되는, 누구나 피할 수 없는 우리 일상의 한 부분을 공포로, 절망으로 맞설 수는 없다. 그러나 우리 모두가 세네카나 소크라테스가 될 수 없듯이, 죽음 앞에 누가 침착할 수 있으랴. 절망과 고독감이 부질없이 소란을 떨고 있다.

살다보면 더러는 배반과 비정으로 울 때도 많았으리라. 살다보면 배고픔과 목마름도 많았을 것이다. 더러는 춥고 배고픈 세월을 집에 와서 달랬다. 아니면 고향에 돌아갈 꿈 하나로 참고 견뎠다. 그러나 그 돌아가고 싶던 곳, 그 고향은 나의 늙음과 죽음이 기다리는 곳일 밖에. 인생은 죽어가는 방향으로의 일방통행. 그래서 고향을 찾은 우리는 또 한번 차가운 '모래펄'이나 숨 막히는 고독의 '포로'가 된다.

그렇다면, 우리가 바라던 하늘과 고향은 어디였던가. 우리가 경험한 실존의 한계를 넘어, 우리가 숨 쉴 곳은 어디였던가.

10

공기가 부족할 때, 공기가 중요함을 안다.
질식의 그물에 걸려 버둥대는 물고기일 때
비로소 우리는 우리가 어떻게 있음을 안다. 구멍은 없다,
산소였던 바다로 돌아갈 구멍은 없다,
거기 우리는 물을 퍼올리기도 버리기도 하고 우리는 자유로웠지.
공포와 경악의 두 무게가
우리를
삶의 물 밖으로 내쫓았다.

유배지에 와서야 비로소 깨닫는다,
산다는 것은 공간을 필요로 한다는 것을.
한때 우리는
행복했지, 움직일 수 있고,
나갈 수 있고, 들어올 수 있고, 서 있어도 앉아 있어도 좋고.
이제 모든 것은 끝났다. 세상은
입구도 창문도 모두 닫았다.
오늘에야 비로소 이해할 것 같다
무서운 말 하나:
생매장.[10]

10 아니다, 빠체꼬가 멕시코에서 특별히 유배당한 것은 아니다. 누구든 고향에 돌아가면 낯선 사람이 된다. 고향에서 낯선 사람이 되는 느낌, 이것이 바로 진짜 타향살이다. 타향에 있을 때는 그리워하는 고향이 있어 좋다. 그러나 산천도 나도 이미 옛날의 그것이 아니다. 아무도 없는 곳에 아무도 아닌 사람이 서 있는 느낌…… 우리는 때로 기억한다. 아무리 뛰놀아도 넓기만 하던 운동장, 들어가도 나가도 좋던 집, 그 맑고 밝은 대기, 물, 하늘…… 그 모든 것들은 이제 꿈인 듯, 가고 없다. 나이 든 나그네에게 오직 고통의 양식으로, 배고픔만 더하게 할 뿐.

멕시코의 폐허 2[11]

3

도시의 저편, 나의 출생과 성장,
사랑과 증오의 이력으로 보면,
분명 내 것이라고 할 만한 곳(비록 아무것도
아무의 것일 수는 없다는 것을 내 잘 알지만)
그 돌 위에는 돌이 남아 있지 않다.

저기 보이지 않는 그것, 이미 없는 그것은
다시는 일어서지 못하리라,
한때, 다른 세상에서는
내가 태어났다고 하던 그곳.
재해에 일그러진 채, 지금 사람이 우글대는 저 거리는
나에게 길 걷는 것을 처음 가르쳐주었지.
나는 저 공원에서 놀았지
지금은 선전 간판으로 가득한.

나의 과거는 끝났다.
폐허가 나의 내부에서 무너진다.
항상 더 무너질 게 있다, 항상 더 있다.

---

11 「멕시코의 폐허 2」에서 3, 7만 발췌번역했다.

추락은 밑바닥이 없다.[12]

7

다시는 보지 못할 친구들에게,
그란하스-에스메랄다 단지, 아니면 네사에서
바느질인가 무슨 일을 하러 가기 위해
아침 6시에 집을 나서던 이름 모를 여인에게;
6개월에 영어와 컴퓨터를 배우기 위해
학교를 가던 그 여인에게,
나는 그들의 인생과 죽음에 대하여 용서를 빌고 싶다.

내가 진정으로 그들에게 용서를 비는 것은
그 많은 사람들의 몸속에서
아무도 그들의 진짜 얼굴을 보지 못했다는 점과
그들도 그 많은 사람들과 함께

---

12 과거는 아름답다고 했다. 프로이트는 어머니의 뱃속으로 되돌아가고 싶은 마음
이 행복 찾기라고 했던가, 행복은 죽음에의 욕망(타나토스Thanatos)이라고 했던
가. 그러나 행복에의 길도, 과거로 돌아가는 길도 이미 끝났다. 누구의 잘잘못이
아니다. 살아간다는 것은 오직 우리 발자국이 남기는 폐허를 되밟고 가는 일. 공
통 이외에는 특별한 보상이 없다. "추락은 밑바닥이 없다." 대책 없는 절망이 더
욱 슬프다. 슬프다고 말할 아무 이유도 없는 실존의 풍경이 더욱 충격적이다.

한 무더기 무덤 속에서 해체되어가고 있다는 점,
그리고 우리 속에서 그들이 계속 죽어가고 있다는 점.

내가 모르는 주검, 관 속의 횟가루 얼굴밖에
얼굴이 없는 벌거숭이 여인,
쓰레기들의 수의壽衣, 끝없는 붕괴의
마지막 예절:
너는 생매장; 너는 불구;
살아남았던 너는 또다시
전락을 맛보고, 조금 뒤에는
말할 수 없는 질식으로 죽고: 미안.

나는 그들에게 아무것도 줄 수 없었다.
같은 사람으로 함께 살았음이 무슨 소용인가.
쓰레기를 치우지 못한다, 집들을 지탱하지 못한다,
물론 집을 다시 세우지도 못한다.
반대로 내가 청하는 것은
내가 나의 어둠 속에서 헤쳐나오기 위해
이미 존재하지 않는, 이미 붙잡을 수 없는
하나의 불가능의 손.
그러나 그 손은 아직 허무의 가장자리,
고통의 공간에 펼쳐져 있다.

지금 내가 여기 있는 것을 용서하라,

여기 건물이 하나 있었지,

거기 내가 바라보고 있는 것은

하나의 깊은 틈바귀,[13]

나 스스로의 죽음의 구멍.[14]

---

13 빠체꼬의 눈은 우리 모두의 눈이면서 유난히 깊다. 살아감과 인연과 손끝에 스치는 수많은 따스함과 차가움, 그 하나하나의 진실과 사랑과 생명성, 그 "진짜 얼굴"을 알 수도 없고 알아보지도 않으며, 뒤늦게 기억하는 서글픔의 자리에 나라는 존재가 있다. 그 많은 사람들 사이에 더러는 생각나는 사람들까지도 나는 알아보지 못했다. 알아볼 생각도 안했다. 지구라는 위성에 사는 존재들 사이의 최소한의 고독도 공포도 죽음의 불가피성도 사랑도 나누지 못했다. 내가 그들에게 그랬듯이 나 또한 더욱 무서운 고독 속에(어둠 속에 눈을 뜬다는 것은 더욱 큰 공포를 야기시킨다), 아무도 모르는 사람으로 눈을 감을 것. 아무도 모르고 아무도 모르게 나 또한 그 '틈바귀'에 빠져 죽을 것이다.

14 오늘 이 시집 『땅을 보다』를 만난다. 멕시코의 위대한 시인의 하나로서의 긴 여정 끝에 다시 만나는 그의 오늘 시들은 또다시 시와 인생이 진솔하게 하나 되는 길이 얼마나 깊은 곳에 자리할 수 있는가를 새삼 깨닫게 한다.

하이메 싸비네스(Jaime Sabines, 멕시코, 1926~99) ─────────

항상 나는 나의 좆이었습니다, 하느님,
항상 나는 여자에게 들어가는
내 살의 한 조각,
나를 남자이게 하고, 세상을 알게 하고,
삶과 죽음을 가진 사람이게 한 것.
왜 너는 나를 작아지게 하는가?
나는 너의 지혜로부터 배우고 싶은 게 없다.
나는 계속 꼿꼿이, 꼿꼿이 서 있는 남근이고 싶다.
그리하여 정확한 시간에
달콤한 땅의 달콤한 흙더미에 들어가고 싶다.
80세까지만 살아서
제대로 서 있게 해다오!

이렇게 소리치는 영과 육의 진솔성이 싸비네스의 목소리다(「항상 나는 나의
좆이었습니다」).『시 다시 헤아리기』(*Nuevo recuento de poemas*, 1977)와『다른
흩어진 시들』(*Otros poemas sueltos*, 1973~93)에 나오는 시들은 싸비네스의 인
생 역정과 병행하는 생명의 발자취들이 진솔하게 메아리친다. 어떻게 보면 아
주 쉬운 우리 일상의 자잘한 사연들을 대화하듯 일상어로 말하지만 그것이 싸
비네스의 손에서는 환상처럼 낯설어진다. 그 무서운 진술함 때문.
옥따비오 빠스는 싸비네스를 "우리 언어(에스빠냐어)로 쓴 현대시의 가장 훌
륭한 시인 중의 하나"라고 말했다. 그만큼 그의 시는 처음부터 "독창적 목소
리"를 갖는다. 그의 시가 그렇듯 싸비네스는 애초부터 상업에 종사했고 따로
문학활동을 하지 않았고, 문학잡지에 기고도 하지 않았다. 그러나 일체의 이
상주의와 환상을 배격하는 그의 적나라한 회의주의에 죽음에 대한 공포가 겹
치면서 그 평범한 이야기의 바탕은 어둠이 된다. "그리하여 정확한 시간에/달

콤한 땅의 달콤한 흙더미에 들어가고 싶다./80세까지만 살아서/제대로 서 있게 해다오!" 이 얼마나 솔직한 소망의 말인가. 바탕과 바닥은 죽어서 흙에 눕기다. 그러나 자세히 보면 그에게 "달콤한 땅"이라는 희망이 없는 게 아니다. 일상과 일상어에 대한 애착이 종교나 이상주의를 떠나서 싸비네스에겐 오히려 큰 위안이고 희망이다.

시집에 『시간』(*Horal*, 1950) 『신호』(*La señal*, 1951) 『아담과 이브』(*Adán y Eva*, 1952) 『따룸바』(*Tarumba*, 1956) 『일기 잡지 그리고 산문시들』(*Diario semanario y poemas en prosa*, 1961) 『흩어진 시들』(*Poemas sueltos*, 1951~61) 『유리아』(*Yuria*, 1967) 『뜰랄뗄롤꼬』(*Tlatelolco*, 1968) 『악의 시간』(*Maltiempo*, 1972) 『싸비네스 어른의 죽음에 관한 어떤 것』(*Algo sobre la muerte del mayor Sabines*, 1973) 등이 있다.

항상 나는 나의 좆이었습니다

항상 나는 나의 좆이었습니다, 하느님,
항상 나는 여자에게 들어가는
내 살의 한 조각,
나를 남자이게 하고, 세상을 알게 하고,
삶과 죽음을 가진 사람이게 한 것.
왜 너는 나를 작아지게 하는가?
나는 너의 지혜로부터 배우고 싶은 게 없다.
나는 계속 꼿꼿이, 꼿꼿이 서 있는 남근이고 싶다.
그리하여 정확한 시간에
달콤한 땅의 달콤한 흙더미에 들어가고 싶다.
80세까지만 살아서
제대로 서 있게 해다오!

미스 X

미스 X, 그래, 이 조그만 미스 X가
마침내, 나의 희망으로 다가왔어:
그녀의 눈언저리로
아무것도 모르는, 짧고, 영원한 빛살.
갓 새벽의 부드러운
바람처럼, 깨끗하고 날쌘 그녀.
물 밑의 풀 이파리처럼
깊고 연하고 즐거운 그녀.
때때로 슬픈 표정을 지을 때 보면
그녀 집에서 빠른 우상을 만들고
근심에 찬 귀신들을 그리는
그런 담벼락같이 알 수 없는 데가 있어.
내 생각에는 그녀가 어린애 같아,
할머니에게 이것저것 묻기를 좋아하는
말하자면, 머리에 지푸라기도 안 떼고
도시에 와서 어리둥절해하는 당나귀 같은.
또한 그녀는 성숙한 여인 같은 데가 있지.
문득 사람들 눈길에 놀라서
가슴 두근거리다가
속으로 눈물 삼키며 마음을 삭이는,
미스 X, 그래, 나 보고 웃는 여자,
이름이 뭐냐고 물어도 대답이 없는 여자.

그녀가 지금 내게 말했어, 그녀의 그림자 위에 서서
나를 사랑한다고, 그러나 사랑하지 않는다고.
나는 그녀가 "안돼요, 안돼요" 하며
머리 젖도록 가만히 바라보지. 그러다가 그녀는 지치지.
그녀 손에 내 입맞춤이
고요한 속살 아래 날개의 싹을 틔우지.
어제는 온종일
햇빛에 젖어 있었어.
그리고 미스 X는 어깨에
비옷을 걸치고 나왔지, 가볍게, 사랑에 취해서.
한번도 그렇게 어려 보인 적이 없었어.
이마에 머리칼을 떨구고,
마치 그녀 눈길 위에 떨어진 내 영혼처럼.

그녀의 손을 잡고, 우리는 내내
물에 젖은 오후를 거닐었지.

아, 미스 X, 미스 X, 숨어 있는
여명의 꽃 이파리 하나![1]

---

1 그녀를 "숨어 있는/여명의 꽃 이파리 하나"라고 모처럼 멋진 표현을 썼다. 어렵
  지 않은 그런 낭만적 수사가 너무 진솔하고 소박해서 빛난다.

당신은 그녀를 사랑하지 않겠지요, 어르신네, 그녀를 모르니까요.
전 내일 그녈 만나러 갑니다.[2]

---

2 잘살고 폼 재며 허세 부리는 '어르신네들'의 진실성 없는 위선에 대한 마지막 일
침이 무섭다. 이것은 평범한 '미스 X'와 그를 사랑하는 '나'의 무서운 자존심의
표현이다.

칼날³

기다린다,
계속 기다린다
나쁜 소식은 없기를, 계속.
전화기를 들면:
또 어디 죽은 일 없기를, 혹시 아는 사람이;
텔레비전을 보면:
또 어디 마지막 전쟁이 터지는 일 없기를.
평가절하도 참을 수 없다,
정치 연설도, 기후도,
사람들의 사랑도,
그러나 이제 원하지 않는다, 원하지 않는 건,
정말 원하지 않는 건
또다른 칼날.⁴

---

3 원제는 'espero'(기다린다)이나 제목을 달리 붙였다.
4 한밤중 전화 받기 겁난다. "혹시 아는 사람이" 죽었을까봐…… 그건 '칼날'이다.
  나도 곧 죽으리라는 경고장이니까.

가족

아침 내내 집 안 대청소를 한다고, 내 딸들은 집 안에서 개며 고양이며 그 세 자식까지 내쫓았다.

왜들 이럴까. 이들도 결국 인간 가족의 한 구성원들이 아닐까?

나의 반발은, 그러나 별 소용 없다. 쓸데없이 멍멍거리고 야옹거리고 몰래 집 안에 숨어들려고 한단다.

한시간 동안이나 나는 마당에서 그들과 자리를 같이했다.[5]

---

5 따로 동물애호구호나 환경보호란 말이 필요할까? 가족 같은 따스함보다 더 큰 지혜와 사랑이 있을까?

길 잃은 새들처럼

1

가요는 노래가 아니다. 노래는 벙어리도 안다.

2

너의 운명을 가지고 놀 수 있다고 믿었는가? 바다는 조숙한 조난자들을 밀어낸다. 죽음은 정확한 시간이 아니면 문을 열지 않는다. 너의 시체가 너를 찾아오리라, 너무 걱정 말라.

3

배가 고프다. 나는 단식을 하는 게 필요한가보다.

4

미래를 위해 네게 바라는 것은 아무것도 없다. 너의 과거가 행복하기를 바랄 뿐.

5

사랑은 예절 바른 추억(아니면 끈질긴 망각).

6

여자는 뱀도 꽃도 아니다. 혀 밑에 젖이 안 나온다. 꿀도, 아무것
도: 침만 나온다. 여자는 다행히 네가 줄 수 있는 모든 것.

7

너더러 정신이 없다고 한다. 그들은 정원에나 익숙해 있다. 숲은
모르지.

8

길을 걷기 시작하렴.[6] 모든 것은 걷기 시작하느냐 않느냐의 문제

....
6 그냥 걷는 것이 행복이다. 그냥 읽는 것이 즐거움이다. 특히 싸비네스의 시들은.

지. 하체마비자에게 무슨 벽이 발길을 멈추게 한다더냐, 무슨 심연이?

9

조용한 오후엔 나무의 그림자들이 숨바꼭질을 한다. 나의 가슴에는 아픔과 꿈과 소망이 숨바꼭질.

오메로 아리드히스(Homero Aridjis, 멕시코, 1940~) ──────

오메로 아리드히스! 이름부터 어렵다. 옥따비오 빠스의 말대로 진짜 어렵고 독창적인 시인이다. 빠스는 "몬떼스 데 오까(Ángel Montes de Oca, 1954~)와 아리드히스가 기발함과 움직임이 있는 시를 대변한다"고 말했다. 이들은 지금까지 신세대에서 가장 독창적인 시를 쓴 두 시인이다.

네루다와 빠스 이후 라틴아메리카 시는 불연속성 이미지의 각축장이 되었다. 빠스가 기발하고 독창적이라고 하면 정말 어려운 시다. 그러나 그 혼란 속에서도 생각이나 맛이 죽은 것은 아니다. 둘 다 사랑의 시다. 다만 플라톤적 사랑이 시간과 계절의 변화 속에서 밀알처럼 생명성으로 되살아난다. 「그것은 너의 이름이다. 또한 시월이다」의 시구가 기발하다. '이름'은 플라톤적 사랑 같은 영원성이다. 그러나 '시월'은 시간과 계절의 감각이 살아 있는 아름다움이다. 사랑 혹은 너는 나의 영원이며 만질 수 있는 현재다.

시집으로는 『바로 편 눈들』(*Los ojos desdoblados*, 1960) 『왕국 이전에』(*Antes del reino*, 1963) 『페르세포네』(*Perséfone*, 1967) 『푸른 공간』(*Los espacios azules*, 1969) 『천사들의 시간』(*Tiempo de ángeles*, 1994) 『다른 곳을 보는 눈들』(*Ojos de otro mirar*, 1998) 『태양의 시』(*Los poemas solares*, 2005) 등이 있다.

그것은 너의 이름이다. 또한 시월이다

그것은 너의 이름이다. 또한 시월이다
그것은 옛 시집. 너의 향유가
바로 그녀 너 모든 혼란 중 가장 젊은
은밀한 비상 속의 비둘기들
첨탑의 마지막 계단
성채 속 사랑을 엿보는 연인
그것은 모든 움직임, 모든 사물 속에서 베풀 수 있는 무엇
그것은 누각들
그것은 하나의 행동 속에 온몸이 들어 있지 않는
아름다운 노래 중의 아름다운 노래
그것은 사랑이다, 너를 사랑하는
그것은 모든 깨달음의 종합
밤 가장자리에서 꿈꾸는 자 곁에서
불면 곁에서 홀로 지새우는 눈
그것은 또한 사월이면서 십일월
그리고 팔월 내부의 소란
그것은 온 거울의 빛을 빨아마시는
벌거숭이 너의 육체
그것은 너의 밀알의 힘
모든 사물 속에 너를 바라보게 하는
그것이 너다. 그것이 나다
그리고 그것은 동그랗게 네 위를 걸어가게 하는

네가 하는 일들에 무지개의 크기를 부여하는
혼자서 너의 충동으로 네게 말을 하게 하는.[1]

---

1 사랑하는 사람이 있으면 어딜 가도 무엇을 해도 모두 그녀로 보인다. 세상이 모
두 아름다워 보인다. "네가 하는 일들에 무지개의 크기를 부여하"듯 네가 하는
일은 모두 다 아름답다.

봄 속의 나의 여인

봄 속의 나의 여인은
사람들 사이 황금빛 얼굴을 달고 다닌다

그녀가 내리는 비의 내부는
무척 높다, 키가 크다, 빛 속에서도, 어둠 속에서도

들판으로 진홍색 흑요석을
내려준다, 도시들로

시골 아낙네의 평화로운 두 눈동자는
빛나는 시간들을 수확한다

그녀 손길의 먼지는
풀 위에 누운 햇살에 부서진다

사랑의 육신들은
그녀의 길을 이름들로 가득 채웠다[2]

---

2 사랑은 "그녀의 길을 이름들로 가득 채웠다". 그녀가 걷던 길은 모두 그녀에 대한 추억뿐. 길은 움직임이며 시간이며 걸어갈 수 있는 현재성이다. 모든 아름다운 여인은 그리스 여신이나 선녀를 닮았다. 불멸의 이름표를 연상시킨다. 그러나 만질 수 있는 영원, 걸을 수 있는 길.

때때로 사람이 한 육체를 만진다

때때로 사람이 한 육체를 만지고 몸을 일깨운다
육체를 통해 펼쳐지는 밤을 지낸다
바다의 품의 민감한 맥박을 느낀다

그리고 바다를 사랑하듯 몸을 사랑한다
바다의 벌거벗은 노래를 사랑하듯
외로운 여름을 사랑하듯

지금이라고 말하듯 우리는 빛이라고 말한다
어제라고 말한다 다른 부분도 말한다

우리는 몸을 몸들로 가득 채운다 몸들로
갈매기들로, 갈매기는 우리 것들이니까

우리는 육체를 구석구석 사다리처럼 올라간다
물가며 지붕이며 문빗장이며

호텔이며 밑바닥이며 추억들이며
풍경들이며 시간이며 소혹성들이며

우리는 육체를 우리들로 우리 영혼으로 가득 채운다
섬과 영혼들의 목걸이들로

우리는 육체가 살아 있음을 느낀다 일상적으로
그것이 아름답다고 느낀다 어둠이지만.[3]

---

3 "바다를 사랑하듯 몸을 사랑한다"는 말은 그리스 신화를 연상시킨다. 세이렌이
라는 인어의 노랫소리에 홀려 바다에 빠진 뱃사람. 이것은 어쩌면 여성의 육체
에 빠진 남자 이야기가 아닐까? 육체는 "아름답다"고 느껴진다, 비록 그것이 "어
둠"이고 죽음일지라도.

왕국 이전에

왕국 이전에
떠다니는 마을들 이전에
심부름꾼들의 발 이전에
너는 벌써 첫 어둠이었다
서서히 부서지는 천사들의 파멸 속에
풀어지는 나쁜 조짐
너는 벌써 손이거나 칼
그리고 얼굴 두 얼굴들
그리고 역풍들을 묶어주는 허리띠

너는 이미 마지막 창문
마지막 눈들
빛의 화재
길거리에서 병든 여인의 기침으로
더러운 밤

너는 너 자신이었다
그리고 스파이처럼 뒤에 따라다니는 너의 분신
왕국 이전에
아직 너는 네가 아니었다
오직 사전 징조
그리고 너는 벌써 현신現身이었다

인사 같은 신호
두 몸뚱이
조각조각 나 무너지는 성교[4]

---

4 여기서 '왕국'은 너와 나의 사랑이 만드는 우리의 사랑의 왕국이다. 그것은 '너'
라는 기적의 발견이면서 파멸의 전조 같은 것.

생각보다 더 빨리 이미지가 간다

생각보다 더 빨리 이미지가 간다
너의 몸속으로 빙글빙글 돌며 올라간다
수액처럼, 아니면 속치마처럼, 아니면 소리로 된 담쟁이넝쿨처럼

대낮보다 더 빨리 너의 눈길이 간다
시간을 몰아세우며 메아리를 남기며
네가 이름 붙인 달들은 이제 너의 눈이다
보금자리다 흔들리는 창조의 말들

이미지보다 더 빨리 이미지가 간다
빛이 어둠인 심연에서 이미지가 너를 찾는다
보이지 않는 데서 보이는 너를 찾는다
누군가 살아가면서 빛이 나는 사람처럼

시간을 앞서거니 뒤서거니 이미지가 간다
이미지 속으로 다른 이미지가 간다
속도보다 더 빠르게 생각이 간다[5]

----
5 아리드히스는 아마도 빠블로 네루다의 시를 해석하면서 시 창작 순간을 말하는
듯하다. 먼저 감정이 있고 거기에 직감이 따른다. 직감이 생각이라면 감정은 시
각적·정서적 이미지일 수 있다. 물론 "생각보다 더 빨리 이미지가 간다", "누군
가 살아가면서 빛이 나는 사람처럼".

엘사 끄로스(Elsa Cross, 멕시코, 1946~)

"20세기 후반 멕시코 시 중 가장 맑고 완전한 걸작"(아돌포 가스따뇬)이라는 엘사 끄로스의 『말라바르 송가』(*Canto Malabar*, 1987)는 에스빠냐어 시의 오랜 전통인 신비주의와 인도의 정신세계가 혼연일체가 된 아름다운 시어의 결정체라고 할 수 있다. 『바니아노 나무』(*Baniano*, 1986) 『불의 여행』(*Pasaje de fuego*, 1987)에 이은 여러 시집들은 엘사 끄로스가 오늘 멕시코 시의 정신적 신비주의를 대표하는 중요한 시인임을 알게 한다.

이미 『햇살에 비친 거울: 시 1964~81)』(*Espejo al sol: poema 1964~1981*, 1988)로 시선집을 냈고, 그후 『안따르의 시집』(*El diván de Antar*, 1990)과 『모이라』(*Moira*, 1993)로 두번에 걸쳐 '국가시상'을 탄, 현재 멕시코 시의 자존심이라고 할 수 있는 엘사 끄로스 시의 매력은 무엇보다 그 시 체험의 진솔성이 빚어낸 우주만상의 현란한 무늬에 있다.

1978년 인도의 가네쉬푸리라는 명상원에서 겪은 삼개월간의 신비적 명상 체험은 그녀의 시 세계를 살찌우는 자양분이 된다. 특히 그녀가 거기서 알게 된 스와미 묵타난다 스님과의 대화는 인상적이다. 그녀는 스님에게 시집을 보여준다. 스님은 티루파티 사원에서 따왔다는 신선한 나무 이파리 몇개를 주셨다. 그것이 시인에게 줄 수 있는 유일한 선물이었음을 알았다. 그때부터 그녀는 바니아노 나무 밑으로 시를 쓰러 간다. 첫날부터 『말라바르 송가』라는 시집이 흘러나오기 시작했는데 대단히 긴 시였다. 그녀의 기억은 생생하다. "스님을 처음 뵈었을 때 나는 바니아노 나무 밑에 있었다. 스님은 빨리 지나갔다. 그후 이상한 현상이 벌어졌다. 나를 에워싸고 있는 모든 것의 모습이 바뀌어, 모든 것이 스님의 모습이 되었다. 나무들을 보아도 스님의 모습이었다. 꽃을 보아도, 돌을 보아도…… 모든 소리들에도 그의 모습이 보이는 것은 설명할 수가 없었다. 거기까지 들리는 사원의 염불 소리에도 멧비둘기 소리에도 스님의 목소리가 들렸다. 다음 날 나는 스님의 죽음을 알았다. 스님의 입적(入寂)은 모든 사물과 하나가 되는 것을 의미했던 것."

다소 길게 시인의 고백을 여기 옮긴 것은 그녀 시의 진솔성이 어디에서 나온 것인가를 짐작해보기 위해서다. 이것은 물론 정확히 말해서 힌두교의 신비주의 체험은 아니다. 그것은 어쩌면 이미 멕시코 국립대학의 문학박사이면서 인도와 미국에서 동양철학을 전공한 한 지성인의 종교적 지식이 간접적 체험의 영상으로 나타났거나, 입적하신 스님의 염력(念力)이 눈을 뜨게 한 것인지도 모른다. 그러니까 이 시인의 영적 체험을 과대평가해서, 사물의 참모습을 깨우친 깨달음의 증표로 이해할 생각은 없다는 것.

그러나 시인의 체험이나 목표가 반드시 깨달음을 향한 것은 아니다. 시인은 오히려 그 깨달음 이전의 불과 물의 세계에서 헤엄치는 것을 즐기는 어린아이이고 싶은지도 모른다. 그러나 놀이치고 불에서 헤엄친다는 것은 상당히 멋있다. 시집 제목 『말라바르 송가』는 인도스탄의 말라바르에서 온 노래라는 뜻과 "관념의 놀이로 독자나 관객을 황홀하게 하는 예술"(malabarismo)이라는 연상이 함께한다. 우리가 사는 세계, 차별과 관념이 '불립문자'보다 앞서는 현상세계에서 어찌 시로 득도(得道)를 논하겠는가. 그저 그 진지한 놀이가 불을 뛰어넘고 물을 뛰어넘고 그 형상을 뛰어넘을 때, 우리의 황홀이 기막힐 것 아닌가.

초혼招魂

나는 상처가 열리는 것을 보았다,
단 한번 쇠끝의 반짝임으로
피가 솟는 것.
그렇게 첫 재스민이 열리는 것을
보았다
            장미 옆에서.
개미들이 줄줄이 떼 지어
이파리들을 지고
                        벌거숭이 나무줄기에 오른다.
그늘의 아취 밑을 거쳐
줄지어 올라간다
                        고갯길로.
파도치는 산정,
                        창들의 출현
그리고 치맛자락에는
                        불길들의 반짝임.
정화수 같은 불.

나는 눈에 보이지 않는 도장들이
살갗에 표시를 하는 것을 보았다
                                    잠을 자는 동안
꿈에게 말을 하는

기호로 대기를 채우는 그 살갗을.

옛 점쟁이에게 물어볼까.
물에게 물어볼까
　　　　　　　날아가는 새에게
'입술에 한 방울 물
머리칼 하나'
　　　　　　아무렇게나 바치는 제물.
기호는 변질하지 않는다
　　　　　　　　눈꽃 화환.

빨갛게 꽃이 열린다.
빗방울들이
작은 물살들을 모은다
　　　　　　　소금들을 끌고
　　　　　　　색색의 돌들을 끌고
물가에 이른다
거기 꿈이
어두운 말의 실타래를 푼다.[1]

---

[1] 이 시에는 뜻하지 아니한 것들의 합주가 있다. 특히 물과 불이 온도를 잃고 "눈꽃
화환"으로 되태어난다. '쇠끝'이나 칼끝이 아프지 않다. 피가 아프지 않다. 꽃이
핀다. 하얀 재스민꽃이어도 장미여도 아픔으로 피는 꽃은 신선하다. 아프지 않

다. 되태어남의 신선함 그대로.

우리는 물로 세례를 받고 정화수로 사용하는 것은 알지만, 불로 세례를 받는 것은 모른다. 그러나 햇살을 받으면 우리는 우리가 불로 되태어남을 알 수 있다. 힘이 솟으니까, 기분이 좋으니까. 산정무한이라던가. 만물이 유정(有情)하다. 만물 중의 하나가 꿈이다. 꿈 또한 알 수 없는 자연과 현실의 모습들을 색다르게 보여준다. 여기에는 모두가 혼(魂)이 있다. 따라서 시를 쓰는 것은 이 혼을 부르는 것. 물과 불로 눈을 닦고 꽃이 눈뜨는 아픔을 맑게 지켜보자.

시는 진솔한 마음이 먼저다. 의미와 상징을 만드는 기술이 먼저가 아니다. 빗물이 물가에 이르러 꿈과 대화하는 소리를 들은 적이 있는가. 빗줄기가 폭포를 만드는 물살을 들고 오는 걸 본 일이 있는가. 우주와 자연을 사랑하는 여성 시인의 섬세한 눈길이 이렇게 무리 없이 어여쁜 눈짓을 그려내는 것은 그 마음 바탕이 원래 해맑기 때문이 아닐까.

표범

1

아기 표범.
뱀.
떡 벌린 입,
커지는 눈들.
너의 동공은 하늘을 삼킨다:
눈뜨으로 가득한 밤.

강은 바위에 걸린
여인의 잠옷을 끌고 간다
─물 밑으로 쪽빛 보석들─,
모래는 그녀들의 비밀을 적는다.
조약돌 사이, 거미들;
뻘 속에
피어난 꽃들 사이 수북이 모여든 벌 떼들.

갑자기 불어난 물처럼 조용하게
호랑이들이 물 마시러 내려오는 밤.

아기 표범,
너의 눈에서 밤이 반쯤 눈을 감는다.

해가 화살을 쏠 때
너는 잠이 든다
고무나무 이파리 사이에서
그리고 원숭이들의 살결에 불을 붙인다.

2

인디오 추장 머리 위 깃털,
목초지로부터 지평선을 여는 불길.
노인은 그의 표범의 이빨들을
씨앗처럼
주인 없는 땅에 뿌린다.

오소리,
맑은 돌의 강.
등에
나이 꾸러미를 가득 지고,
불의 지팡이를 짚고,
나뭇가지를 짊어진 노인.
산등성이에는 노인의 모습이 보인다,
북쪽을 바라보며

지휘봉인 듯 지팡이를 흔드는.

그는 중얼중얼 저주를 한다,
도마뱀처럼 휘파람 소리를 낸다.
비가 오시라고 기우제를 지낸 어른들이
구름 속에서 모습을 나타낸다.

폭풍우,
나무들 사이 불빛.
새 한마리 소리치지 않는다.
원숭이들은 두 손으로 얼굴을 가린다.

3

재규어 표범 인간,
소년,
조각으로 새긴 입.
대낮에 너는 숨어 나를 기다린다,
나를 덮친다.
가지런한 너의 이빨들.
너의 손들——

내 옷을 풀어헤친다.
표범의 두 눈,
노란 불빛.

사방에서 너는 나타난다.
땅 밑에서 너는 나온다.
밤의 주인들에게 지치고 지쳐서
그 발톱들, 그 어금니들.
너는 어둠 속의 태양.
너는 싸움터의 전사,
너는 싸운다.
너의 가죽은 별빛으로 얼룩진다.
너의 두 팔은
주홍빛.

밤에 너는 나를 데려간다.
우리는 발자취를 쫓아간다,
어디로 나 있는지도 모르는 길을.
너는 쎄레께처럼 달린다,
너는 사슴처럼 듣는다,
대기를 냄새 맡는다,
표범의 코.

노란 이마.

나는 네가 나타나는 곳의 어둠.[2]

---

2 엘사 끄로스의 이 '표범'은 그 상징성이 쉽게 관념화되지 않는, 그러나 무언가 원시적 생명력이 살아 숨 쉬는 그런 실체다. 살아간다고 하는 인간 실존의 어둠 속에서 가장 그리워지는 우주적 에너지의 발산인지도 모른다. 메시아가, 미륵불이, 아니면 원시적 생명성 그대로 땅과 하늘에 살아 숨 쉬는 신비로운 전사의 강력한 발톱과 어금니가 우리에게 필요한지도 모른다. 보르헤스가 그토록 그리워하던 서사시의 영웅들, 혹은 "불의 호랑이"(보르헤스 「호랑이의 황금」)처럼 인간 실존 앞에 늠름히 제 모습으로 살아 있는 강력한 생명성과 용기와 희망의 상징이 엘사 끄로스에게는 바로 "재규어 표범"이다.

사랑 그 가장 어두운 것 1

여기 나는 너를 사랑하기 시작한다,
이 맑고 맑은 벽壁들 속에서,
우기雨期여서 덥기만 한 이 도시에서.
(너는 지금 어디 있는 거야?
너를 생각하고 있는 이 늦은 봄에
이 모든 걸 다 모르고 넌 지금 어디 있는 거야?)
너는 결국 잡을 수 없는 슬픈 존재임을
나는 알게 된다.
무슨 발로 네가 이 땅에 오게 되었는지 말해다오,
어떻게 깨달은 자의 은총과
그 겸손의 미덕을 포기하게 되었는지;
그때부터 어떤 체벌이 너를 못살게 했는지
어떻게 너의 얼굴을 후려쳤는지
그리고 너의 목소리에 분노와 그리움을 퍼붓게 되었는지.
말해다오, 너는 어떻게 그렇게 당하고만 살게 되었는지.
어떤 길을 버리고 와
한순간의 깨달음을 얻게 되는지,
어떤 형벌이 너를 못살게 굴고 너를 굴복시키고
여기 오기까지 어떤 길을 걸었는지,
이 알 수 없는 사람아, 아름다운 사람아,
여기 내가 너를 사랑하고 있다.³

사랑 그 가장 어두운 것 3

나는 불행을 향해 간다.
내 속의 어떤 것이 날마다 너를 다시 만들어
날마다 나에게 너의 모습을 되돌려준다.
무언가 나를 데려간다
네가 있는 어떤 금지된 구역으로,
어쩌면 내 생각조차 한번도 만져보지 못한 구역으로.
무슨 저주가 날 길을 잃게 만들었는가?
무슨 저주가 나의 모든 길을 어둡게 한 것인가?
나는 나를 혼돈에 빠뜨리는
은총이 싫다.
나를 너로부터 떼어놓는
어떤 요새도 절제도 싫다.
내 말이 들리지 않게 하라
그리고 너를 보여주고
너의 그리움을 줄여다오.

라울 아세베스(Raúl Aceves, 멕시코, 1951~) ─────────────

심리학을 전공하고 시인이 된 라울 아세베스. 현재 멕시코 과달라하라 대학교에서 문학 연구교수로 재직 중이다. 그의 시는 늘 심리학자다운 예리한 통찰력과 직감이 돋보인다. 인간 심리의 오묘한 섭리를 일상생활 속에서 끌어내는, 평범 속에서 비범을 찾는 시인이다. 때로는 「반 고흐의 구두」에서 보듯 무서운 아이러니가 반짝인다. 아포리즘에 가까운 짧고 날카로운 관조가 특징이기도 하다.

라울 아세베스의 시가 재미있는 것은 인간애나 남녀 사이의 정이나 애정에 대한 시가 많다는 점이다. 서구 시에서 찾아보기 힘든 끈끈한 정에 대한 시가 「철물점의 은유, 연인들」에서 잘 묘사된다. 아세베스는 주역의 음양철학이나 불교에 관심을 보이기도 한다. 특히 「여자의 힘을 이해하는 방법」에서 여자를 "모성의 소용돌이"로 묘사한 것은 에로틱하면서 음양(陰陽) 중 음의 힘을 상징하는 이미지로 보인다.

시집으로『변환된 것들의 하늘』(*Cielo de las cosas devueltas*, 1982)『존재로의 여행』(*Expedición al Ser*, 1989)『번개로 켜는 현금』(*Las arpas del relámpago*, 1990)『진흙 세상』(*Mundos del barro*, 1993)『탐구와 횡단』(*Dislocaciones y travesías*, 1997)『멕시코인의 직업』(*Oficios mexicanos*, 2000)『끝없는 정원』(*El jardín infinito*, 2006) 등이 있다.

철물점의 은유, 연인들

연인들은
서로 쑤셔넣는
암나사 수나사 같은 거
신은 무정하다. 이 둘을
칭칭 동여맨 집게손
세월이 가거나 비가 오면
녹이 슨다
그렇게 되면 어쩔 수 없이 서로 붙어서
유일하게 세공용 톱이나 악마가
떼어놓기나 할까.[1]

---

1 연인들이나 부부간의 정을 말하고 있다. 우리의 정의 전통이 멕시코에 미친 것일까. "이놈의 정 때문에⋯⋯"가 종교적인 은유로까지 번져나간다.

개구리 잡는 법

개구리가 상당히 많은 연못을 찾으세요
보름달 휘둥그런 밤에 망태며 족대를 들고 나오세요
개구리가 우는 소리가 많이 나는 쪽으로 나가세요
연못에 들어가 개구리를 잡기 시작하시죠
개구리의, 미래의 그 맛있는 뒷다리로
　　　　망태가 다 채워질 즈음
개구리 사냥꾼의 오른쪽 앞무릎 부분에
　　　　악어 이빨을 느끼리라
악어도 마침 그 보름 달밤에
또한 사냥을 나왔었거든요.[2]

----

2 욕망과 사냥의 아이러니. 그것이 이상하리만큼 잔인하지 않다. 같은 동물의 세계
에서는 먹고 먹히는 것이 자연스러운 서정이라고 할 수 있을지……

여자의 힘을 이해하는 방법

아구스띤 리오스에게

앞에 있는 것이
여자라거나
무슨 이름이 있는 거라고 생각하지 말 것

거기 있는 것이
정말 눈으로 볼 수 있는 거라든가
만질 수 있고 잡을 수 있는 거라고 생각하지 말 것

어떤 벌거숭이 힘
땅덩어리의, 무인칭의 심연 같은
짐승이거나 활화산이라고 생각할 것

도저히 견딜 수 없는 소용돌이
오직 하나의 문을 통해서만
태어날 수 있는
　　　필연의 현기증이라고 생각할 것

당신도 그녀의 한 분신이라고
오직 마음의 장난으로
그것과 분리되었다고 느껴지는
　　　착각이라는 걸 생각할 것

당신도 그녀를 떠나서는 존재할 수 없고
그녀 또한 당신 없이 존재할 수 없다는 걸 생각할 것

그녀의 커다란 모성의
무위의 소용돌이
우주의 용암에 빨려들
　　무서운 희망을 생각할 것.[3]

친절

누가 내게 진정한 친절을 베풀 수 있을까?
예를 들어, 따뜻한 물 꼭지를 열고
자기 비누와 신선한 아침을 선사한다든지
자기 하루 휴가와 미친 소망을 선사한다든지
누가 내게 진정한 친절을 베풀 수 있을까?
예를 들어, 나의 손톱을 대신 깎아주고, 나의 치아를 닦아주고
거울에 비친 내 얼굴을 보려고 고개를 내밀고
나의 대머리에 남은 머리칼을 잘라주고
그다음 나의 아침밥을 대신 씹어준다든지
누가 내 대신 죽어주는 친절을 베풀 수 있을까?
나의 가죽에 싸여, 들리지 않는 침묵의 고문을 당하고
점잖지 못한 질문에 답하거나
이 소화불량을 대신 짊어지고 산다든지
누가 내게 진정한 친절을 베풀 수 있을까?
하나의 위대한 일을 실현하기 위해
자기 몸 전체를 빌려준다든지
아니면 자기 몸을 주고 그 몸을 통해 태어나게 한다든지
아니면 자기 영혼을 주고, 누구나 부활하는 무법천지에
자리 하나를 내준다든지.[4]

---

4 이런 걸 세상에 바란다는 것은 좀 염치없는 일일 수 있다. 그러나 그런 소망이 누구에게나 없는 것은 아닐 터. 서글프리만큼 간절한 소망이 우리에게 주는 느낌은 쓸쓸함이랄까.

반 고흐의 구두 한 짝

하루는 반 고흐가 구두 한 짝을 그렸다,
하도 잘 그린 그림이라서
곧바로 신기만 하면 되는 그런 거였다.
반 고흐는 오직 구두 한 짝만 그렸다
왜냐하면 루시오가 말했듯이
그는 너무 가난해서
오직 구두 한 짝밖에 없었기 때문.
지금 반 고흐의 구두는
수천만원이 가서
아무도 감히 그 구두를 신을 생각조차 못한다.[5]

---

5 이 이야기 또한 아이러니다. 너무 가난해서 구두 한 짝밖에 없었고, 그 한 짝 구두
그림이 이제 수천만원이 나간다니…… 가난이 훌륭하고 비싼 예술을 만든다?

비센떼 끼라르떼(Vicente Quirarte, 멕시코, 1954~) ────────

멕시코 현대시인 중에 1985년 '까를로스 뻬이세르 시 상'을 수상한 독창적 목소리의 시인으로 비센떼 끼라르떼가 있다.『새로운 멕시코 시선집』(*Antología de nueva poesía mexicana*, seleccionada por Espinosa, Mendiola y Ulacia, Mexico: UNAM, 1990)에 실린 연작시「곰의 이론」은 감각적 이미지를 통한 어떤 생명성의 상징을 맛깔나게 구현한 좋은 예다. 이 '곰'의 이미지는 매우 독창적이며 창조적 상징의 힘이 돋보인다. 끼라르떼의 곰이 상징하는 다각적 의미와 감각은 무척 새롭다.

끼라르떼의 예술에 대한 사색의 깊이 또한 놀랍다. 생명성 재창출에의 노력은 신이나 뮤즈의 도움으로 불멸의 작품을 써내겠다는 야심이 아니다. 스스로의 끈질긴 고독한 작업을 통해 살아 있음의 진짜 호흡을 불어넣겠다는 진솔한 염원의 표현이다. 시간 속 나를 넘어 또다른 나를 만나고자 하는 소망이 이 고독한 작업을 지탱하게 하는 힘이요, 그 위대성일 뿐.

「곰의 이론」의 제목도 재미있다. 우선 시 제목으로 '이론'이라는 무슨 논문집 이름 같은 것을 붙인 이유는 무엇일까. 이는 물론 '이론'에 대하여, 이론화될 수 없는 인간의 혹은 예술가의 어떤 미련한 곰 같은 생명력을 상징한 것인지도 모른다. 미껠란젤로의 조각에 대한 시(「까라라에서의 부오나로띠」)에서도 보이듯이, 끼라르떼의 곰은 예술가의 어떤 끈질긴 혼을 말하고 있다.

시집으로는『우리의 거리』(*Calle nuestra*, 1979)『백색을 이기는 법』(*Vencer a la blancura*, 1982)『빛은 혼자 죽지 않는다』(*La luz no muere sola*, 1987)『5월의 빛』(*Luz de mayo*, 1994)『다른 빛으로부터』(*Desde otra luz*, 1996)『새로운 기상천외의 여행』(*Nuevos viajes extraordinarios*, 2004)『공기 없는 이름』(*Nombre sin aire*, 2005)『예술의 하나로 본 괴물에 대하여』(*Del monstruo considerado como una de las bellas artes*, 2005) 등이 있다.

까라라에서의 부오나로띠[1]

위대한 손의 작업이,
영원하기를 바라는 몸뚱이들이 사는
그 돌에서 해답을 발견하기 위함이라면,
나의 재능과 나의 기술은 잘못된 것.
마치 다른 누가 나를 위해 대신 조각을 해주듯이
나는 어둠 속에서 작업을 계속할 뿐.
푸르스름한 핏줄들, 전율하는 뱃속,
고통으로 찌푸린 주름살, 희미한 눈동자들이
이 눈먼 대리석 속에 바둥댄다.
나는 오직 움직임만을 찾는다,
영원이란 하나의 속임수라는 것을 알아차리고
나를 묶어두고 있는 시간을 이겨내려고 노력할 뿐.
내 손에 흐르고 있는 핏줄이
진짜 핏줄이 되게 하기 위해서는
대리석 속에 이 피를 멈추게 하고
시계가 없는 새로운 피를 부어넣는 일.
나의 이 손에 성스러운
눈먼 신의 숨결이 머문다는 것을 아는 일이
내게 위안이 될 수는 없다,

----

1 미껠란젤로 디 로도비꼬 부오나로띠 씨모니(Michelangelo di Lodovico Buonarroti
  Simoni, 1475~1564). 르네상스 시대 이딸리아의 대표적인 조각가, 건축가, 화가.

더구나, 위대성이라는 것이 결코
영원히 채워질 수 없는 목마름이라는 것을 알 필요도 없다.

내가 찾는 게 있다면, 그것은 어쩌면 부질없는 짓이겠지만,
끝낸 작업 위에
또다른 미겔 앙헬 부오나로띠[2]를 찾아내는 일.

그리고 어쩌다 우리 둘이 만나는 일이 있으면,
그를 찾아 달려가 그의 품속에서
우정과 맑은 웃음을 찾아낼 수 있다면,
나의 조각 도구들이 또다시
하늘에서 그 옆모습들을 끌어낼 수 있을까?
어쩌면 나는 인생이라는 것이
뿌리칠 수 없는 어떤 어두운 명령에
복종하려고 애쓰는 것임을 받아들였어야 했다.
그들이 서로 이야기하는 소리를 듣는다:
"누가 그처럼 신神을 정면으로 마주하는가,
누가, 예술가가 인생을 보듯이?"

때때로 나는 인생을

---

2 Miguel Angel Buonarrotti. 미겔란젤로 부오나로띠의 에스빠냐식 표기.

힘없이, 바쁠 것 없이 바라보고 싶다,
띠레노 바다에서 이들 높이를 끌어낸
따뜻한 햇살이 되어, 바다 냄새 나는 사랑의 손길이 되어
딱딱한 대리석을 푸름으로 물들이고 싶다.
나 스스로의 속임수에 빠져 헤맨 뒤, 많은 독백 끝에
끈질기게 나는 나의 고독으로 되돌아온다:
예술가를 질투하는 자들
거친 작업 속에서 신들의 재산을 훔치려고 애쓰는
그 손을 질투하는 자 있다면,
사막 속에 홀로 걸어가는
이 기운에 대해서는 묻지 마라.
나의 말없는 작업이 조각이라면,
왜 내가 나의 말 속에 도피하겠는가?
나 스스로와 말하는 것이
이 아무도 벌 받지 않고 들어갈 수 없는
수형의 땅에서 살아가는 일일지니.
보라, 부오나로띠여, 이제 동이 트노라.
그리고 만일 너의 손이 그 대리석
그 침묵의 말없는 힘에 머문다면,
너는 성스러운 피렌쩨에
로렌쪼의 꿈이
너의 가슴속에 승리의 불꽃으로 불타고 있음을 알겠지.

그리고 너의 눈길 멀리 아르노 강3에 페스트가 퍼져도
언제나 똑같은 부드러운 빛에
서서히 마을 지붕들이 드러나고
이 대리석의 한 가슴에 빛이 태어나,
아침 속에 생기를 얻어 불타오르는
지금 이 피보다 더욱 뜨거운 피를 가진
횡포한 몸뚱이들을 만들지니.4

---

3 피렌쩨를 가로지르는 강.
4 어떤가. 이딸리아의 불멸의 조각가 미껠란젤로의 살아 있는 땀 냄새와 고뇌가 배어 있지 않는가. 신과 영원에 기대지 않는 조각가의 끈질긴 손놀림과 겸손이 시간을 넘어 우리 피부에 가까이 다가온다.

돌을 벼려 영원히 숨 쉬는 몸뚱이를 만들어낸다는 일. 그것은 인간의 힘으로는 불가능한 것. 영원히 살아 숨 쉬는 예술을 창조한다는 것은 결국 늙고 병들어 죽어가게 되어 있는 인간의 능력이나 한계로는 기대할 수 없는 일인지도 모른다. 그러나 나는 끈질기게 작업을 계속한다. 그것은 인간의 한계를 가진 내가 하는 일이 아니라 차라리 어떤 다른 영원의 실체가 나를 대신해 여기 조각해주기를 바라듯이.

대리석은 눈이 없다. 움직임도 없다. 거기 생명을 불어넣고 눈과 배와 고통과 심장을 뛰게 하는 일이 나의 일이며 조각이다. 영원한 숨결을 만들겠다는 것이 아니다. 다만 지금 내가 사는 이 시간의 벽을 뛰어넘는 움직임을 찾는다. 내가 조각하는 이 대리석이 시방 내 혈관에 흐르고 있는 이 맥박을 붙들어 영속화시킨다면 그야말로 영원히 살아 숨 쉬는 맥박, 진짜 맥박이 되리라. 나는 이 작업으로 나의 예술가로서의 끝없는 야심을 이룰 생각은 없다. 또한 어느 신의 도움을 바라지도 않는다. 다만 이 작업으로, 살다가 죽을 이 미껠란젤로가 아닌 다른 미껠란젤로를 찾고 싶을 뿐. 나이면서 내가 아닌 다른 복사판 나, 어쩌면 그는 나보다

160

더욱 영원에 익숙해 있을지도 모르는 또다른 나. 그를 만나면 우리 둘은 뜨겁게 포옹하겠지. 어두운 운명의 질곡에서 노동과 인고로 살아온 나와 또다른 나는 신의 고통과 한계를 진정으로 이해하는 사이가 되겠지.

그러기 위해 가끔 나는 좀더 한가해지고 싶다. 한가하게 바다를 보고 햇볕을 쬐고, 대리석을 파란 핏줄로 채우는 일에 더욱 탐닉하고 싶다. 그러나 궁극적으로 예술가의 작업은 고독하다. 미래도 영원한 삶도 보장되지 않는 일에 끝없이 매달리고 있으니까. 그것은 사막이다. 조각가는 몸으로 말한다. 스스로의 삶과 맥박과의 대화, 즉 독백이 전부다. 영원을 기대할 수 없는 벌 받은 이 실존의 '조국'을 나의 독백과 작업으로 채우는 일이 예술가의 일. 그러나 이 작업이 대리석의 가슴에 피가 돌게 하고, 지금 내가 숨 쉬고 있는 이 숨결보다, 이 핏줄보다 더욱 뜨거운 호흡으로 되태어나게 하리라.

곰의 이론 1

책장의 가장 깊은 곳에 잠겨 있으면서, 사막에 사는 코브라 같은 편안함을 지녔다. 망각의 충실한 전사戰士로, 바람에 떠는 마지막 솔밭의 쾌락을 짓밟는다. 송두리째 증오뿐인 자기 자신에 지쳐서 마침내 그는 솟아난다, 벌거숭이 배고픔과 날카로운 어금니를 더불고. 놈처럼 잡식동물은 세상에 없다. 연필에 붙은 납을 질경거리며 엄청나게 잉크를 들이켠다. 건반이며 테이프며 남은 것 모두 입술로 가져간다. 말없음표를 트림처럼 내뱉으며 멀어져간다, 한번도 사용하지 않은 은유의 똥을 길가에 남기면서. 그러나 그래도 이 짐승은 어딘가 고귀한 데가 있다: 책상 위에 지우개를 남긴다.[5]

....
[5] 상징주의의 매력과 생명이 모호성이라면, 여기 이 '곰'처럼 모호하면서 구체적인 예는 흔치 않다. 시인의 시 속에, 그 어느 책장 속에 숨어 있는 시인의 기(氣) 혹은 시혼, 그 곰 같은 자신감. 모든 것은 다 사막으로, 망각으로 가는 길이기에 시인의 열정은 더욱 곰 같아 보인다. 그러나 시인은 실패로 끝날 줄 알면서도 그 망각의 자료를 키우는 가장 충실한 전사다. 꼭 시를 써야 하는가, 꼭 예술을 해야 하는가. 꼭 이 부질없는 망각의 여물을 쌓아야 하는가. 자신에게는 자신의 시적 충동에 대한 증오뿐. 기아에 헐떡이는 짐승처럼 연필이며 잉크며 있는 대로 들이마시며 써대는 글들. 그러나 그것은 시인의 생명성의 욕구, 그 알지 못하는, "한번도 사용하지 않은 인생"이라는 은유가 낳은 똥이나 쓰레기들이기에, 시인의 길은 결국 트림 같은 말없음표의 아쉬움뿐. 이 시의 마지막 구절은 극적이다. "책상 위에 지우개를 남긴다." 시를 낳게 했던 시혼, 시인의 기는 인간인 그에게 마지막 선택의 자유를 남긴다. 모두 다 망각으로 가는 쓰레기들이니, 기분 나쁘면 자네가 지워버리게……
내가 일부러 풀어본 이 시의 의미적 줄기는, 그러나 많은 군데서 곰의 구체적인 움직임과 충돌을 일으킨다. 예를 들어 '곰'이 왜 하필이면 "말없음표를 트림처럼 내뱉으며" 가는가? 이것은 무엇을 배불리 먹은 곰의 표정임에는 틀림없다. 그러나 시 쓰는 행위의 무엇이 이런 모습인가? 거기에는 여러가지 해석이 뒤따른다.

그러니까, 끼라르떼의 '곰'은 끝내 어떤 주어진 상징적 의미로 귀결되지 않는 시
인의, 예술가의 기운이며 그 무엇이다. 시 속 곰의 움직임의 상징적 의미는 이미
만들어져 있었던 게 아니라, 오히려 시 속에 시어로 떨어지면서 의미를 요구하
는 창조적 상징이다.

곰의 이론 10

처음부터 곰이었다. 곰을 따라 나는 갔다. 나를 따라 곰이 왔다.
곰이 나의 가슴으로 걸어갈 때, 그 발톱이 나의 손 있는 데를 움켜
잡았다. 오늘 오후는 짐승의 푹신푹신한 가죽을 양탄자처럼 사용
한다. 짐승의 살인 무기는 박물관에 걸린 목자르개 칼처럼 손 하나
데지 않았다. "곰의 가죽을 주려거든 먼저 그 곰을 죽여라." 나는
모든 무기를 다 갖고 있는 걸로 생각했다. 그러나 이제 이런 트로
피를 믿지 않는다. 마치 사냥에 이긴 사냥꾼이 늘 반쯤 채워진 목
마름으로 남듯이. 한가운데 날카로운 연필을 못 박듯 박아 쓰던 어
린 시절의 장난들. 그 곰은 돌아오리라. 그리고 어느날 짐승은 이
잉크에 빠져 죽으리라.[6]

---

6 내가 먼저였을까, 시를 쓰고 싶은 충동이 먼저였을까. 좋은 시를 써서 트로피처
럼 내세우고, 상을 받고…… 그러나 그것도 내가 시를 쓰고 싶었던 시혼을 모두
충족시키지는 못하리라. 어린 시절은 정말 좋은 시를 써서 칭찬을 받고 상을 받
고 싶었지. 시어를 고르고, 시어가 마음에 들지 않아 두들겨패고, 밤새 시어를 만
들며 표현과의 투쟁을 벌였었지.
시인의 살아 있음과 그 생명력이 시를 쓰게 한 것이라면, 물론 '곰'이 나보다 먼
저였다. 그러나 말라르메 이후 시인은 자기의 '곰'을 죽이고, 자기의 감정이나
느낌을 죽이고, 말이 시를 쓰게 하기를 바랐다. 시어를 다듬고 닦고 담금질하
고…… 그러나 그렇게 얻는 시도 시인을 만족시키지는 못했다. 이제 시인은 시
를 쓰기 이전 그 어린 시절의 꿈과 시혼이 다시 돌아오기를 기다린다. 곰과 나는
결국 같은 숙명 속에서, 한 잉크 속에서 생사를 같이하게 될 테니까.

호세 후안 따블라다(José Juan Tablada, 멕시코, 1871~1945) ─────────

일찍부터 루벤 다리오(Rubén Darío, 1867~1916)와 함께 이백(李白, 701~62)
의 중국을 동경하고, 카쯔시까 호꾸사이(葛飾北斎, 1760~1849)의 일본을 그리
워하던 따블라다는 19세기 말 일본 방문의 꿈을 실현하고 일본에 바치는 시를
쓴다. 프랑스의 꾸슈(Couchoud)의 『아이까이. 일본의 서정 단시』(*Le Haïkaï.
Les Épigrammes lyriques du Japon*, 1906)보다 벌써 3년 앞서 『중국의 배』라는
시집을 내고 단가(短歌)와 하이꾸를 모방한 시를 보여준다. 그뒤 『히로시게』
(*Hiroshigué, el pintor de la nieve y de la lluvia, de la noche y de la luna*, 1914)를
발표하고 난 후, 시집 『햇빛 아래 달빛 아래』(*Al sol y bajo la luna*, 1918) 등에
서 그의 시의 동양풍은 본격화한다. 특히 『하루』(*Un día...*, 1919)라는 시집은
그 전체가 하이꾸(그는 프랑스어 '아이까이'란 표현을 선호했지만) 모방으로
된 책을 낸다. 그외에도 아뽈리네르의 『깔리그람』(*Calligrammes*, 1918)과 거
의 비슷한 시기에 그림표의문자 시집 『이백(李白)과 다른 시들』(*Li-Po y otros
poemas*, 1920)을 발표, 소위 전위예술의 글자시, 그림시의 새 장을 열었다.
따블라다는 하이꾸 모방, 혹은 그의 말대로 '아이까이' 시학을 이렇게 시로 말
한다.

　　예술이여, 나는 너의 황금 핀으로
　　순간의 나비들을
　　꽂아두고 싶었다. 하얀 백지 위에.

　　이 작은 시구에
　　이슬방울이런 듯
　　온 정원의 장미를 비추리.[1]

───────────────
1 시집 『하루』의 「서문」(Prólogo) 일부이다.

이상에서 보면, 따블라다는 아이까이를 자연의 인상적·함축적 표현을 담는 그릇으로 이해한다. 동양의 시가 그렇듯 여기서 자연이란 물론 시인의 심상에 비친 투명한 이미지의 순간이다. 선불교의 시간처럼, 여기서 순간은 곧 다른 순간으로 이어지는 시간이 아니라 이슬방울처럼 하나하나 각각 유일한 순간으로 떨어지는 찰나다. 그 찰나 속에 문득 깨달음의 순간 같은 영원의 문이 있다. 즉, 시간이면서 시간을 차지하지 않는 어느 정점처럼, 공간이면서 부피가 없는 점처럼, 그 절정의 순간은 하나의 이슬방울이면서 온 정원이 비치는 이슬이다. 따블라다는 위 아이까이에서 '백지'란 말을 연거푸 쓰고 있다. 하양, 빈 공간, 불교의 공의 체득을 가능케 하는 어느 빼어난 순간의 자연의 실상을 시로 잡아놓겠다고 한다.

따블라다는 하이꾸의 원형에 대한 이해가 상당히 깊었던 듯싶다. 그 정신적 세계가 모노노아와레 같은 일본 특유의 멋, 그 애련한 사물의 미각은 아니더라도 나름대로 서양식으로 이해한 선미(禪味)가 비친다. 자연, 특히 불교적인 미물에 대한 애착이랄까, 함께 살아 있음에 대한 연민이 배어난다. 특히 타성이나 관습을 깨뜨린 사물이나 자연의 이미지는 놀라우리만큼 뛰어나다. 비록 서구 시 특유의 의미화, 상징성은 끝내 포기하지 않지만.

아이까이들

꿀벌[2]

벌집에선
끝없이 꿀이 방울져 내린다.
꿀방울은 그대로 벌……

벌레

작은 벌레 한마리 길을 가누나
등 뒤에 날개 접고……
바랑 진 나그네.

개나리

개나리 가지
허리 구부리고 소곤소곤:
앵무새 한 쌍.

---

2 이하 다섯편은 시집 『하루』에 '오전'(La mañana)이라는 표제 아래 실린 시들이다.

거위들

아무 일도 없는데 거위들이
깍깍 비상 나팔을 분다
진흙 나팔로.

대나무

대나무는 멀리 퍼져나간 폭죽
댓가지는 올라가자마자 고개 숙인다, 그 아래로
비처럼 쏟아지는 작은 에메랄드.

매미[3]

매미가 흔드는 건
조약돌 가득 채운
조그만 노리개……

---

3 시집 『하루』에 '오후'(La tarde)라는 표제 아래 실린 시다.

두꺼비들⁴

진흙덩이가 뛴다,
어두운 오솔길에서
두꺼비들이 뛴다.

거미⁵

휘영청 밝은 달
줄 위를 맴돈다
잠 못 드는 거미 하나.⁶

---

4 시집 『하루』에 '황혼'(Crepúsculo)이라는 표제 아래 실린 시다.
5 시집 『하루』에 '밤'(La noche)이라는 표제 아래 실린 시다.
6 "휘영청 밝은 달"은 따블라다가 이미 하이꾸 시정신에 가까이 있음을 보여준
  다. 달빛이 거미줄에 떨어지니, 거미는 먹을 것인 줄 알고 밤새 맴돌지만, 그것은
  빈 달빛, 그 텅 빈 충만…… 색즉시공(色卽是空)의 선미가 넘친다.

잠자리[7]

잠자리 한마리
투명한 자기 십자가를 잡으려 애쓴다
떨리는 벌거숭이 가지 위에서……

비 오는 날

비 오는 날:
꽃송이마다
눈물단지……

6:30 p. m.[8]

밤의 나비들이
벽에서 떨어져내린다,

---

7 이하 두편은 시집 『꽃병』(*El jarro de flores*, 1922)에 '정원에서'(En el jardín)라는
표제 아래 실린 시다.
8 이하 두편은 시집 『꽃병』에 '그림자의 시계'(El reló de sombra)라는 표제 아래
실린 시다.

시간처럼 잿빛으로.

12 p. m.

한밤중, 시계가
시간을 갉아먹는다, 분침이
생쥐 소리를 반추한다.

밤의 쌍곡선

황금빛 찬란한 뉴욕의 밤
        (칙칙한 횟가루 바른 차가운 벽들)
사장님 샴페인 트로트 왈츠
        (입 다문 집들, 강력한 철창들)
눈길을 되돌려보면
        (조용하기만 한 지붕 위에는)
돌이 된 영혼
        (달의 하얀 토끼들)
롯의 여인처럼

그러나
    달은
        하나
        뉴욕에도
        보고따에도

        달, 달, 무슨 달……!⁹

---

9 이 시의 시행 배치는 단순한 대조를 나타낸다. 뉴욕의 밤은 화려하게, 보고따의 밤은 괄호 속에…… 호화찬란한 밤과 가난에 찌든 밤, 안에서 겪는 환락의 밤과 밖에서 보는 비정의 밤. 그것은 돌아보다 소금 기둥이 된 롯의 아내처럼, 영혼이 얼어붙는 참회의 밤이다. 인간의 행복을 위하여 쌓아올린 문명의 구축물이 인간성과 생명성을 말살시키고 있다. 우리 모두 행복의 꿈, 달은 하나였는데……

이백 1

창백한 시인의　　붓은 한마리
손을 따르는　　　새까만 누에렷다

종이 위에　　　까아만
만들어져가는　　누에고치

신비스러운　　　거기서 꽃처럼
상형문자　　　　숫아오르는

황홀한　　　　　황금빛 비상의
사념들　　　　　날개들


```
                              표
하고 신비로운                  의
묘      불          등    문    불10
현      꽃    속          자
                              의
```

---

10 한자 '목숨 수(壽)' 모양을 본떠 시행을 그림처럼 배치한 것. 이백의 시 쓰기와 누에가 고치를 짓는 장면을 병치시킨다. 누에는 까만 누에, 고치 또한 까만 고치가 된다. 거기에 나오는 시취를 현묘로 표현한다. 그것은 표의문자의 등불이라고 시인은 말한다. 이 시가 시 형식의 틀이 된 목숨, 영원성과 관련이 없을 수 없다. 시가 영원을 향하듯, 시인의 생명 또한 장수를 바라니까. 삶과 문학의 혼연일체가 이백의 모토였으리라.

이백 2

물에 비친 달이
하나의 황금빛
술이 가득한
백옥 술잔이라
믿고, 그걸
잡으려고
마시려고
어느 달밤
뱃놀이를 하다가
강에 빠진
이백

그후
수천년을 두고
향불이 피어올라 하늘을 뒤덮고
온 하늘 아래 향그러운 구름 떼를 만들었더니라
그리고 수천년을 두고 대중국 평원에 메아리
치는 두개의 장송곡이 그
슬픔을 울고 울더라
수정빛 징소리,
저 둥그런 달[11]

11 향로에서 피어오르는 향불 모양을 본뜬 시행 배치이다. 최소한 제삿날 제기 정
   도로는 보인다. 첫 구절들은 또 나름대로 수면과 그 밑에 아롱지는 달빛, 즉 물의
   깊이를 생각하게 하면 성공이다.

라몬 로뻬스 벨라르데(Ramón López Velarde, 멕시코, 1888~1921) ──────

멕시코의 라몬 로뻬스 벨라르데는 라틴아메리카 현대시를 "가장 확실한 걸음 걸이로 정착시킨" 시인으로 평가받는다. 시가 일상의 구체적 체험을 다룬다는 시법을 확립한 시인이랄까. 벨라르데는 그 일상을 야단스럽지 않고 친근한 목소리로 구체화한다.

그가 선호하는 테마는 둘이다. 하나는 진한 에로티즘이고 또 하나는 멕시코 특유의 시골 냄새 나는 소박하고 진솔한 삶의 묘사다. 그의 시의 강점은 기발한 은유다. '기발한 은유'가 뜻하는 것은 일상적 테마를 평범하게 다루면서도 그것을 보는 시각을 전연 엉뚱한 곳에서 끌어와 우리를 감동시키는 마술이라는 것이다. 오늘 기발하지 않은 이미지나 메타포는 고리타분하다. 고리타분하지 않으려면 말도 아닌 말을 붙이는 연습이 필요하다.

예를 들어 '시계'라는 말을 생각한다. 그리고 그 말에 도저히 상상으로 접합시킬 수 없는 형용사 하나를 붙여본다. "13의 시계……?" 이건 벨라르데식이다. 「13일」(Día 13)이라는 시도 있다. 여하튼 우선 이렇게 재수 없이 붙여놓으면, 아무래도 이들 '13'과 '시계'를 우리 몰래 대화를 나눈다. 오래가다보면 대화가 없을 수 없다. '13'은 정말 재수 없다. 시계, 시간의 제약 또한 재수 없다. 그러다보면 대화는 화합에 이른다. 시간이 가고, 세월이 가면 늘어나는 것은 대머리뿐. 정말 재수 없다. 그리하여 "13의 시계"는 드디어 시어로서 시민권을 얻는다.

벨라르데의 기발한 은유와 상징이 신선한 것은 시 소재의 바탕이 일상이며 쉽게 알 수 있는 현실인 데 있다. 땅에 있어야 높이 나는 새를 안다. 비행기를 타고 기러기 높이 나는 것을 보겠는가. 비약된 이미지는 이렇게 항상 땅, 현실, 구체적 상황 설정이 필요하다. 거기에 연상의 비약이 돋보인다. 벨라르데는 항상 쉽고 평이한 상황을 고른다. 그러나 그의 눈은 멀고 깊은 곳에 있다. 그의 시심의 본질은 세속화된 기독교주의이다. 영혼 중심적 비전보다는 살냄새가 짙은 고뇌와 희망, 사랑의 터다. 깊은 곳을 떠나 그의 눈이 향하는 곳은 우수와 향수에 가득한 옛날이나 고향 하늘. 벨라르데에게 산다는 느낌은 평상심 그대로다. 그것이 깊이와 거리에서 마술적 향기로 느껴진다. 벨라르데는 말한다. "우리가 아는 것은 단 한가지, 세상은 요술 같다는 것."

시집으로 『경건한 피』(*La sangre devota*, 1916) 『비탄』(*Zozobra*, 1919)이 있고, 사후에 『심장 소리』(*El son del corazón*, 1932)가 출간됐다.

나의 사촌 누나 아게다에게

헤수스 비얄빤도에게

나의 유모는 사촌 누나 아게다에게 오라고 했다
우리와 함께 하루를 지내자고,
그러면 사촌 누나가 집에 오곤 했다
풀을 빳빳하게 먹인 멋쟁이 옷차림에, 무섭게
예의 바른 상복을 걸친
이상야릇한 모습을 하고.

누나 아게다는 풀 먹인 옷자락을 버석대며
나타나곤 했다. 누나의 그 파란 눈
그녀의 그 볼그레한 두 볼이
그 공포스러운 상복으로부터
나를 감싸주었다……
                        나는 어려서
동그란 것을 보고 동그라미를 알 정도,
누나 아게다가 그 낭랑한
복도에 차분히 앉아 끈질기게
바느질 하는 모습이
알지 모를 야릇한 느낌을 주었다……
(지금 생각엔, 나의 혼잣말 좋아하는
이 영웅적으로 불건전한 습성도
그때 그녀 때문에 배운 것 같다)

점심시간이면 식당의 어둠침침한
고요 속에서
그녀 목소리의 다정한 여운과
가끔씩 딸각딸각 접시 부딪는 소리에
문득문득 내 얼굴이
온통 홍당무가 되곤 했다.
　　　　　　　　누나 아게다는
(검은 상복, 파란 눈, 그리고 볼그레한
두 볼) 해묵은 흑단 장롱 위
사과와 포도송이 가득 담은
다채색 바구니였다.[1]

---

1 이것이 바로 여운의 묘다. 이 시의 여운의 맛은 진한 살냄새로 채색되어 있다. 내
  용으로 볼 때 "검은 상복"과 청상과부스러운 "파란 눈, 그리고 볼그레한/두 볼"
  의 매력은 죽음과 생명성의 대조를 극대화시킨다. 누나 아게다에게서 느낀 갓
  사춘기 소년의 묘한 기분은 그 이상야릇하고 알 수 없는 느낌만큼 시의 행간에
  묻혀 잘 보이질 않는다.
  어린아이에게 죽음이나 귀신은 제일 무섭다. 그때 그녀의 파란 눈, 빨간 두 볼이
  그 무서움을 덜어주었으리라. 그때 소년이 느낀 너무 예쁘다는 감정은 끝내 숨
  겨져 있다. 심지어 만져보고 싶다, 껴안아주고 싶다의 느낌도 아이에게 "영웅적
  으로" 다가온다.

개미들

나의 탐욕스러운 혈관에 우글거리는 개미들의 분노
황홀한 시간의 도취 속에서 우글우글 반응한다,
글씨도 가면도 없는 멋진 여인의
멜로디처럼 흐르는 뜨거운 생명성을 보고
구원처럼 사랑에 취하게 하는 그 불멸의 아름다움에 취해.

고요의 우물도 벌 떼 같은 소리도 다 같이
개미들의 끝없는 우글거림의 횡포를 채찍질할 뿐,
풍성한 가슴에 오뚝하게 서 있는 두개의 밀가룻빛 우승컵
나는 지옥을 믿는다, 마지막 죽기 전
숨넘어가는 소리와 새로운 보금자리의 서곡.

하지만 나의 개미들은 이내 포옹을 거부하리라
그리고 애써 작업하는 불쌍한 나의 손가락으로부터 달아나리라
얼어붙은 찌꺼기 더미가 모래 속에 잊히듯;
그리고 육감적 도전의 기호, 너의 입,
나의 빨간 도장, 나의 밥, 나의 치장인 너의 입,
너의 입속에서는 혀가 세상에 고개를 내밀고 떨고 있다
불구덩이에서 새어나온 지옥의 불길처럼
너를 훔치기 위해 달 주위를 맴도는
신음하는 폭풍의 흐린 날 속에서,
너의 입은 죽은 사람의 수의 냄새, 으깨진 풀 냄새,

마약 냄새, 명복을 비는 기도 냄새, 양초와 밀랍 냄새가 나리라.

나의 개미들이 탈영하기 전, 아름다운 임아,
개미들이 너의 입술의 길을 가도록 해다오
싸라센의 오아시스들로부터 나를 자극하는
그 피투성이 결실을 위해 세상 여행비를 다 쓰도록.

너의 입술들이 죽기 전, 나의 장례식을 위해
묘지 십자로의 문지방에, 너의 입술을 놓아다오
마지막 빵으로 독으로 뜸으로 향기로.²

----

2 벨라르데는 말한다. "내 시의 말 한마디, 음절 하나도 내 뼈를 태워 나오지 않는
소리는 추방하려고 애를 쓴다." 그의 시의 또 한 면은 그만큼 진솔한 인생에 대
한 사랑과 고뇌, 신앙심으로 가득 차 있다. 인간의 욕망의 상징인 '개미들'. 그에
게 입이나 입술은 욕망을 불태우는 통로가 아니라 살아 있음, 살아 있었음의 마
지막 증표이며 향기다.

나의 마음은 어둠 속에서 빛으로 벼려집니다

라파엘 로뻬스에게

나의 마음은 어둠 속에서 성실하게 빛으로 벼려집니다.
불로 만든 혀, 내 마음을 대낮에 꺼내어 보여드리고 싶습니다
가장 낮은 연옥에서 꺼낸 한 줄기 빛살처럼;
그 빛살이 감옥 속에서 싸우는 소리를 들으면
나는 꺼져가듯 회한의 정 속에 빠져듭니다
품속에서 눈먼 아이의 맥박 소리를 느끼는 지아비의 가슴처럼.

나의 마음은 어둠 속에서 성실하게 빛으로 벼려집니다.
쾌락, 사랑, 고통…… 이 모든 것은
이내 마음에 대한 모독이지요. 그 잔인한 숫자의 경주는
목마른 해일과 영원한 파도의 원동력이 됩니다.

나의 마음은 어둠 속에서 성실하게 빛으로 벼려집니다.
대승정의 법모며 해방의 출구…… 나는 그 모자를 벗어 들고
전리품처럼 한낮의 빛을 쪼이러 나가겠습니다,
여명의 어깨에 드리운 보랏빛 두루마기,
석양의 검붉은 휘장,
천체의 별들, 그리고 여인들의 즐거움의 면적.

나의 마음은 어둠 속에서 성실하게 빛으로 벼려집니다.
우뚝 솟은 산봉우리로부터 피투성이 원반을 던지듯
태양 불덩이를 향해 던지겠습니다.

나는 그렇게 나의 혹독한 권태의 암을 제거하겠습니다.
동서를 가나 나는 냉담할 것입니다.
부조리한 문화의 온갖 부조리에 대해서도
나는 부패한 미소로 일관할 것입니다.
이윽고 내 가슴속에 천체의 불의 교향악에서 흘러나온
불씨 하나 타오르리니.[3]

---

3 한용운의 시에서 느끼는 신앙의 진솔함이 행간에 묻어 있다. 벨라르데는 불교,
미신까지를 마다하지 않는 우주적 실체에 대한 범종교적 큰 믿음의 바탕을 가지
고 있다. 예를 들어 그의 시 「13일」은 이렇게 끝난다. "미신이여, 영원한 순간의
빛나는 현기증을/나를 위해 지켜다오/그 순간 그 검은 복장이/하늘도 몰랐던 광
휘를 삼켜버리던 날/그 순간 그 우중충한 치마가/전율에 떠는 그을음의 하늘로
날아가던 꼬리별 그림자였던 날……" 생명을 불사르며 버려가는 인생행로에서
저세상에 대한 기대로서의 기도보다 더욱 절실한 것이 어디 있겠는가. 불교가
인생을 고통의 바다라고 했듯, 벨라르데는 "나의 마음은 어둠 속에서 성실하게
빛으로 버려"짐을 안다.

저주받은 귀향

D. 이그나시오 I. 가스뗄룸에게

고향에는 돌아가지 않는 게 좋다,
폭탄의 살육의 함성 속에
입 다문, 거꾸로 선 에덴동산.

팔 잘려나간 물푸레나무들,
그 무성한 이파리로 으쓱대던 양반들까지,
잎 사이 바람 소리 속 숭숭 총구멍이 뚫린
첨탑의 신음 소리를 반추한다.

유령 같은 마을의
벽이란 벽은 모두 그 횟가루 표면에
쏘아대는 총알 총알이
검고 불길한 지도를 그려놓았다,
어느 저주의 석양에
방탕한 자식이 돌아와
그 문턱에 들어설 때
그 희미한 석유 등불에 비친
깨진 희망을 샅샅이 읽어보도록.

녹슬어 이끼 긴 열쇠가
삐걱대는 자물통을 비틀 때
대문간의 해묵은 문간방에서

두개의 예의 바른 석고 문장이
마약에 취한 두 눈동자를 휘돌리며
마주 보고 혼잣말하리라: "이게 무슨 꼴이람?"

발 닿는 대로 불길한 예감이 드는
마당으로 들어서면
생각에 잠긴 우물가
가죽 두레박 하나
통곡의 노랫소리 같은
제한된 물방울을 똑똑거린다.

여느 때처럼 늘 즐겁고 기분 좋은 무정한 햇살에
나의 고질적인 꿈을 씻어주던
기도 소리 같은 샘물이 끓어오른다;
개미 떼가 열을 내고;
지붕에서 비둘기의 목울음 소리
쉬지 않고 골골대면
그 소리 거미줄 사이로 울려 울려퍼진다;
나의 사랑의 목마름은
무덤 속 관에 박힌 무쇠 손잡이.

새로 온 제비들이

그 부지런한 새 부리로
철 이른 보금자리를 다시 짓고;
수도원의 석양 같은
불멸의 다채색 노을 아래
금지된 풍성한 땅으로
갓 태어난 송아지 떼의 울음소리가
되새김질하듯 은은하게 울려퍼지면
아이들이 겁을 먹고;
목소리를 새로 가다듬은 종각의 종소리;
새로 단장한 제단들;
쌍쌍이 짝지어 걸어가는
사랑스러운 사랑 행진;
소담한 배추 같은 소박하고
신선한 아가씨들의 연애 놀이,
연극 같은 가로등 불빛에
뒷문으로 손을 건네는 연인들;
피아노 앞에서
어느 옛날 노래를
노래하는 어떤 아가씨;
호루라기를 부는 전경……
……그리고 안으로부터 치밀어오르는 저항 같은 슬픔.⁴

4 전쟁으로 폐허가 된 마을의, 설명이 필요 없을 만큼 자세한 정경이다. 에스빠냐의 시인 안또니오 마차도(Antonio Machado y Ruiz, 1875~1939)는 좋은 시에 무슨 비유, 은유가 필요하냐고 자문한다. 나의 사랑, 나의 숨결로 부른 모든 이름은 시어가 된다고 믿는다. 정지용의 「향수」를 읽을 때처럼 벨라르데의 이 시에는 산문적 묘사에 가까운 고향 마을의 풍경, 정겨운 모습들이 메아리친다. 더이상 시화할 필요 없는, 그대로 바로 시인 가슴속의 정경이다. 벨라르데의 꾸밈없는 진솔성은 감동적이다.

가브리엘라 미스뜨랄(Gabriela Mistral, 칠레, 1889~1957) ──────────

1945년 라틴아메리카 최초의 노벨문학상이 여성 시인 가브리엘라 미스뜨랄에게 돌아간다. 미스뜨랄처럼 여성 시인이라는 명칭이 어울리는 시인도 없으리라. 그녀는 무엇보다도 사랑의 시인이다. 연인에 대한 사랑, 아이들에 대한 사랑, 아메리카 대륙에 대한 사랑, 자연에 대한 사랑으로 그녀의 시는 채색되어 있다.

미스뜨랄의 사랑의 시는 그녀 삶의 비극적 체험으로부터 시작한다. 그녀와 사랑에 빠진 한 청년이 못 이룰 사랑을 비관해 자살을 했고, 첫사랑의 비극적 체험은 그녀에게 커다란 파문을 남긴다. 1922년에 출판된 『비탄』(*Desolación*)에는 못 이룬 사랑의 절절한 아픔이 메아리친다. 연인에 대한 사랑의 시가 출발이라면 인류애에 가까운 사랑의 노래가 미스뜨랄 시정신의 전부이다.

미스뜨랄은 출발에서부터 삶의 내부적 체험을 심도 깊게 시화하는 성향이 있다. 일상적 경험을 멀리하지 않으면서 여성 특유의 감성으로 무리 없이 독자를 깊은 곳으로 인도한다. 전위문학의 극성시대, 에로티즘의 난무 속에서 이런 차분한 목소리를 조율하는 능력이 그녀를 노벨문학상까지 끌어올렸다.

사랑의 시인 가브리엘라 미스뜨랄은 본인이 교육자였던 만큼 유년 시절 혹은 아이들에 대해 커다란 애착을 갖는다. 『우린 모두가 여왕이 되고 싶었어요』(*Todas íbamos a ser reinas*, 1938)에는 소녀 시절의 청순한 꿈이 서려 있다. 자연 속에서 강과 산을 신랑으로, 꽃이나 물방울과 같이 많은 아이들을 갖겠다던 소녀들. 그녀들은 모두 하나같이 말한다. "땅에서는 우리 모두 여왕이 될 거예요,/정말로 통치를 잘하는,/그리고 우리 왕국들은 너무너무 커서/우린 모두 바다까지 갈 거예요."

아이들에 대한 그녀의 사랑은 또 하나의 비극, 즉 아이를 사산한 쓰라린 경험으로부터 기도와 같은 승화 작용에서 비롯된다. 젊은 시절 국어 교사였던 그녀는 유달리 아이들을 좋아했으나 그녀 자신은 한번도 아이를 가져보지 못했다. 이러한 안타까운 실존의 좌표가 그녀의 노래를 더욱 깊은 곳으로 우리를 끌고 간다. 유달리 자장가나 아이들에 대한 시가 많고 고향과 아메리카 대륙에 대한 토착적 애정이 짙은 것도 여성 특유의 모성애의 승화가 아닐까.

시집으로 『비탄』『우린 모두가 여왕이 되고 싶었어요』 외에 『사랑』(*Ternura*, 1924) 『딸라』(*Tala*, 1938) 『시 선집』(*Antología*, 1941) 등이 있다.

죽음의 소곡[1]

1

사람들이 너를 놓아둔 그 얼음 구덩이로부터
나는 너를 내려놓으리라, 보다 조촐하고 양지바른 곳으로.
사람들은 몰랐겠지, 나도 그 안에서 죽게 되리라는 걸,
우리가 같은 베개 위에서 같은 꿈을 꾸게 되리라는 걸.

나는 너를 양지바른 땅 위에 곱게 눕히리라,
잠든 아이를 내려놓는 어머니의 고운 손길로,
아픈 아이, 너의 몸을 받아 든 흙덩이는
보금자리 같은 보드라움이 되겠지.

마침내 나는 장미의 먼지며 흙을 홀홀 털고 가리라,
달의 가볍고 파아란 먼지와 그 달무리 속에
무게를 잃은 너의 껍질들이 갇히게 되겠지.

나는 나의 아름다운 복수[2]를 노래하며 멀어져가리라,

----

1 「죽음의 소곡」에서 1만 발췌번역했다.
2 시인의 "아름다운 복수"는 무엇일까. 그것은 나 혼자만의 사랑이다. 여기서 '나 혼자'란 다른 여인에게 연인을 빼앗기지 않으려는 세속적 질투심만은 아니다. 첫 연에서 강조하듯 '사람들'의 편견과 타성으로 죽게 된 연인이기에 순수한 사랑을 모르는 모든 더러운 손길로부터 그의 순수를 보호하겠다는 의지다.

이제 그 은밀한 깊은 장소에 어느 여인의 손도

한 줌 너의 뼛조각을 내게 앗아갈 수는 없을 테니까![3]

---

3 미스뜨랄의 저세상에 대한 이미지는 독특하다. 전통적 기독교 세계라기보다는 시인의 상상력으로 창조된 은밀한 공간이다. 그것은 이 세상을 껍질이나 감옥으로 보고 저세상을 하느님이 있는 곳으로 보는, 즉 연옥, 지옥, 천국으로 보는 기독교 비전은 아니다. 오히려 이 세상과 저세상을 아랫마을, 윗마을 정도로 보는 우리네 저승관이나 토착인 인디오들의 사고에 가깝다.

내게 꼭 붙어서

내 가슴속에서 짠
내 살의 털실아,
추위에 떠는 털실아,
내게 꼭 붙어서 잠들려무나!

꿩은 세 잎 클로버 사이에서 잠잔다
그 숨소리를 들으며:
나의 숨소리에 놀라지 말렴,
내게 꼭 붙어 잠들려무나!

삶에 놀라
떨고 있는 작은 풀 이파리야,
내 품에서 떨어지지 마:
내게 꼭 붙어서 잠들려무나!

나는 모든 것을 잃었단다,
이젠 잠들기가 떨리는구나.
내 품에서 미끄러져 떨어지면 안돼:
내게 꼭 붙어서 잠들려무나!

세상사

1

한번도 가져본 일 없는 것들을 사랑한다
이제는 내게 없는 또다른 것들과 함께.

나는 조용한 물을 만진다,
추위에 떨고 있는, 풀밭에 머문.
물은 바람 한점 없어도 자꾸만 떨고 있었지,
나의 정원이었던 그 정원에서.

나는 그때 그 물을 바라보듯이 물을 바라본다;
이상한 생각이 든다,
나는 서서히, 그 물을 가지고
논다, 물고기나 신비와 놀듯.[4]

---

4 이 조용한 시는 물과 세월의 흘러감을 통해 세상을 관조하고 있다. 옛날 그 어린
시절, 철없이 바라보던 웅덩이 물…… 물은 바람도 이유도 없이 "떨고 있었지".
나는 그때 물이란 원래 그런 거려니 생각했다. 그러나 세월이 지나 다시 떨고 있
는 가을 풀잎 사이 조용히 머문 물을 보며 그때 그 어린 시절의 물이 왜 그리 떨
고 있었던가를 알 듯하다. 그 물을 바라보는 지금 나도 고독과 추위에 떨고 있는
것을. 나는 "한번도 가져본 일이 없는 것을 사랑한다". 나는 영원한 봄 나라를 사
랑한다. 나이가 들지 않고, 겨울이 없고, 항상 행복이 넘치는…… 그러나 그런 나
라는 없다. 있었던 나라도 없어진다. 그래서 물도 풀잎도 늘 파랗게 질려 있다.

2

하나의 문지방을 생각한다, 거기
나는 즐거운 발걸음을 놓고 왔다,
이제는 더이상 내 발에 없는.
그 문지방에 하나의 상처가 보인다,
이끼와 침묵이 가득한.

3

나는 내가 잃어버린 시구 하나를 찾는다,
일곱살 때 사람들이 가르쳐준.
빵을 만들던 한 여자였었지,
아직도 그 성스러운 입술이 보인다.

4

갈기갈기 찢긴 향기 하나가 느껴진다;
향기가 느껴지면 나는 정말 행복하다;
너무 가늘어져서 이젠 향기도 아니거든,

벚꽃 냄새는 벚꽃 냄새인데.

나이가 들수록 감각은 어린애가 된다;
이름을 찾아도 적당한 말이 없다,
대기며 곳곳의 냄새를 맡는다
찾지 못하는 벚꽃 나무를 찾아서……5

5

강 하나가 항상 가까이서 소리 난다.
그 소리를 느낀 지가 벌써 사십년.
어쩌면 내 피의 노래거나
타고난 생명의 리듬.

어쩌면 내 어린 시절의 엘끼 강

---

5 어린 시절의 순수와 즐거움은 이제 녹슬었다. 즐겁게 뛰놀던 그 마당, 그 문지방
엔 이제 상처가 남았다. 이끼와 침묵에 묻혀 이제는 아프지는 않은…… 잃어버
린 것이 어찌 발자국뿐이랴. 빵 만들던 아낙네가 시나브로 들려주던 노래 가사
도, 그 순박함, 깨끗함도 다 잃어버렸다. 이미 가을이다. 아니면 곧 초겨울. 모든
향기는 가늘어질 대로 가늘어져 이제 좋은 게 없다. 모두 그저 그렇다. 때로 봄의
향기, 그 벚꽃 냄새라도 느껴지면 나는 아직 젊구나, 살아 있구나, 기쁘다. "나이
가 들수록" 입맛은 "어린애가 된다". 옛 즐거움이, 기쁨이, 행복이 그리워진다.

거기 가슴을 적시며 첨벙첨벙 건너간다.
강은 항상 내 곁에 있다; 가슴과 가슴을 맞대고
두 어린아이처럼 우리는 꼭 붙어 있다.

6

내가 꼬르디예라 산언덕을 꿈꿀 때면
내 발걸음은 산속 비탈길로 향한다,
걸어가며 나는 끝없이 강과 산의
휘파람 소리를 듣는다, 거의 맹세에 가까운.[6]

7

태평양의 끝에 섬이 보인다
검붉게 멍든 나의 섬

6 추석이면 서울이며 도회를 껍질 벗듯 팽개치고 고향으로 향하는 발길들, 바퀴들.
미스뜨랄은 고향 마을 시냇물 소리를 핏속에 느낀다. 어느새 따라와 내가 되어
있다. 그것은 피의 부름, 그리움의 부피. 그래서 고향 마을 산자락 언저리가 생각
나면 늘 나를 부르는 휘파람 소리가 들린다. 꼭 돌아가야지, 하는 맹세의 다짐 소
리처럼.

한 섬에서 내게 남은 건
죽은 물총새의 썩은 냄새……[7]

8

사람 등 하나, 무겁고 다정한 등 하나
내가 꾸는 꿈에 종지부를 찍는다.
나의 길의 마지막 사건
도착하면 나는 쉰다.

그건 죽은 나무 둥치 혹은 나의 아버지
잿더미에 싸인 희미한 등허리.
나는 아무것도 묻지 않는다, 시끄럽게 않는다.
가만히 옆에 눕는다, 말없이 잠이 든다.[8]

---

7 죽음의 이미지가 무거우나 따스하다. 태평양 너머 외로운 섬에서 "죽은 물총새
의 썩은 냄새"가 아련히 코끝을 스친다. 끝없는 고독 속에 푸른 파도 속을 자맥
질하던 물총새도 죽고 이제 남은 건 느껴지지도 않는 종말의 냄새뿐.

8 산다는 것은 꿈꾸는 일인가. 꿈의 마지막 장면에 "무겁고 다정한 등 하나"가 보
인다. 먼저 가신 나의 삶의 주인, 나의 아버지의 숙명적 모습. 죽어 "잿더미에 싸
인" 등 곁에서 내가 무슨 질문을 하겠는가. 인생의 의미는 무엇이냐고? 아니다.
그 옆에 가만히 눕는다. 말없이 죽는다. 죽음은 매일 보는 일상의 일. 야단스러울
건 없다. 나만 죽지 않으리라고 생각했던가. 너무 잘 아는 이 일이 너무 배우기
힘든 과제. 그래서 미스뜨랄의 다소곳한 자태는 눈물겹도록 거룩하다.

9

오악사까의 돌 하나를 사랑한다
과떼말라의 돌인지도 모르지,
내가 가까이 간다. 내 얼굴처럼 굳은
빨간 돌. 그 깨진 틈바귀에서 숨소리가 들린다.

내가 잠들면 돌은 벌거숭이가 된다;
내가 무엇 때문에 돌을 돌려놓는지 모른다.
어쩌면 이 돌은 내가 한번도 가진 일이 없다
그리고 지금 내가 보는 것은 나의 무덤……⁹

---

9 "오악사까의 돌"도 무서운 비약이 돋보인다. 우리가 모두들 하나쯤 가지고 있을
법한 돌 이야기다. 어디서 굴러온 돌인지도 모른다. 가까이 보면 그 돌은 나의 얼
굴과 닮았다. 그 굳은 표정하며 주름살투성이 이마하며…… 문득 돌의 균열 속
에서 숨소리가 들리는 듯하다. 이 시는 다음 연에서 무섭게 상징화한다. "내가
잠들면 돌은 벌거숭이가 된다"? 알 듯하면서 상이 잡히질 않는다. 내가 잠들면
돌이 더욱 번들거린다? 돌이 더욱 침묵한다? 돌은 벌써 벌거벗었는데 어찌 더
벌거벗을 수 있는가? 여기에 상징적 해석을 요구하는 목소리가 있다. 이미지로
서의 해석이 불투명하다는 요소가 다른 차원에서 의미를 요구하는 것. "내가 잠
들면 돌은 벌거숭이가 된다"라는 말은 나의 잠과는 다른 상태가 된다는 소리다.
돌은 원래 잠들어 있는 것으로 알았는데 또 "벌거숭이가 된다"라고 이야기하면,
결국 '나보다 훨씬 더 잠든 상태가 된다'를 예고한다. 산 사람이 잠들면 잠든 돌
은 더욱 잠든 상태(즉 '벌거숭이')가 된다는 뜻. 산 사람은 일상의 잠을 자지만
돌은 진짜 죽음에 이르는 잠을 자는 것. 시인은 무서워서 돌을 돌려놓는다. 무서
워서 돌려놓는다는 의식 없이, 그냥 싫어서…… 그런데 갑자기 상식을 뛰어넘는

소리가 나온다. "어쩌면 이 돌은 내가 한번도 가진 일이 없다"? 어떻게 좋아하는 돌을 두고 살면서 이런 말이 가능한가. 이래서 상징성이 야기된다. 상징적 의미가 아니면 이 말은 뜻이 없다. 상징으로 풀면, 나는 살아 있으나, 이 돌은 죽음이다, 나는 한번도 죽은 일이 없으니 "나는 이 돌을 가진 일이 없다"가 된다. 어떻든 미스뜨랄은 우리가 항상 옆에 두고 사는 죽음의 그림자를 이렇게 쉬운 "오악사까의 돌"인지 "과떼말라의 돌인지" 모를 불의의 죽음의 이미지로 승화시켰다. 나의 죽음도 무덤도 어디에 어떻게 있을지 알겠는가. 우리는 그 죽음을 옆에 두고 살며, 혹은 돌을 돌려놓고 잠자며, 심지어 돌을 사랑하며 산다.

마리아노 브룰(Mariano Brull, 꾸바, 1891~1956) ──────────

'글자시'(Letrisme)는 시어의 마지막 의미단위인 단어까지 파괴했다. 단어는 말뜻을 지키는 가장 작은 언어관습의 단위다. 소리는 이 나라 말이나 저 나라 말이나 비슷한 데가 있다. 그러나 일단 그 소리가 한 나라 말의 관습을 통한 의미구조를 이룰 때 말 혹은 언어가 발생한다. 그 발생점의 최소단위가 단어다. 우리말로 '나무' 하면 영어는 'tree' 한다. '트'나 '리'는 우리말 소리에도 있다. 또 '트리'와 비슷하게 '트림' 하면 우리말에도 있는 말이다. 다만 비언어학적 표현으로 그 소리와 그 뜻을 잇는 관계에서 영어와 우리말이 다르지 않은가. 글자시는 일단 한 나라 말의 시다. 그럼에도 불구하고 그 나라 말의 최소 의미단위인 단어를 파괴한다. 이미 원자폭탄이 아닌 수소폭탄 같은 분열이다.

시만을 위한 독자적 언어의 꿈이 글자시로 구체화된 것이 아방가르드나 이미지즘이다. 상징주의로부터 소리상징의 가능성이 활발하게 개척되었지만 어디까지나 전통시가 가졌던 율격이나 소리 반복에 따른 의성어·의태어적 표현미의 확장이었다. 우리말에서 흔히 보이는 모음조화, 말하자면 어두운 소리, 밝은 소리 같은 현상이 소리상징에 속한다. 예를 들어 시냇물이 졸졸 흐르는가, 철철 흘러넘치는가의 의미 차이는 소리법칙에 의한다. 이런 효과를 시 속에서 소리 반복을 통해 암시하는 재미를 베를렌부터 상징주의가 무척 흥미를 가졌다.

언어학에서는 '행동주의'(Behaviorism)가 특히 소리 상징에 신경을 썼다. 에드워드 서피어(Edward Sapir, 1884~1939)는 특히 이런 소리상징적 현상을 언어의 원형으로 연구했다. 알파벳의 모든 글자에 색깔과 명암을 줄 만큼 소리상징의 가능성 개척에 열정적이었다. 페르디낭 드 쏘쒸르(Ferdinand de Saussure, 1857~1913) 이후 새로운 언어학이 인기를 얻으면서 문학에서도 소리상징 이론이 소위 '딩동댕 이론'(Dingdongdeng theory)이라는 말로써 비웃음거리로 전락했지만 한때는 언어학이나 문학에서 꽤 목소리가 컸다.

바로 이런 분위기를 타고 일어난 시 운동이 글자시다. 이 계열에서 에스빠냐어 시로 가장 두드러진 인물이 마리아노 브룰이다. 그의 이런 시와 시어를 지칭하여, 시인이며 문학자였던 알폰소 레예스(Alfonso Reyes, 1889~1959)는 '히딴하포라'(jitanjáfora)라고 이름 지었다. 이는 브룰의 시구에서 따낸 명칭이다. 'alveolea jitanjáfora'로 시작하는, 에스빠냐어도 라틴어도 아닌 묘한 말소리로 그는 시를 썼다. 브룰의 이런 시를 에스빠냐어도 아닌 우리말로 이해할 수 있게 설명한다는 것은 사실 불가능하다.

이런 글자시의 시도 이외에도 그는 기발한 이미지의 활용이나 창조적 상징의 개발에 탁월한 재능을 보였다. 시집으로『침묵의 집』(*La casa del silencio*, 1916)『썰물 때의 시들』(*Poemas en menguante*, 1928)『둥그란 노래』(*Canto redondo*, 1934)『고통의 세월』(*Temps en peine/Tiempo en pena*, 1950) 등이 있다.

파란 기쁨

파란, 파란
파란 바다의 파르름을 헤치고
ㄹㄹㄹ 또 ㄹㄹㄹ.

팔요일, 팍, 파란
처녀, 파란 난쟁이[1]
파르스름한 쓰라린 노래
ㄹㄹㄹ 또 ㄹㄹㄹ.

파람 그리고 푸름
파르람 그리고 파란 채소
파람 두 쌍
상추와 배추.

ㄹㄹㄹ 또 ㄹㄹㄹ
파란 나의 레몬 가지 위
파란 새 하나.

---

1 어떤 소리든 연상을 불러일으킨다. 특히 우리말에는 모음조화가 있고, 어두운 소리, 밝은 소리가 있다. 하물며 유음(流音)인 'ㄹ'이 흘러가는 것이나 굴러가는 것을 의미하리라는 것은 누구나 안다. "팔요일, 팍, 파란/처녀, 파란 난쟁이" 하면 어떤 느낌이 드는가. "팔요일, 팍……"부터 어떤 비정상의 파랑(희망, 생명……)이라는 느낌이 오지 않는가. 그러니까 '처녀'는 순수하게 보이지만 생명을 산출하지 않으니까 "파란 난쟁이"다.

파란, 파란
파르르 젖은 파람기쁨 속에
팔을 펴고 눕는다. ──너도 누우렴.

내 아픔세상에서 와
파람기쁨 속에 머무나니.

그라나다

빛 속의 그라나다, 그라나다의 숨결이
내 코에 와닿았다, 온통 향기의 절규,
안으로부터 우러나오는 향기의 땅
깊게, 멀리서 꽃이 핀다.

영혼의 살아 있는 속살
온통 벌거숭이 가슴,
땅에 묻혀서 우는 기타:
분수의 물 기타 줄의 영원한 노래여.

무슨 맺힌 한이 있어 내 속살을 저미는가!
나를 전율의 음악으로 얽어매는
대기의 뿌리여,
영혼의 눈짓이여.

피로 얼룩진 무서운 아름다움의 유화,
그라나다여 그 커다란 밤:
고뇌 속에 길을 잃은 이정표,
이제 이전의 한조차 잃어버린,

무더기로 무리지어 동터오는 아침이여
그 아름다움이여······

이제, 이토록 가까이 시방 내 곁에 피어나는
여운의 카네이션꽃이여!²

---

2 브룰은 인상주의 이후 일반화된 감각 바꾸기 시법(synaesthesia)의 묘를 최대로
활용할 줄 알았던 시인이다. 하우저가 상징주의를 인상주의라는 이름으로 함께
부르는 이유도 사실 그 상징성이라는 것이 특히 동감각 혹은 감각 바꾸기 시법
을 적극 활용한 현상 때문이리라. 인상주의는 물체의 색깔이 빛에 따라 달라짐
을 역설한다. 하늘은 원래 파란 게 아니라 빛에 따라 밤에는 어둠이 될 수 있다.
또한 그 색깔을 보는 사람의 마음 상태에 따라 한낮에도 세상이 온통 깜깜해질
수 있다. 인상주의 그림은 화가의 마음을 투영한 색깔 혹은 모양으로 풍경을 그
렸다. 햇볕에 이글거리는 해바라기밭은 강렬한 태양빛의 반영이면서 광기에 찬
화가의 마음 상태의 투영이기도 했다. 시각의 모양 지음에는 청각에서부터 촉
각, 후각까지 우리의 모든 감각 기능이 영향을 미친다. 예를 들어 코를 찌르는 아
카시아꽃의 향기는 클랙슨 소리보다 더 크게 귀청을 뚫는다. 시각을 무게, 즉 촉
각으로 바꿀 수도 있을 것이다.
우리 일상의 느낌은 분석적이지 않다. 장미의 빨간 색깔이 오직 색깔로만 우리
감각에 접근해오는 게 아니다. 그 향기와 생동감, 꽃잎의 보드라운 감촉까지 그
어느 것 하나 우리 마음을 휘어잡지 않는 게 없다. 특히 동양에 많은 풍경시나 여
행의 인상을 담은 기행시에는 이런 기법이 최대의 묘를 발휘한다. 안달루시아
지방의 고도 그라나다를 그린 듯한 이 시. 사랑과 낭만의 옛 고장, 싸라센 제국의
마지막 황제가 눈물을 머금고 떠난 이 꿈의 도시에 그가 발을 디딜 때 빨간 카네
이션꽃의 향기가 옛 고도의 사랑과 한을 반추했으리라.

아이와 달
어린 시절 달과 놀기를 좋아했던 호르히또 마냐치 이 바뇨스를 위하여

아이와 달이 논다
아무도 안 보는 놀이;
서로 쳐다보지도 않고 서로를 본다, 말한다
순수한 말없음표의 언어.

서로 무슨 말을 나눌까, 무슨 말을 입 다물까,
누가 하나, 둘, 셋을 세고
누가 셋, 둘, 하나를,
그리고 누가 다시 시작할까?

누가 거울 속에 남았는가,
달이여, 그 투명함이여!
아이는 혼자 즐겁다;
달은 아이의 발밑에

첫 새벽 눈길을 깔아준다,
동터오르는 푸르름을 깔아준다;
세상의 두 얼굴에
── 듣는 얼굴, 보는 얼굴 ──
고요가 둘로 갈라진다,
빛이 거꾸로 되비친다,
이윽고 손도 없는 손이

누군가를 찾으러 떠난다,
그리고 아무의 시간도 아닌 시간에
한번도 없었던 시간이 흐른다⋯⋯

아이는 혼자 논다
아무도 안 보는 놀이.[3]

208

장미에 바치는 비명碑銘

장미 한송이를 부숴뜨리니 네가 없다.
폐허가 된 장미의 궁전,
바람에 허물어져내린 기둥 이파리들.
이제—불가능한 장미—너의 시간이 시작된다:
대기의 바늘로 얽어짠
손 닿지 않는 쾌감의 바다,
거기 모든 장미들은
—장미라기보다—
아름다움의 감옥 없는 아름다움.4

---

4 플라톤은 사랑이 가장 단순하고 영원불변한 것이라고 『향연』에서 말한다. 그래
서 너와 나의 사랑도 멀리는 너와 나를 떠나 모든 사람의 가슴을 덥히는 사랑으
로 영원히 살아가는지도 모른다. 너와 나의 더운 가슴과 그와 그녀의 뜨거운 열
정은 다를 바 없다. 형태와 소유를 떠날 때 영원화한다. 따라서 나의 영원한 사랑
은 이미 너를 떠난다.

전야제

혼돈 속에 고개를 내민다……
혼돈과 나는
하나가 되지 못한다, 하나가 아니니
서로 둘도 아니다.
아무의 것도 아무것도
아닌 자의 삶…… ──아니다:
그 두 삶 속에 살며
둘로 살며,
그 두 오늘을 기다리는
유일한 전야제.
모두 가면 속에 죽는다
가면을 바라본 자도,
나는 ── 이 두 목숨을 위해 ──
둘이 되어 죽는다……[5]

─────────────
5 한 사람이 죽는다. 내가 죽는다. 사람들은 '민 교수가 죽었다'고 생각한다. 아니, 내가 죽는데, 세상에 둘도 없는 내가 죽는데 '민 교수'가 죽다니…… 교수는 나의 직장인의 얼굴, 말하자면 가면이다. 나의 어떤 생명성도 대변하지 못하는 걸 껍질이다. 직장은 죽지 않는다. 그런데 내가 죽은 것을 '민 교수가 죽었다'고 한다. 그러나 밖의 세상은 혼돈인 대로 나의 삶의 일부다. 내 맘에 들지 않으니 세상과 나는 하나가 될 수 없다. 물아일체는 크게 깨달은 자들의 몫이다. 하나가 아니니 어찌 세상과 나는 절대적으로 다른 둘이라고나 말할 수 있으랴. 그래서 우리는 직장과 나 사이, 사람들에 보이는 나와 숨 쉬는 나 사이를 오가며 또 내일을 기다린다. 혹시 내일은 꿈과 현실이 하나 되어 밝아올 아침이 있을까를 기대하며. 그러나 끝내 나는 죽는다. 교수와 내가 함께 죽는다.

세사르 바예호(César Vallejo, 뻬루, 1892~1938) ─────────

세사르 바예호의 시어 개혁은 에스빠냐어 시 표현의 지평선을 최대로 넓힌다. 바예호는 초기 시집 『검은 사자(使者)들』(*Los heraldos negros*, 1918)에서부터 이미 극적인 비극성의 시인으로 떠오른다. 애초부터 가난과 불운에 찌든 환경 속에서 자란 까닭에 바예호의 눈에는 벌써부터 불행의 그림자가 드리워진다.

바예호의 가장 개혁적인 시집은 『쓰달픔』(*Trilce*, 1922)이다. 원제는 'Trilce'. 이 새로운 조어에 대한 여러 해석이 있지만 가장 유력한 설명은 'triste'(슬프다, 서글프다, 쓰라리다)와 'dulce'(달콤하다, 다정하다)의 합성어라는 것. 아이러니가 많은 이 시집의 시정신을 보고, 이 '쓰라림'과 '달콤함'을 합성한 조어를 '쓰달픔'으로 옮겼다. 제목부터 개혁적인 것은 그 내용 또한 가난과 비리, 위선, 부조리한 현실 앞에서 길을 잃고 몸부림치는 실존 의식으로 팽배해 있기 때문이다. 자연과 순수와 모성의 보금자리였던 안데스 산속 고향에의 향수는 도시와 문명 속에서 시인을 주저앉아 울게 만든다.

19세기 말 라틴아메리카와 에스빠냐어 문학계 '모데르니스모'(Modernismo)의 거장 루벤 다리오(Rubés Darío, 1867~1916) 이후 최고의 시인이라고 일컬어지는 세사르 바예호는 삶과 문학이 그에게 글자 그대로 치열한 투쟁의 장이었던 위대한 영혼이었다. 참여문학의 선봉에 서기도 했던 바예호는 가장 뛰어난 에스빠냐 시어 개척자였다. 후기 낭만주의적 우수에 빠져 있던 에스빠냐 시어가 바예호부터 산문과 다양한 신조어로써 전위문학의 새로운 옷을 입게 된다.

나는 우리 독자들에게 바예호의 시가 가깝게 느껴지리라 믿는다. 뻬루 인디오의 정서가 우리와 비슷한 데가 많은 까닭도 있을 것이나 무엇보다 그가 어린 시절을 보낸 안데스 산맥의 산 냄새, 흙냄새, 물 냄새, 사람 냄새가 원초적으로 우리와 맞닿아 있기 때문이다. 문명과 도시와 돈 속에서 철저하게 소외되어가는 우리 인간성의 상실을 누구보다 절절하게 표현한 시인의 목소리는 그 뿌리에서부터 우리에게 낯설지 않다.

시집으로 『에스빠냐여, 내게서 이 성배를 치워다오』(*España, aparta de mí este cáliz*, 1937)와 1923~29년 쓰인 『산문시』(*Poemas en prosa*)와 1931~39년 쓰인 『인간적인 시』(*Poemas humanos*)의 합본으로 사후 출간된 『인간적인 시』(1939)가 있다.

검은 사자使者들

살다보면 정말 지독한 비운도 있지…… 정말 모를 일!
신의 증오로부터 오는 형벌 같은 재난들; 그런 일을 당하면
지금까지의 세상 모든 고통이
마치 웅덩이가 되어 마음에 고이는 듯…… 정말 알 수 없는 일!

많지 않지만, 있지; 그런 일들이…… 가장 굳센 등줄기,
가장 맹렬한 삶의 얼굴에, 깊은 곡괭이 자국을 긋고 가는,
어쩌면 식인종 야만인들의 야생마 같은
아니면 죽음이 보내는 검은 사자 같은.

영혼의 십자가와 그리스도가 한꺼번에 무너지는
운명이 저주하는 어떤 귀한 믿음의 깊은 추락.
그런 피투성이 재난은, 금방 다 익은 빵이
꺼내지면서 다 타듯 찍찍거리는 소리가 나지.

그럴 때 사람은…… 그 가난하고 불쌍한 사람은
비로소 눈을 돌린다, 등 뒤에서 누가 등을 치기라도 하듯;
돌아다보는 그 미친 눈길, 거기에는 지금까지 살아왔음이
죄악의 웅덩이처럼 눈길에 멍울져 고인다.

살다보면 정말 지독한 비운도 있어…… 정말 모를 일![1]

1 "지금까지의 세상 모든 고통이/마치 웅덩이가 되어 마음에 고이는" 등의 표현은 통곡보다 뼈에 사무친다. "금방 다 익은 빵이/꺼내지면서 다 타듯 찍찍거리는 소리"는 또 얼마나 일상적이고 실감나는 안타까움을 나타내는 가장 적절한 표현인가. 바예호는 이처럼 비운 같은 추상적 실체를 가장 구체적인 감각 이미지로 육박시키는 시어를 구사한다.

시인은 불행해야 하는지도 모른다. 산다는 것의 깊은 의미는 결국 죽음이거나 노화, 질병과 같은 비극성이다. 깊은 시에 늘 비극의 냄새가 짙은 것은 삶의 깊은 체온이 항상 죽음 쪽으로 향하기 때문이다. 생에 대한 의욕이 강할수록 죽음에 대한 공포 또한 강하다. 가장 생명적인 시는 항상 비극적이다.

초원의 사랑의 죽음

지금쯤 무얼 하고 있을까, 안데스 산맥의 나의 다정한 여자친구
앵두와 갈대의 소녀 리따는;
  지금 나는 이 비잔티움 문화에 질식되어 죽어가는데,
  내 피는 묽은 꼬냑처럼 내 속에서 취해 졸고 있는데.

  어디 있을까, 그녀의 그 손길은, 그 다소곳한 자태로
  오늘 같은 하오면 다가올 새날을 하얗게 다리미질하던 그녀;
  지금 이 빗줄기 속에서 나는
  세상 살맛마저 없어지는데.

  그녀의 그 플란넬 치마는 어떻게 되었을까; 그녀의 그 자그만
  소망들; 그 걸음걸이;
  내 고장 5월의 그 사탕수수 맛, 그녀의 향취.

  문설주에 기대고 지금쯤 어느 하늘을 보고 있겠지,
  그러다 마침내 떨면서 한마디 할 거야: "오메, 참말로 추운
거……"
  그때 지붕에 들새 한마리 찾아와 울겠지.[2]

----

2 우리의 귀에 따스하게 와닿는 이 시의 서정 어린 목소리는 우리 시가 청록파를
  중심으로 이루어낸 상징적 시학에 익숙해 있기 때문이다. 특히 이 시의 마지막
  연은 우리 시의 여운의 미학을 효과적으로 보여준다. 박목월 시 「윤사월」의 "산
  지기 외딴집 눈먼 처녀사/문설주에 귀 대고 엿듣고 있다"를 연상시킨다. 봄이 오

는 소리를 듣는 산지기 처녀나 이 시에서 세월이 흘러가는 소리와 느낌을 추위
로 체험하는 소녀는 그 상징적 기법이 같다. 다만 이 시에서의 추위, 영원히 잃어
버린 초원의 사랑을 몸으로 느끼는 예감은 영랑의 "오메, 단풍 들것네"처럼 직설
적 회화체로 묘를 더하고 있는 것이 좋다.

희미한 불빛

나는 한번 도망을 꿈꾸었다. 그리고 나는
침실에 흐트러진 너의 레이스 치마를 꿈꾸었다.
부둣가를 따라 어느 어머니가 나오겠지;
그리고 그녀의 열다섯살 나이는 한시간에 젖을 물린다.
나는 한번 도망을 꿈꾸었다. 뱃머리의
한 계단에서 한숨짓는 "영원히"라는 말;
나는 한 어머니를 꿈꾸었다:
야채로 만든 신선한 차 몇 잔,
그리고 새벽 여명으로 별처럼 수놓인 혼숫감들.
부둣가를 따라……
그리고 물에 빠져 죽어가는 하나의 목울음을 따라![3]

---

3 기다리던 소녀는 나오지 않고 부둣가에서 기다리다 지쳐간다. 목이 학처럼 긴 소
년이 있었겠지. "물에 빠져 죽어가는 하나의 목울음." 어린 시절, 너는 엄마가 되
고 나는 아빠가 되고, 그 찬란한 꿈속 신혼의 행복…… 그러나 그것은 꿈. 어머
니의 품속에서와 같은 행복감으로 만든 사랑에의 소망은 희미한 꿈의 기억으로,
아련한 아픔의 추억으로 남아 있다.

시 13

너의 성^性을 생각한다.
가슴을 단순화해서, 너의 성을 생각한다,
하루의 성숙한 야자열매 앞에서.
행복의 단추를 만진다, 한창 맛이 든.
그때 오랜 감정 하나가
돌멩이로 전락하여 깔려 죽는다.

너의 성을 생각한다, '어둠'의 배때기보다
더욱 조화롭고 비옥한 이랑,
비록 죽음의 여신은 바로 하느님으로부터
애를 배고, 애를 낳는다지만.
오, 하늘의 양심이여,
나는 생각한다. 그렇다, 어디든
어느 곳이든, 원하는 곳, 할 수 있는 곳이면
즐기고 누리는 자유로운 살덩이.[4]

·····················
4 기독교도였던 바예호의 실존적 몸부림이 마지막 구원으로 성을 울부짖는다. 기
독교주의는 최후의 심판, 즉 죽음의 원리로 삶을 도덕화했다. 사실 죽음은 신이
만든 것. 에덴동산에서 영원히 잘 먹고 잘 살던 아담과 이브는 죄가 없다. 신이
선악과를 따먹지 말라고 하고 그것을 따먹으니 죄를 지었다고 말했다. "사람을
시험에 들게 하지 말라!"라고 하신 그분이 행복하게 잘 살던 아담과 이브를 시험
으로 골탕 먹였다. 바예호는 비록 '노을' 혹은 '석양'으로 번역해도 좋을 기독교
적 원죄의식에 사로잡혀 있지만 "자유로운 살덩이"의 꿀맛을 꿈꾼다. 이는 아름
다운 저항이다.

오, 노을의 꿀빛 스캔들.
오, 그 소리 없는 포효여.

오효포는없리소그오!⁵

---
⁵ 말 뒤집기식 혼돈의 부조리 언어가 재미있다.

시 28

　　난 지금 혼자 점심을 먹었다, 혼자서
어머니도, "좀 먹어라"도, "어서 들어"도, 물도 없이
아버지도, 옥수수 빵을 놓고 식사 전 기도하는 풍성한 예식도
왜 아버지가 늦느냐는 소리도, 그 모습도
아버지의 그 굵직한 음성도, 아무것도 없이.[6]

　　내가 어떻게 식사를 했으랴. 어떻게 그 먼 음식들을,
자기 집이 모두 없어지고,
어머니라는 말도 입에서 안 나올 때
어떻게 그 먼 것들을, 어떻게
그 아무것도 없는 것을 먹을 수 있었으랴.[7]

----

[6] 날마다 하는 식사가 무슨 시가 되고 이야깃거리가 되랴. 그러나 도시 생활 속에 타성화되어가는 식사, 교제, 그 맛없음과 위선은 문득 우리를 외롭게 한다. 어머니의 "어서 들어" "좀 먹어라" 하던 소리와는 그 깊은 따스함이 다르기 때문이다. 여기서 어느 특정한 어머니가 특정한 경우에 사용했던 "어서 들어"라는 말은 참사랑을 상징하는 영양가 있는 상징으로 변한다. 원시에는 "어서 들어"의 경우 따옴표도 없다. '장미'라고 할 때의 상징성처럼 그냥 말 전체가 말할 때의 그 느낌과 모습까지 안고 상징성을 띤다.

[7] 이 시의 서술어는 거의 전부 일상어다. "난 지금 혼자 점심을 먹었다"가 어디 시적인가. 또 "내가 어떻게 식사를 했으랴, 어떻게 그 먼 음식들을" 할 때의 표현도 너무 쉽다. 그러나 "그 먼 음식들"에서 '먼'이라는 말 하나 때문에 이 구절은 갑자기 상징이 된다. 어머니가 주시던 음식은 이미, 지금은 없는, 영원히 멀리 있는 음식이 된다. 이미 불가능한 사랑의 거리감, 그것이다. 사랑하는 것은 모두 멀리 있는데, 아무도, 아무것도 없는데, 그 멀리 있는 것, 그 없는 것을 어떻게 집어 먹으라는 말인가.

한 좋은 친구의 식탁에서 난 점심을 먹었다
　금방 세상에서 돌아온 그의 아버지와 함께,
　그 점잖은 백발과 함께, 그 백자에서 나는 소리 같은
　들릴 듯 말 듯 조용한 말소리를 들으며
　홀아비가 다 된 입념들[8]로부터 비실비실 새어나오는 소리를 들
으며;
　나이프와 포크가 거침없이 즐겁게 딸랑대는 식탁,
　자, 자기 집처럼 편히 생각하라고. 아, 그 맛!
　이 식탁의 칼질이
　내 온 혓바닥에 아파왔다.[9]

　　이런 식탁의 점잖은 식사, 거기 과시되는
　내부의 사랑 대신 외부의 사랑은

---

8 이빨이 다 빠진 입모양을 원시엔 그냥 '홀아비 입념'으로 표현했지만 "홀아비
가 다 된 입념들"이라고 번역했다. 우리말은 서로 같이 있어본 적이 없는 말에
강력한 접착제를 사용해 붙여도 잘 붙질 않기 때문이다. 그만큼 비약적 상상이
어렵다.

9 이 시는 감각이 뛰어나다. 사랑을 입맛으로 느끼게 한다. 어머니가 주지 않는 음
식의 쓸쓸함, 낯섦이 피부로 느껴진다. 점잖고 세련되고 예절 바른 소리, 그 입에
발린 말은 우리를 더욱 쓸쓸하게 한다. 그래서 시인은 "이 식탁의 칼질이/내 온
혓바닥에 아파왔다"라고 말한다. 원시는 '내게는 칼들이 아팠다'라는 표현을 쓰
고 있다. "내 온 혀에 칼들이 아팠다"라고 번역하면 어딘가 어색하여 아쉬운 대
로 이렇게 옮긴 것.

입에 들어가는 것마다 흙이 된다,

어머니가
쏟아주지 않는 음식은 넘기기가 어려워 배탈이 난다; 사탕은
소태다; 커피는 장례식 향유.

자기 살던 집이 모두 없어졌을 때,
어머니의 "어서 들어"가
다시는 무덤에서 나오지 않을 때,
어두운 부엌 속엔 바닥난 사랑.

시 35

  애인과 만나는 것은
하도 많아서 어쩌다 만난 듯, 단순한 인사 정도,
빛바랜 경마 프로그램처럼
너무 길어서 잘 접히지가 않는다.[10]

  그녀와 점심이라고 해야
서로 어제 좋던 요리를 갖다놓고 차리는 정도
지금 그대로 되풀이하는데
이번에 겨자를 조금 더 뿌린 정도;
생각에 잠긴 포크, 5월의 꽃암술같이
찬연한 자태지만, 거기 거 지푸라기 같은 거 치워요
할 때의 엽전 한닢짜리 부끄러움.
그리고 넝쿨 없는 그녀의 두 젖꼭지가 조심스레 지켜보는
서정적으로 예민한 맥주,
물론 많이 마셔서는 절대 안되는!

---

10 터질 듯 부풀어오른 금방 시집갈 처녀의 연정이 마디마디 스민 점심 한 끼의 묘사! 이 시는 처음부터 우리가 날마다 경험하는 애인과의 만남을 무섭게 예리한 은유로 부각시킨다. 하늘 같은 사랑이어도 날마다 만나면 어쩌다 만난 사람처럼 대수롭지 않게 눈만 껌벅할 수 있다. 그건 빛바랜 경마장 (그 얼마나 순간순간 가슴 조이던 연상의 말인가) 프로그램이 너무 길어서 접을 수 없는 것과 같다. 절구다! 모든 아쉬움의 순간순간들을 모두 함축하면서 그 일상적 타성의 제스처를 더욱 절절한 사랑의 느낌으로 승화시키다니……

그리고 시집갈 처녀인 그녀가
자신의 씨방의 북들을 있는 대로 다 모아
아침 내내 두들겨 만든, 두들겨 수놓은
식탁의 기타 다른 매력들,
그녀의 속사정을 다 아는
사랑의 공증인, 내가 아는 바로는,
그것도 그녀의 오장육부의 손가락을 다 꺼내서 만든
열개의 마술의 북채가 보인다.[11]

　　　더이상 먼 것은 생각하지 않고
종달새를 풀어놓는, 풀어놓고 우리 서로 이야기하는,
서슬이 푸른 갓 따온 상추 이파리같이
사랑스러운 여인, 여인의 말소리.

　　　한 잔 더 하고, 내 가지. 그리고 우리는 헤어진다,
이제는 정말 일을 하려고.

---

[11] 초라한 점심상 위 포크 하나의 이미지가 놀랍다. "5월 꽃암술같이 찬연한 자태." 처가 예쁘면 처갓집 기둥뿌리까지 예쁘다던가. 그런데 그걸 부끄러워 "치워요" 하는 그녀의 수줍은 모습 또한 허리가 휘도록 에로틱하다. 그다음 시집갈 처녀가 애인을 위해 아침 내내 만든 밥상의 이미지야 말해서 무엇하랴. 처녀의 숨은 젖꼭지에서 흘러내리는 맥주 거품, "물론 많이 마셔서는 절대 안되는!" 허어! 밥상을 차리며 딸각거리는 소리가 처녀의 씨방이 북치는 소리로 들린다. 그 북채는 오장육부에서 꺼낸 손가락들이 잡고 있다.

그러는 동안 그녀는 커튼 사이로
숨는다. 그리고는, 아, 갈가리 찢긴 나의 나날을 깁는
바늘! 바느질 바구니 옆에 앉아 그녀는
나의 옆구리를 그녀의 옆구리에 깁는다,
그 속내의 단추를 달려고,
다시 떨어진 단추를. 아니, 세상에 이럴 수가![12]

---

12 처녀가 바느질하는 마지막 장면을 보라. 이야기는 총각이 일하러 간 사이 놓고
간 내의를 무릎 위로 끌어당기는 장면이리라. 바예호는 "나의 옆구리를 그녀의
옆구리에 깁는다"로 묘사한다. 사실 단추를 다는 장면일 터. 하나 애인과 나를
잇는 단추가 또 자꾸만 떨어지니 이를 어쩐담! 이 마지막 "아니, 세상에 이럴 수
가!"는 동시에 시인의 뒤늦은 애탄이기도 하다. 그 나쁜 증조가 둘 사이를 영원
히 갈라놓게 한 한(恨)의 예시였는지도 모른다.

시 65

어머니, 내일은 싼띠아고에 갑니다,
어머니의 축복과 통곡에 흠뻑 젖겠지요.
이젠 삶의 허상에도 적응이 되어갑니다
이것저것 헛되이 바쁜 생활에서 오는 장밋빛 상처도 아물고 있
습니다.

당신께서는 놀라움의 무지개로 저를 기다리시겠지요,
삶이 다하도록 쌓아올린 당신의 소망의 작은 기둥들.
우리 집 마당과 그 아래 울긋불긋 치장한 둥그런 아치형
천장이 있는 복도. 또 나를 기다리는 나의 귀족 의자,
왕조시대의 가죽으로 멋지게 양 팔걸이를 단,
더이상 중고조 할아버지의 엉덩이에 삑삑거리지 않도록
가죽 줄로 묶고 또 묶은 고물.

저는 저의 가장 순수한 사랑을 체질하여 고르고 있습니다.
저는 저의 중심을 찾고 있습니다, 물 밑을 가늠하는
            저의 숨결이 헐떡거리는 것이 들리는지요?
            새벽 기상나팔 소리가 들리지 않나요?
저는 이 땅의 모든 빈 구멍들을 메울
당신의 사랑의 공식을 그려보고 있습니다.
아, 세상에서 가장 먼 목소리들을 묶을 소리 없는 리본이 있다면,
아, 세상에서 가장 먼 만남들을 묶어줄 소리 없는 리본이 있다면.

그래야지요, 죽어서 살아 계시는 어머니, 그렇게 되어야지요.
당신 피의 두 갈래 무지개 밑으로
우리 모두 조심조심 까치발로 지나가야지요, 우리 아버지까지
거기를 지나가시려면
어른 키 절반 이하로 굽혀 절하셨는데요,
당신께서 가지신 첫아이 키만큼 되시려고요.

그래야지요, 죽어서 살아 계시는 어머니.
당신 뼈로 만든 기둥들 사이
통곡으로도 무너질 수 없는 기둥들 사이,
운명의 신도 그 곁에서는
손가락 하나 얼씬거릴 수 없었던 그곳.

그래야지요, 죽어서 살아 계시는 어머니.
그렇고말고요.[13]

---

[13] 고향에 내려가겠다고 소식 전하는 아들의 편지는 급기야 돌아가신 어머니에게
로 돌아가는 편지가 된다. 손때 묻은 고향집 가구의 마디마디에 서린 정과 사랑
의 언어가 시퀘로 살아난다. 자칫하면 감상문식 산문이 되기 쉬운 이들 묘사가
시의 날개를 다는 것은 옛 정경을 바라보는 시인의 눈의 깊이에서 비롯된다. 바
다 밑을 가늠하는 수부의 눈길처럼 시인의 피상적 묘사는 이내 깊이로 향한다.
작고 정감 있고 귀한 것들이 깨달음으로 이끈다.

시 73

　또 하나의 "아!" 하는 비명 소리가 성공했다. 진리는 거기
있다.
　그렇게 행동하는 자는 쥐새끼 죽이는
　그 훌륭한 두 발톱 고양이를 조련시킬 줄 몰랐단 말인가.
　예스…… 노……?

　또 하나의 "아!"가 성공했다. 적이 없는 승리.
오, 화학적으로 순수한 물의 분출.
아, 남극의 나의 사람들이여. 오, 우리의 성스러운 사람들이여.
　　　　　　　　　그렇다면 나도 권리가 있다,
파랗게 만족스럽게 위험하게 살아 있을 권리, 돌에 글자를 새기는
창끝이 되어, 저 조잡하고 엄청난 덩치에 공포를 심으며;
장난치고 훼방 놓고 웃을 권리.

　부조리여, 오직 너만이 순수하다.
부조리여, 오직 네 앞에서만 이런 만용이
황금빛 쾌락의 땀을 쏟는다.[14]

---

14 바예호의 저항은 큰 게 아니다. "장난치고 훼방 놓고 웃을 권리"다. 생명이 얼마
나 자유로운 것인가를 푸르게 살아 보여줄 뿐. 이데올로기와 대권과 승리를 위
해 피 흘리는 자들에게, 결국 그 통에 숨져가는 수많은 목숨들을 위해 옳고 그름
을 이야기할 어느 목소리도 잃었다. 부조리. 그 웃음. 통쾌하게 웃는 그 황금빛
웃음소리는 그러나 식은땀을 쏟는다.
전쟁만 잔혹한 것은 아니다. 사회생활도 의미 없는 전쟁일 때가 있다. 먹고살기

위해 의미 없이 버둥거리는 일상 또한 우습다. 행복을 위한 것도, 꿈이 있는 것도
아닌 타성 속에 마모되어가는 타이어.

시간의 횡포

모두들 죽었다.

안또니아 아줌마도 죽었다, 시골 마을에서 제일 싼 빵을 만들던, 늘 목이 쉬어 있던 여자.

싼띠아고 신부도 죽었다, 우리 젊은이나 처녀들이 인사하는 것을 제일 좋아하시던. 인사할 때마다 한결같이 답을 해주시곤 하셨지: "호세, 안녕! 마리아도 안녕!"

금발머리 아가씨 까를로따도 죽었다, 몇달 안된 갓난아이 하나를 남겨두고. 아이도 엄마 죽은 지 여드레 만에 결국 죽고 말았다.

나의 아줌마 알비나도 죽었다. 전래동요와 풍습과 세월을 노래하곤 하시던 아줌마. 토방 마루에서 집안 하녀인 곱디곱던 여인 이시도라를 위해 바느질을 하시다가 돌아가셨다.

한 외눈박이 노인도 죽었다. 그 이름은 생각이 안 난다. 하지만 동네 어구의 함석장이 집 문 앞에서 노상 주저앉아 아침 햇살을 받고 졸곤 하셨다.

라요도 죽었다. 내 키만큼 큰 개 한마리. 누군가 길 가는 사람의 총을 맞고 죽었다.

루까스도 죽었다. 허리 가득 평화를 안고 다니던 나의 외삼촌. 비가 오면 나는 외삼촌이 생각난다. 그러나 내 경험 속에는 아무도 없다.

나의 권총 속에서 나의 어머니는 죽었다.[15] 나의 주먹 속에서 나의 누이는 죽었다. 나의 피투성이 허벅지 속에서 나의 동생도 죽었다. 계속되는 세월의 8월달에 모두 죽었다, 슬픔의 슬픈 핏줄로 이어진 이 세 사람.

악사 멘데스도 죽었다. 키가 크고 술에 항상 곤드레만드레가 되어 있던. 나팔로 옛날 슬픈 곡조를 따라랑거리면 그 처량한 음악 소리에 우리 마을 암탉들이 해가 지기도 전에 잠들곤 했던.

나의 영원은 죽었다. 그리고 나는 그 죽음을 보고 있다.[16]

....
15 "나의 권총 속에서 나의 어머니는 죽었다"가 충격적이다. 내가 나의 어머니를 쏘아 죽였다? 아니다. 내가 총을 잡고 주먹을 휘두르고 허벅지에 피 흘리는 상황 속에서 이미 내가 가장 사랑하는 나의 인간성은 죽었다. 사회 혹은 세월은 우리에게 좋은 사람은 좋고 예쁜 사람은 예쁘게 내버려두지 않는다. 동족상쟁도 있다. 그 안의 비극도 있다. 역사와 세월과 상황이 빚어가는 역설의 현장은 우리 모두에게 인정과 순수와 곱고 아름다운 것에 대한 꿈을 송두리째 앗아간다. "알고 보면 다 좋은 사람들이여……" 하던 어머니의 목소리와 애정과 믿음은 내가 총을 쥔 순간부터 죽었다. 그래서 "어머니는 나의 권총 속에서 죽었다".
16 여기 하나 중요한 것도 중요한 사람도 없다. 그래서 모두 다 중요하다. 모두 다

나의 핏줄 속에서 나와 함께 하나 되어 살아온 기억의 지푸라기들. 영원히 잊지 못할 나의 어린 시절의 기억들이, 가슴 저미는 그리움만 남겨두고 그 영원과 함께 죽었다.

오늘 나는 인생이 훨씬 덜 좋다

오늘 나는 인생이 훨씬 덜 좋다.
하지만 나는 항상 사는 게 좋다: 늘 하는 소리였지.
거의 나의 전부를 만졌다, 그리고 참았다
내 말 뒤 혀에 총 한방을 놓고.

오늘은 후퇴 중인 내 턱을 느낀다.
그리고 이들 순간적인 나의 바지 속에서 내가 혼자 하는 말:
그렇게 많이 살았는데 한번도!
그렇게 많은 세월인데 항상 월요일들……!
나의 부모는 그들의 돌로 묻혀 있고
그들의 슬픈 몸부림은 아직 끝나지 않았다.
온몸의 형제들, 나의 형제들,
그리고 결국 여기 머문 나의 실체, 이 바지저고리 안의.

나는 정말 엄청나게 사는 게 좋다
하지만 물론
나의 사랑하는 죽음과 나의 커피잔과
빠리의 무성한 밤나무를 보는 재미.
그리고 말하지:
이건 눈ㅌ이야, 저것도; 이건 이마야, 저것도……
그렇게 많이 살아도 항상 내게 마지막 힘은 있다!
그 많은 세월이어도 항상 그게 그것, 항상, 항상!

세사르 바예호 233

바지저고리라고 했다, 그러면
다, 부분, 열망, 그게 나의 거의 전부, 울음을 참자.
사실이다, 그 옆 저 병원에서 고생 많았지
그럼 됐다, 그럼 잘못된 것이었지
나의 기관이 아래에서 위를 쳐다본 것이.

나는 영원히 살고 싶다, 배때기를 질질 끌면서라도,
왜냐하면, 지금 내가 한 말 그대로 다시 반복하지만
그렇게 많이 살았어도 한번도 살지 못한!
그 많은 세월에 항상 그게 그것, 무척 항상, 항상, 항상![17]

---

17 바예호는 항상 삶의 현장에 있다. 그 현장이 전쟁터여도 일상이어도 그는 그 삶
의 희망과 절망을 뿌리까지 빨아마시며 산다. 그의 소망과 그리움의 축은 고향
의 '세탁부'나 어린 시절의 친구들, 그리고 그 가운데 어머니가 자리한다. 모두
가 풀잎처럼 사랑스럽고 평화와 우정으로 엮인 삶은 영원히 불가능한 것일까.
때로 삶을 발견하고 다시 절망 속을 자맥질하는 바예호의 시 세계는 생명이나
원형적 삶을 향한 갈구와 절규로 가득하다.

비센떼 우이도브로(Vicente Huidobro, 칠레, 1893~1948) ────────

아방가르드의 한 갈래인 '창조주의'(Creacionismo)의 창시자 비센떼 우이
도브로는 전위문학의 본격 무대였던 빠리에서 활동했다. 1917년에서 25년까
지 프랑스 문단에서 프랑스어로 여섯권의 시집을 발표할 만큼 국제적인 시
인이었다. 『영혼의 메아리』(*Ecos del alma*, 1911) 『침묵의 동굴』(*La gruta del
silencio*, 1913) 『밤 속의 노래들』(*Canciones en la noche*, 1913) 『숨겨진 탑들』(*Las
pagodas ocultas*, 1914) 『아담』(*Adán*, 1916) 『물 거울』(*El espejo de agua*, 1916)에
이르기까지 에스빠냐어로 왕성한 창작 활동을 보이다가 1차 세계대전이 발발
하자 빠리로 건너와 야망에 찬 전위문학운동을 벌였던 것.

1918년 에스빠냐 마드리드에 들러 그때 한창 태동 중이던 '울뜨라이스모'
(ultraísmo, 에스빠냐 전위문학운동, 1918~23)의 젊은 시인들과도 활발히 접
촉하며 '창조주의'라는 기치를 높이 들고 새로운 시를 주창한다. 당시 이미지
즘이나 수많은 전위문학의 열풍과 맥락을 같이하면서, 일화적이거나 묘사적인
요소의 배제를 부르짖는다. "시적 감흥은 순전히 시어의 창조적 기능에서 나
와야 한다. 자연이 나무를 만들듯이 시인은 시를 만들어야 한다. 시는 창조해
야 한다. 이것이 우리 시대의 요청이다. 사물을 노래하는 게 아니라 시적 사물
을 시 속에서 창조해야 한다." 그의 부르짖음은 창조적 열기에 가득 차 있다.
우이도브로는 "초현실주의는 시를 얄팍한 마술놀이로 전락시켰다"고 비판한
다. 그러나 비센떼 우이도브로의 후기 시는 다분히 초현실주의적 요소와 일치
하고 있음을 지적받기도 한다. 자유로운 상상의 유희, 언어만으로 구축한 미
의 상아탑을 꿈꾸었던 그의 시는 사실상 현대사회의 부조리와 고독, 대화 단
절의 상황을 그린다.

창조주의는 서구문학의 가장 커다란 주류인 아리스토텔레스의 자연모방설을
정면으로 거부하려는 인상을 준다. 완전한 상태로의 자연모방에 대한 염원은
르네상스 이후 많은 서구 문인들의 시학이었다. 그러나 이미 17세기 바로끄
문학, 특히 에스빠냐의 시인 공고라(Luis de Góngora y Argote, 1561~1627)로

대표되는 '문자시풍'(Culteranismo)은 인공적인 것, 즉 말놀이를 통한 인공적인 절대적 아름다움의 세계를 구축하는 데 열을 쏟았다. 소위 은둔시, 쉽게 말하면 되도록 어렵게 시의 선구자가 공고라였다. 현대 난해시의 대가 말라르메가 공고라를 숭배한 것은 우연이 아니다. 말라르메도 시인의 의도나 영감보다는 말이 만들어가는 세계, 말과 말의 대화와 교감을 중시했다. 말하자면 시의 광장에 구차스러운 시인의 의도나 시인의 사물관, 자연관이 주축을 이룰 때 시의 언어는 하나의 단순한 도구나 부속품으로 전락한다.

우이도브로의 창조주의는 다분히 말라르메적이다. 즉, 시는 시어가 만들어가는 무늬다. 그것은 어떤 아름다운 자연을 묘사하거나 노래하는 부산물이 아니라, 자연과는 상관이 없는 언어만으로 구축된 자연이다. 우이도브로는 「시학」(Arte poética)이라는 시에서 "오 시인들이여, 왜 장미를 노래하는가!/시 속에 장미가 꽃 피게 하라"라고 부르짖고, "진정한 활기는/머릿속에 있다"고 말한다. 즉, 시인의 머릿속 언어가 시적 감흥의 원자재다. 우리가 자연이나 사물을 본다는 것은 우선 우리에게 눈이 있기 때문이다. 따라서 객관적으로 생각되는 사물의 모양됨은 우리의 주관적 관점으로 재창조된 모습들이다. 우이도브로는 이런 재창조적 측면을 적극적으로 내세운다. "우리의 눈이 보는 모든 것은 창조되어질지라. 그리하여 듣는 자의 영혼이 감흥에 떨도록."

시집에 『닫힌 수평선』(Horizon Carré, 1917)『북극의 시』(Poemas árticos, 1918)『에펠 탑』(Tour Eiffel, 1918)『높은매 혹은 낙하산 여행』(Altazor o el viaje en paracaídas, 1931)『보고 만지고』(Ver y palpar, 1941)『망각의 도시의 시민』(El ciudadano del olvido, 1941) 등이 있다.

물 거울

나의 거울은 밤에 흐른다,
시냇물이 되어 내 방에서 멀어진다.

나의 거울, 우주보다 깊은 나의
거울 속은 지상의 모든 백조들이 빠져 죽은 곳.

성곽 위 파란 연못 하나,
그 한가운데 닻을 내리고 잠이 든 벌거숭이 너.

그 물결 위, 잠꼬대하듯 어두운 하늘 밑으로,
나의 꿈들이 배처럼 멀어진다.

항상 뱃머리에 우뚝 서서 노래하는 나를 보라.
내 가슴에는 은밀한 장미 하나 부풀어오르고
취한 뻐꾸기 한마리 내 손가락 끝에서 날갯짓한다.[1]

---

1 모든 말은 나름대로의 의미와 역사와 연상의 가지를 가지고 있다. 모든 말과 사
물은 부처님 손안에 있다. 그 손안에서 사귀지 못할 말이나 연인이 어디 있으랴.
'거울'이 생각의 거울이라면 그것은 밤에 비친다. "밤에 흐른다." 그것이 강이라
면 나의 꿈은 배, 나는 그 뱃머리에서 노래하는 마도로스. "취한 뻐꾸기 한마리
내 손가락 끝에서 날갯짓한다"? 멋지게 파이프 담배를 피우고 있나? 어떻든 환
상의 날갯짓이 분명하다.

밤

눈길 위 밤이 미끄러져내리는 소리가 들린다

나무에서는 노래가 떨어지고 있었다
안개 뒤에서는 아우성 소리

나는 시선 하나로 담뱃불을 붙였다

입술을 열 때마다
나는 허공 가득 구름을 채운다
                              항구에는
돛대들이 가득 새 보금자리를 이고 서 있다

그리고 바람은
                새들 날개 속에서 신음 소리를 낸다

파도가 죽은 배를 흔든다

바닷가에서 휘파람을 불며
        내 손가락 사이에서 피어오르는 별을 바라본다[2]

---

2 창조주의가 이미지 놀이인 것이 분명하다. 밤이 미끄러지는 소리는 시각을 청각
으로 바꾼 감각도치 기법. 항구에 머무는 마도로스는 사랑과 사랑의 씨만 남겨
놓고 또 떠나가겠지. 그래서 바람은 신음하고……

전함이 떠난다

배는 멀어지고 있었다
오목거울 같은 물결 위에서

깃털조차 없는 어느 목구멍에서
                    노래가 흘러나왔던가

        연기구름과 손수건이
        바람에 펄럭인다

하지夏至의 꽃들이
허공에 핀다

부질없이 우리는 울었다
                꺾을 수 없는 꽃을 아쉬워하며

        마지막 시구는 아무도 노래하지 않으리라

한 아이를 바람에 들어올리며
한 여인이 해변에서 작별을 고했다

지상의 모든 제비들이 스스로의 날개를 부숴버렸다!³

3 1차 세계대전, 2차 세계대전 때 늘 보았던 영화 속 부둣가 이별 장면이다. 절절한 이별의 아픔을 제비들의 극적인 광란을 통해 시화시키고 있다. 바람, 세월, 그보다 전쟁의 폭풍 그리고 사랑. 그 사랑은 하지에 핀 꽃처럼 결실을 기대할 수 없었다. 여기에서 어떻게 사랑하는 사람과 행복한 가정을 이룰 수 있다는 꿈이 현실일 수 있었으랴. 모두 이해하고 우리는 항구에서 이별을 고했다. 그런데 그 이별의 슬픔과 아픔을 견디지 못해 "지상의 모든 제비들이 스스로의 날개를 부숴버렸다!"

마도로스

첫번 비행을 시작한 저 새가
보금자리를 떠난다, 뒤를 돌아다보며

입술에 손을 대고
　　　　　　나는 너희들을 불렀지

나무들 맨 꼭대기에서
나는 물놀이를 만들었다

여자도 제일 예쁜 여자를 만들었지
하도 예뻐서 노을 녘이면 내 여자도 빨개지곤 했었지

　　　　　　　달이 우리들에게서 멀어져가며
　　　　　　　북극에 원광을 드리운다

나는 강물을 흐르게 했지
　　　　　　한번도 존재하지 않았던 강

큰 소리 하나로 산을 일으켰지
그리고 주위에서 우린 새로운 춤을 추었어

　　　　　동녘의 구름 속

모든 장미들을 꺾었지

그리고 눈으로 만든 새에게 노래를 가르쳤다

자, 이제 우리 가자, 이 풀어놓은 다달들 위로

나는 늙은 마도로스
　　　　끊어진 수평선들을 꿰매는[4]

·······························
4 우이도브로의 창조주의는 "끊어진 수평선들을 꿰매는" 작업이다. 사람의 타성
과 이성으로 마모된 일상의 세계, 시적 전통이라는 명목으로 또다시 굴레 씌워
진 장미를 꺾고, 다가오는 문명과 미래 앞에 새로 태어나는 아름다움의 세계를
꿈꾼다. 새만 노래하는 것이 아니라 트럼펫도 노래하며, 가슴만 노래하는 것이
아니라 말도 소리를 한다. 결국 "태양 아래 모든 사물은/오직 우리를 위해 존재
한다".(「시학」) 말이고 사물이고 만지면 소리 안 나는 게 없다. 우이도브로는 눈
으로 만든 새에게 노래를 가르쳤다. 눈으로 새를 만드는데 그 새에게 노래를 가
르치는 게 또 뭐 대수인가. 거짓말에 더 거짓말, 덜 거짓말이 어디 있는가. 참말
에 또 더 참말이 어디 있는가. 상상에 가장 유해한 것은 제약이다. 좋은 시 쓰기,
좋은 수사학이 상상력의 수평선을 끊어놓는다. 자유라는 이름의 제약들, 그 고
리타분한 수사법의 한계를 뛰어넘겠다는 게 창조주의다.

리까르도 몰리나리(Ricardo Molinari, 아르헨띠나, 1898~1996) ————

'장미'의 시인 리까르도 몰리나리는 라틴아메리카 시의 서정을 대표하는 시인이다. 에스빠냐 시의 전통에 뿌리박힌 낭만과 초현실적 미의 창조자, 시간 속 존재의 가벼움과 고뇌를 노래한 시인 몰리나리. 그는 장미의 시인이면서 누구보다 가을과 엘레지의 황제다. 시인은 말한다. "나의 시는 나의 세계다. 말하자면 나는 나에게 없는 것을 노래한다. 나에게 부족한 사물들." 리까르도의 이런 전통적 서정성은 세상을 보는 애수 어린 눈길이 특징이다. 그리움, 고독, 우수, 피로, 권태…… 모든 이런 감정들은 결국 존재의 허무함이나 세상의 덧없음, 그 어쩔 수 없는 고뇌로 치달을 수밖에 없다.

우선 불멸, 절대적 아름다움, 절대적 선 등은 우리가 그토록 바라지만 끝내 우리에게 없는 것들이다. 우리의 사랑은 늘 멀리 있다. 시인은 "금방 어두워지는/모란꽃 같은 아픔 하나"라고 노래한다. 시인은 순수와 아름다움과 우주의 아픔 하나하나를 내 몸으로 지키고 사랑하고 싶은 충동을 느낀다. 시인은 벨라스께스의 소녀가 보았던 순수와 은혜로 가득한 세상이 영원하기를 바란다. 시인은 소녀가 살던 마을이 하나의 수로를 통해 두고두고 우리에게 전해져서 "그녀의 두 눈이 본 풍경이/항상 젖어 있기를"(「벨라스께스 소녀의 시」) 바란다. 우리 누구도 그 풍경에 진력이 나지 않도록. 몰리나리의 소망은 현실에서 불가능한 세계에 대한 염원으로 유지된다. 벨라스께스의 그림 속에 나타난 소녀의 꿈과 경험 또한 초현실이다. 시인은 그것을 진정한 현실로 받아들인다. 그리고 그것이 나의 작은 한 몸의 경험으로 와닿는 또다른 현실을 꿈꾼다. 꿈에서 또다른 꿈으로 이어지는 그리움과 갈망의 물줄기. 이것이 그의 첫 시집 『상상하는 사람』(*El Imaginero*, 1927)의 주된 이미지다.

상상의 세계가 현실로 나타나지 않는다는 것, 꿈의 현실화 불가능성이 곧 시인의 고뇌다. 자신의 삶과 몸까지도 현실성이 없어 보이기 때문이다. 우리 개개인에게 엄연히 현실로 존재하는 그리움이나 소망, 사랑이 모두가 실현 불가능한 것이라고 한다면 우리가 진정으로 원하는 어떤 것도 이 세상에는 존재할 수 없다는 이야기가 된다.

때때로 시인은 자신을 에워싸고 있는 풍경이나 사물들에 대해서 보고 생각한다. 눈에는 보이지만 영원히 가질 수는 없는 자연 속의 사물들. 아르헨띠나 평원의 구체적인 풍경들로부터 참을 수 없는 자연의 가벼움을 표상하는 바람, 대기, 새 등이 그의 시 속 주인공들이다. 불가능한 꿈과 아름다움, 행복에의 소망과 그 불행감은 「송가」와 「긴 슬픔에 바치는 송가」에서 절정에 이른다. 「송가」에서 시인은 외친다. "나는 나 스스로에게서 기쁨을 끌어내고 싶소; 두 눈을 크게 뜨고, 정말로 크게 뜨고, 내 눈에 아픔을 주고 싶소,/그리고 아픈 눈으로 바라보아야지, 수평선을, 거기 그 노스뗄지어의 빈터, 그 너머까지, 거기 나의 그림자가,/나무처럼, 겨울 되어 또다시 잎사귀를 바꾸는……/오 사랑이여, 잃어버린 세월이여!" 「긴 슬픔에 바치는 송가」는 더욱 비극적이다. "하나의 더러운 광휘가 하늘의 꽃들을 태우고 있소,/저 위대한 대평원에 불 지르고 있소,/나는 이 추방된 긴 슬픔을 노래하고 싶소,/하지만, 아 벌써 바다가 내 입까지 차오는 것을 느끼오." 하나같이 처참하게 무너져내리는 시간의 드라마 속에서 내게는 광란조차, 고통조차 허락되지 않는다. 벌써 죽음의 물살이 목 위까지 차오르고 있기 때문.

『물고기와 사과』(*El pez y la manzana*, 1929) 『델타』(*Delta*, 1932) 『베르가라 왕자의 노래』(*Cancionero de Príncipe de Vergara*, 1933)에서 『어느날, 날씨, 구름』(*Un día, el tiempo, las nubes*, 1964) 『옛날 그림자 하나 노래한다』(*Una sombra antigua canta*, 1966)까지 수많은 서정시집이 있다.

엘레지 3

　나는 나의 나라에 갇혀 있다, 안타까움과 권태와 공포가 나의 전
부다;
　아무것도 즐겁지 않다, 심심풀이가 못된다, 다만 들판은 높고 넓
고 찬연하고 가볍다,
　내 집, 빨간 기왓장 위의 구름 그림자처럼.

　죽음의 키가 커간다, 나는 내게 떨어져서 멀리 걷는다, 꿈속으로,
　4월의 가볍게 차가운 바람이 가볍게 뒤흔드는 나무들 곁에서
　의식의 끝없는 바다 안개 속에서, 뜬눈으로 지새우는 소름 끼치
는 밤들;
　불타는 공허의 공간 속으로 추방되기를 기다리는 가난한 불씨
하나,
　공허는 부질없이 반짝이는 먼지를 주웠다가 흐트러뜨리다가, 어
쩌면
　또다른, 보다 고요한, 보다 높은 공간으로 짜올릴지도 모르는.

　가을은 이들 흔들리는 잎사귀들을 말아올린다,
　나는 먼 하오를 지켜본다,
　해를 본다, 깊은 곳에 빠져 죽은 강력한 불씨를 본다,
　안타깝게 부서진 목마른 수평선 속, 그 깨끗하고 다정한 빛 속에.
　새 한마리가 노래한다, 밤의 발걸음을 재촉한다, 하루의
　가장 낮고 가장 큰 가지에 걸린 단조로운 사랑의 노래.

가을은 잎사귀들을 말아올린다, 조인다.[1]

[1] 원문 마지막 구절 '가을이 조인다'를 "가을은 잎사귀들을 말아올린다, 조인다"로 옮겼다. 우리 시의 시법이나 우리말의 연상력으로는 "가을이 조인다"라고 할 때, "가을은 이들 흔들리는 잎사귀들을 말아올린다"라는 말에 실린 '말아올려 조인다, 자루에 넣어 조인다, 숨통을 조인다, 지금 살아 있음이, 이파리들이 죽음의 보자기에 싸여가며 조여옴을 느낀다'는 맛이 살지 않는다.
이 시는 나이 든 시인의 시간의 끝에 대한 공포와 허무가, 이제는 어차피 받아들여야 할 아픔과 사랑과 자기설득으로 서글픔을 더하는 목소리다. 여기 물론 죽음과 허무에 대한 공포와 갈등과 투쟁과 역설의 드라마는 없다. 그러나 이 시를 '가을이 목을 조인다'라고 표현해야 할 말투로 끝을 낸 것에서 "사랑의 노래"도 "깨끗하고 다정한 빛"으로 이해하려고 노력하는 시인의 말끝의 아픔이 짙인다.

엘레지 4

보지 않는 게 좋아요, 어쩌면, 이 말들을——이 말들의 씨줄 아닌
딱딱한 날줄, 그 책략들을——
이게 나의 전부거든요, 내게 도망가지 않는.
이 말들은 내 안에서 자라나요, 나의 혀나 모국어처럼.
날이 갈수록 더 가난해지겠지요. 의미만 결국
더 어려워지고요. 다만 한가지 의미만 떠나질 않겠지요,
  하나의 말, 다가오는 말, 다가와서 문득 일어서고 내 주위를 맴
돌다
  메마른 가을 잎이 되어 나를 헤집는, 땅을 긁어 파헤치는
  의지가지없는 허허벌판의 커다란 마당에서.[2]

---

2 시인은 남을 보고 싶지도 않고 남에게 보이고 싶지도 않다. 그러나 한편, 고독은
  더러 나의 말이나 의미나 쇼를 터뜨리며 나의 흰머리와 주름살과 늙어가는 안타
  까움을 덮고 싶다. 더러 그것이 유일하게 내게 도망가지 않는 시어나 모국어처
  럼 느껴지기 때문이다. 결국 나는 나의 언어들에게 어려워질 수밖에 없다. 내게
  도 내가 죽어간다는 진실을 말하고 싶은, 이 어려운 실존의 구도를 섬멸하고 싶
  은 충동이 있으니까.
  결국 나의 비극은 나의 사랑하는 시어의 비극이 되어 땅을 치고 '이해할 수 없
  음'으로 온 가을을 누비리라. 어떻게 이렇게 '의지가지없는' 황망한 땅이, '마당'
  인 줄 알았던 황야가 현실이었냐고.

베르가라 왕자의 노래[3]

1

잠든다는 것. 모두들 혼자 자요,
어머니! 하루가 아픔을 가져온대요,
하지만 아! 나의 아픔 같은 아픔이
또 있을까요.

2

내게 빌려준 하늘도 없어요
나를 돌아보는 눈도 없고요
한순간의 꽃들도 안 보여요,
잠도 안 와요.

3

친구여, 고독한 대기가
내 몸에 영 안 좋다,

---

3 「베르가라 왕자의 노래」에서 1~5까지 발췌번역했다.

고독한 대기, 길 잃은 공기,
에스뜨레마두라 지방의. 고독한 대기.
입 다문 돌.

4

머리카락 위 그 그림자가
네게는 참 잘 어울리구나. 어두운
그림자. 오, 하늘을 바라보는
파란 소나무야, 소나무는
뽀르뚜갈 바닷가에 서 있으면
아름다운 귀부인. 먼 꽃이 피어 있는
초원의 가장자리.

5

나는 영원히 그녀를 다시 보지 못하리.
강물은 물을 끌어간다.
따호 강은 물을 끌고 간다!
하지만 강물은 나의 갈증을 달래주지 않는다.[4]

몰리나리는 사물 속에서 고독과 망각의 향취를 읽는다. 불이 타다가 꺼지듯이 사
랑도 타다가 꺼지고 하얀 망각만 남는다. 사물과 나, 세상과 나는 하나다. 꽃이
피듯 행복에 대한 소망도 사랑도 핀다. 그리고 세월 속에 이내 시든다. 영원한 절
대적 아름다움은 없다. 현실을 잃은 언어만 내 시 위로 쏟아진다.
　강물이나 세월은 사랑하는 그녀를 그대로 내버려두지 않는다. 나는 영원히 그녀
를 다시 보지 못하리라. 내가 에스빠냐 따호 강에서 만났던 그녀를 그 강물이 끌
고 간다. 영원한 망각 속으로. 강물이 아무리 많아도, 강물은 나의 그리움과 "갈
증을 달래주지 않는다". 오히려 아픔만 더욱 크게 할 뿐.

우수에 바치는 작은 송가

대평원에서 젖은 계절 속 달아나는 햇빛에
만신창이가 되어 다가온다, 세월의 넓고 차가운 잔인한 이파리
들 위로.
색깔도 희미해진 채 떨리는 발걸음으로 다가오는 너. 그리고 나
의 마음은 행복을 느낀다, 행복을 간직한다, 말없는 말 하나로.
풀잎 사이 소곤대는 발걸음이 권태를 덮는다, 밀고 꺼져가는 향
기가 머물러 피운 불길.

너는 곧바로 몸을 추스리고 뼈 사이 부서진, 주름투성이의 옷을
집는다.
너를 스치고 네 안에 들어가기 위해서는 또 얼마나 많은 영혼과
깊이를 요구하는가!
그렇다, 대기처럼 불길과 안개가 자욱한 너의 입속으로 내가 들
어가리니.
너의 발걸음은 대양의 해일과 느린 하늘, 그 마지막 숨결에 젖은
광휘.
빨간 바다 기러기가 날다 깃드는 남쪽의 꿈으로 서서히 다가오
는 마지막 하늘,
그리고 밤이 꽃핀 어둠 밑으로 돌아와 고뇌의 목소리로 부른다
그리움에 차서, 산산이 부서진 채로.[5]

----
5 몰리나리의 시구가 느리고 길고 모호한 것은 그것이 세월과 고통과 슬픔의 길이

이기 때문이다. 따스한 남쪽 나라의 꿈이 누군들 없으랴. 그 꿈속 하늘은 날이 갈
수록 더욱 어둡게 불탄다. 대답 없는 그리움의 목소리만 산산이 부서지고 있다.
그러나 몰리나리는 자신의 기억과 삶의 안타까운 절망의 구도에만 연연한 것은
아니다. 그는 오히려 이런 절망적 구도 속에서 아늑함을 자기 것으로 한다. 사랑
했던 기억, 사랑을 잃어버림, 잊어감 속에 절규와 망각과 구름과 새 아침 속에서
눈물겹도록 살아감의, 살아 있음의 맛을 경험한다. 시인의 고뇌는 어찌하여 그
아름다운 기억들이, 생명들이, 본질들이 시간의 횡포 속에 무형화되어가는가에
대한 고뇌만은 아니다. 그의 절망은 또다른 세상살이의 희망으로, 우주와 계절
에 대한 깊은 이해로 넓어진다.

호르헤 루이스 보르헤스(Jorge Luis Borges, 아르헨띠나, 1899~1986) ──

보르헤스를 말하지 않고는 현대문학을 말할 수 없다. 에스빠냐어 시체 개혁에 앞장선 전위시인이며 환상문학의 선구자, 간(間)텍스트 문학의 선구자이기 때문이다. 그러나 무엇보다도 보르헤스 시는 늘 성실하고 진지한 사고의 깊이를 간직한 현대시의 고전이다. 그를 형이상학 시인이라고 부른 것도 이 때문이다. 인간은 "똑같으면서 또다른(Lo mismo y el otro) 실체"라는 말도 보르헤스에서 나왔다. 영원과 촌음(寸陰) 사이의 메꿀 수 없는 이중성(불교의 깨달음에서나 구제되는), 시간과 망각의 늪으로부터 살아남기 위한 부질없는 시 쓰기의 몸부림 등등. 인간과 책의 문제치고 보르헤스에게 심각하지 않은 것은 없다.

보르헤스는 영감을 믿는 시인인 점에서 낭만주의자다. 그러나 영감의 자유를 믿지 않는 숙명론자다. 아니, 숙명주의라기보다는 인도의 호랑이처럼 철창이나 자신의 존재의 한계를 인식하지 않고 유유히 한계를 꿈꾸고 즐기는 도인이다. 때로는 에스빠냐 시인 안또니오 마차도처럼 이 어지럽고 아리송한 우주에서 길 잃은 나그네 삶의 우수를 가르치는 선생이다. 보르헤스는 시가 그의 생명도 삶도 그 어느 것도 대변하거나 살릴 수 없음을 안다. 그는 시를 믿지 않는다. 동시에 그는 시 없는, 책 없는 인생을 믿지 않는다. 보르헤스는 시를 쓰지 않는 인생, 아니 시를 쓸 수밖에 없었던 무명의 삶의 위대성에 각별한 애착을 갖는다.

『부에노스아이레스의 열정』(Fervor de Buenos Aires, 1923) 『정면의 달』(Luna de enfrente, 1925) 『호랑이의 황금』(El oro de los tigres, 1972) 『영원의 장미』(La rosa profunda, 1975) 등의 시집과 『불한당들의 세계사』(Historia universal de la infamia, 1935) 『픽션들』(Ficciones, 1944) 『알레프』(El Aleph, 1949) 등의 단편집, 『심문』(Inquisiciones, 1925) 『영원의 역사』(Historia de la eternidad, 1936) 등의 에세이집을 펴냈다.

은혜의 시

누구도 이 고백을
비난이나 눈물로 격하시키지 말라
달인의 득도랄까, 신의 훌륭한 아이러니,
책과 밤을 내게 함께 내리신 이 크막한 은혜

이 책의 도시에
나의 이 빛을 잃은 눈을 주인 되게 하시다.
오직 꿈의 도서관에서나 책을 읽을 수 있는 두 눈,
자꾸만 뒤로 물러나는 버르장머리 없는 글씨들

나의 불타는 눈의 열망에도 끝내 허락하지 않는 여명, 헛되이
대낮은 끝없는 책들을 펼쳐 보이지만
모두 다 어렵기는, 이미 알렉산드리아에서 사라져버린
그 어려운 고서들 같은.

(어떤 그리스의 이야기가 있지) 목마름과 배고픔으로
어떤 왕이 그 많은 과일밭, 샘물 속에서 죽어갔다는;
나는 이 높고 깊은 눈먼 도서관 서가 사이를
지향 없이 헤맨다, 끝에서 끝까지.

백과서전들, 지도들, 동양,
서양, 시대들, 왕조들,

상징들, 우주와 우주창시론들을
벽들이 보라고 내민다, 쓸데없이.

나의 그림자 속에서 나는 서서히
갈 곳 모르는 지팡이로 텅 빈 어둠을
더듬는다. 나, 일종의 책의 세상에서
하나의 천국을 꿈꾸었던 나.

어떤 '우연'이라는 말 하나로
명명할 수 없는 어떤 것이 이것들을 지배한다;
다른 사람도 또다른 어두운 하오에
이 많은 책들과 어둠을 선물로 받았겠지.

서서히 서가를 거닐다보면
형언할 수 없는 성스러운 공포로 느낀다,
나는 내가 딴사람인 것을, 다른 어떤 죽은 사람,
나와 똑같은 날에 똑같은 발걸음을 옮겼을 다른 어떤 사람.

그 둘 중의 누가 이 시를 쓰고 있는가,
그 많은 사람들의 나, 아니면 나라는 단 하나의 그림자?
말이 무슨 상관이랴, 내게 오는 이 말이,
결국은 구분할 수 없는, 똑같은 저주인걸.

그루사끄[1]거나 보르헤스, 그 누군가
이 사랑스러운 세상을 보고 있다
창백한 잿더미 속에서 희미하게 변해가며
자꾸만 꺼져가는 세상,
꿈과 망각을 닮은.[2]

---

1 뽈 그루사끄(Paul Groussac, 1848~1929). 열여덟살에 프랑스에서 이민 와 정착한
아르헨띠나의 문인이자 문학평론가. 죽을 때까지 45년간 국립도서관장을 역임
했다. 재임 중에 보르헤스처럼 시력을 잃었다.
2 나는 1978년인가 마드리드에서 보르헤스를 만났다. 자기 시 중에 가장 마음에
드는 것이 어떤 시냐고 묻는 질문에 "그건 앞으로 쓸 시지"라고 웃더니, 그래도
크게 싫지 않은 시가 「은혜의 시」라고 말한 기억이 있다. 지금 읽어도 역시 쉽
고 깊고 진솔하다. 실제로 눈이 멀게 된 시인은 "책과 밤을/내게 함께 내리신 이
크막한 은혜"에 산다. 책 읽기 좋은 밤이 아니라 책과 눈먼 눈을 내리신 무정한
신의 아이러니.
눈을 뜨고 있다고 사람이 혹은 내가 왜 늙고 죽어야 하는지 아는가. 보이는 것이
없는 인간 실존의 현장에서 우리 모두는 눈먼 자다. 여기 나는 "나라는 단 하나
의 그림자"일 뿐. 그리고 책을 읽다보면 나와 똑같은 생각을 하고 똑같은 느낌으
로 세상을 산 사람들이 참 많다. 지금 내가 읽는 보르헤스처럼. 나는 어쩌면 그들
어떤 사람의 환생인지도 모른다. 백과사전 속의 그 많은 인물들 중 하나의 환생.
그들 중 지금 "누가 이 시를 쓰고 있는가".

시학詩學

세월과 물로 된 강을 바라보는 것
그리고 시간은 또다른 강이라는 것을 기억하며,
우리는 강물처럼 사라져갈 것을 알며
얼굴들 또한 강물처럼 떠내려가는 것을 보며

눈을 뜨고 본다는 것도 또 하나의 꿈임을 느끼며
꿈을 꾸고 있지 않다고 꿈꾸는 꿈, 그래서 우리의
육체가 두려워하는 죽음 또한 밤마다 꿈이라고 부르는
그런 죽음 외에 아무것도 아님을 알며

하루와 한해 속에 사람의 나이와 세월들의
상징을 읽으며, 세월이 앗아간 인생의 아픔을
음악으로, 소음으로, 상징으로 바꾸어가는 일.

죽음 속에 꿈을 보고, 석양에서 하나의
슬픈 황금을 보는 일. 이것이 시
영원한 가난의 되풀이. 시는 여명처럼
석양처럼 늘 되돌아온다.

이따금 하오가 되면 거울 한가운데서
한 얼굴이 우리를 빤히 쳐다본다;
예술은 바로 그런 거울 같은 거,

우리 스스로의 얼굴을 밝혀주는.

이야기를 들으면, 오디세우스는 그 위대한 업적에도
지치고 지쳐, 고향 이타카에 돌아와 마을을 바라보며
너무 사랑스러워 눈물을 흘렸다고 한다, 그 초라하고 파란
마을을 보며. 예술은 위대하지 않다, 이타카 마을, 그 파란 영원.

또한 그것은 끝없는 강물 같다
흘러가고 남고 만물은 흘러간다는
헤라클레이토스의 수정 거울, 모든 것은 다 똑같다
그리고 다르다, 끝없는 강물처럼.[3]

---

3 어떤 인도 현인은 헤라클레이토스를 '서양의 붓다'라고 했다. 인생은 흐르는 강
물이다. 흐르는 강물 속에 똑같이 두번 발을 담글 수는 없다. 이미 다른 물일 테
니까. 예술 또한 "흘러가고 남고" 기억되고 잊힌다. 강물은 늘 변하지만 늘 푸르
고 영원하다. 우리가 두고 온 작은 고향 마을 언덕처럼, 혹은 그 시냇물처럼.

미궁

결코 문은 없다. 너는 안에 있다
성곽은 우주를 포괄한다
안도 밖도 없다
겉의 벽도 은밀한 중앙도 없다.

끈질기게 두 갈래로 갈라져나가는
끈질기게 두 갈래로 갈라지는
혹독한 너의 길. 기대하지 마라
종착점이 있으리라고. 너의 운명은 강철이다

너의 재판관 목소리처럼, 투우의 돌진을
사람의 돌격을 본받지 마라, 그 이상한
복선의 형태가, 끝없는 돌무늬, 그 얽히고설킴 속에서

공포를 유발할 뿐.
없다. 아무것도 기대하지 마라, 시커먼 땅거미 속
그 사나운 짐승마저도.[4]

---

4 보르헤스는 숙명론자라고 했다. 강철로 된 철창 속 수많은 미로만 있는 미궁. 핵
심도 중앙도 없는 우주 속의 미아들이 우리다. 시인은 어떤 빛에 대한 희망을 버
리라고 권한다. 그 또한 더 큰 절망의 씨이고 공포의 예시이니까.

호랑이의 황금

노란 황혼의 시간까지
나는 몇번이나 쳐다보았던가
뱅골의 저 강력한 호랑이
강철로 된 철창살 뒤에서
그게 그의 감옥이라는 것을 생각지도 않고
이미 정해진 운명의 길을 스스럼없이 왔다 갔다 하던.
그뒤 다른 호랑이들이 오리라,
블레이크의 불의 호랑이;
그뒤에 또다른 황금들이 오리라,
제우스의 사랑의 쇠붙이,
'드라우프니르'라 이름 하던. 아홉 밤마다
아홉 금가락지를 낳고, 또 그 아홉이 또 가락지를 낳는,
끝이 있는 것은 아니다.
세월과 함께 나를 버리고 떠난 것은
그보다 더 많은 더 아름다운 다른 색깔들.
그리고 이제 내게 남은 것은
희미한 불빛, 풀리지 않는 그림자 하나
그리고 처음의 황금.
오 석양이여, 오 호랑이여, 오 신화와 서사시의
그 찬란한 광휘여,
오 더욱 아름다운 황금이여, 이 손길이 열망하는
그대의 머리칼이여.[5]

5 많은 보르헤스 연구자들은 이 마지막 구절 "이 손길이 열망하는/그대의 머리칼이여"를 과소평가하는 경향이 있다. 한 여인이면 족했을 한 생명의 마지막 서사시적 모험과 그 기사의 실제 살아 있는 귀부인의 감촉을, 그 감촉의 열망을 보르헤스의 위대성 때문에 지나치고 만다. 지구와 우주의 삶을 미궁으로 파헤친 그의 해박한 지식과 눈길 때문에, 이 광막한 상징의 바다에서 사공의 돛을 놓치고 만 것. 이 여인은 시인이 죽기 육개월 전 결혼한 고따마라는 실제 그의 연인을 일컫는다.

위협받는 자

사랑이다. 숨거나 도망가야 한다, 나는. 사랑의 감옥의 벽들이 커
진다, 무서운 꿈속에서처럼. 아름다운 가면이 바뀌었다. 그러나 항
상 유일한 얼굴. 나의 부적들이 무슨 소용이 있으랴: 나의 문학행
위, 희미한 지식, 바다와 칼을 노래하기 위해 사나운 북구인들이 사
용했던 말들을 배운 것이 무슨 소용이랴. 조용한 우정, 도서관의 서
고들, 일상의 일들, 옷들, 나의 어머니의 젊은 연인, 나의 죽은 이들
의 군복 그림자, 시간을 잃은 밤, 꿈의 맛이 무슨 소용 있으랴!
　너와 함께 있거나 너와 함께 있지 않는 시간이 내 시간의 크기
이다.
　이미 물통은 우물 위에서 부서진다, 아니 그 사람은 새소리에 일
어난다, 창문으로 보던 사람들도 어둠 속에 묻혔다. 그러나 어둠은
평화를 가져오지 못했다.
　이게 사랑이다, 이미 알고 있다: 초조와 너의 목소리를 듣는 즐
거움, 기다림, 추억, 계속 이 모양 이 꼴로 살아가야 한다는 것의 소
름 끼침.
　이것이 사랑이다, 사랑의 신화들과 사랑의 부질없는 작은 마술들.
　내가 감히 지나가지 못하는 골목길이 하나 있다.
　이미 군대가, 병정 무리가 나를 에워싼다.
　(이 방은 비현실적이다; 그녀는 이 방을 보지 못했다)
　한 여인의 이름이 나를 밀고한다.
　한 여인이 내 온몸에 아프다.[6]

6 죽음을 앞두고 보르헤스에게는 또 하나의 무서운 도전이 기다린다. 내가 죽은 뒤까지 가지고 갈 수 있는 황금이 아니다. 그때 내가 가지고 갈 수 있는 것은 망각뿐. 이 '황금'은 조용히 체념으로 죽어가려는 나에게 살라고, 살아야 한다고, 살아야 이 '고유한' 아름다움을 독차지할 수 있다고 위협한다. 죽음은 이미 나를 에워싸고 아우성치는데, 여기 살아 있는 자가 있다고, 사랑을 사는 자가 있다고, 사랑하기에 주고 싶지 않은 자가 있다고, 죽음의 신에게 '밀고한다'. 한 여인이, 나를 사랑에 빠뜨린 한 여인이.

니꼴라스 기엔(Nicolás Guillén, 꾸바, 1902~89) ─────────────

여러 면에서 라틴아메리카 대표시인이다. 흑인 시(기엔은 흑인과 백인의 피
가 섞인 시인이라 보통 그의 시를 '물라또 시poesía mulata'라고 부르지만), 사
회주의 시, 신민요시를 대표하기 때문이다. 라틴아메리카 대륙의 가난과 투쟁
을 대변하는, 잃어버린 원형적 인간성 회복을 부르짖는 투쟁시인이랄까.

해방신학에서 기원한 '해방시'의 선구자이기도 한 니꼴라스 기엔은 서정적
은유나 상징보다는 반시적 산문언어를 쓰고, 선전문에 가까운 혁명운동의 일
환으로서의 시 창작을 내세운다. 감상이나 철학보다 진실과 현실이 시이고 시
운동이어야 한다는 라틴아메리카 맑스주의 특유의 원시적·원초적 힘이 느껴
진다.

시집에 『민요 '손'(son) 형식의 노래들』(Motivos de son, 1930) 『송고로 꼬송고.
물라또 시』(Sóngoro cosongo: poemas mulatos, 1931) 『아이띠 하늘의 자끄 루맹
에게 바치는 엘레지』(Elegía a Jacques Roumain en el cielo de Haití, 1948) 『민중
의 비상의 비둘기』(La paloma de vuelo popular, 1958) 『커다란 동물원』(El gran
zoológico, 1967) 등이 있다.

오는 날

우리 여기 왔다!
우리 말소리가 숲 향기에 젖어 나온다,
그리고 강력한 태양 하나 우리 핏줄에서 동튼다.
주먹은 세다
노와 삿대가 있다.

깊은 눈에는 하늘을 찌르는 야자나무들이 잔다.
그리고 절규는 순연한 황금 방울처럼 우리 목에서 나온다.
우리의 발,
거세고 넓은 발은
우리 전열을 따라가기에 좁은 트럭
버려진 트럭 속 먼지를 뭉개 없앤다.
우리는 물이 어디서 나는지 안다,
우리는 물을 사랑한다, 물이 붉은 하늘 아래로 우리 카누를 밀어
주었기 때문이다.
우리 노래는
영혼의 살갗 아래 힘줄 같은
소박한 우리 노래.

우리는 아침에 연기를 가져온다,
밤에 불을 가져온다,
그리고 야만스러운 살가죽들을 뚫기에 좋은

튼튼한 달 조각 같은 칼을 가지고 온다;
우리는 흙탕물 속 악어들을 가져온다,
그리고 우리들의 열망을 쏘아 날리는 활과
열대의 허리띠,
그리고 맑은 정신을 가지고 온다.
아메리카의 결정적인 옆모습에 우리의 특징을
가져온다.

어이, 동무들, 우리 여기 왔다!
온 도시가 그 큰 저택들과 함께 우리를 기다린다,
야생 벌집들처럼 부드러운 집들;
그 거리들은 산에 비가 안 올 때 메마른 강처럼 깡말라 있다.
그 집들은 창문이 창피하다는 듯 어색한 눈으로 우리를 바라본다.
옛사람들이 우리에게 꿀과 우유를 주겠지
그리고 우리에게 파란 이파리 왕관을 씌워줄 거야.

어이, 동무들, 우리 여기 왔어!
태양 아래
우리의 땀에 젖은 살같이 젖은 패배자들의 얼굴들을 비춰주겠지.
밤에는 하늘의 별들이 우리의 불길 끝에서 불타고,
우리의 웃음이 새벽같이 강물과 새들 위를 비추리라.[1]

1 원시 공산사회는 네 것 내 것이 있기 전, 자연의 모든 것이 모두의 것이고, 모두가 함께 나누어 먹는 사회였다고 한다. 그런 원형적 나눔과 형제애로 사회를 만들어가자는 것이 혁명의 이데올로기다. 그런 이념을 가진 '동무들'이 온 날의 환성이다. 대자연의 숨결이 느껴지는 맑스주의 서정이 이런 것. 라틴아메리카에서 네루다, 세사르 바예호, 까르데날 등이 맑스주의로 참으로 훌륭한 시를 이루어낸 것은 바로 이런 흙냄새, 살 냄새 나는 짙은 서정성 때문이기도 하다. "우리 말소리가 숲 향기에 젖어 나온다,/그리고 강력한 태양 하나 우리 핏줄에서 동튼다." 이만하면 무조건 참 좋은 시구가 아닌가.

총살

1

총살시키려고 한다
두 팔이 묶인 한 사람.
군인이 네명
총을 쏠 것.
네명의 군인이
말이 없다,
그들도 똑같이 묶여 있다,
죽이려는 사람이 묶여 있듯이.

2

──달아날 수 있어?
──난 달리지 못해!
──금방 쏠 거야!
──어떡하겠어!
──어쩜 총에 총알이 장진 안되었을지도 몰라……
──무서운 납으로 된 총알이 여섯발씩이야!
──어쩜 저 군인들이 안 쏠지도 몰라!
──너는 바보 천치 멍청이야!

3

총을 쏘았다.
(어떻게 총을 쏠 수가 있었지?)
죽였다.
(어떻게 죽일 수가 있었지?)
네 명의 군인이었다
한 장교님이
말이 없는
신호를 보냈다, 칼을 내리면서;
네 명의 군인이었다
묶여 있는,
죽이려고 간 사람처럼 똑같이 묶여 있는.[2]

---

2 너무나 자세해서 소름 끼치는 총살 장면이다. 전쟁에서 죽고 죽인다는 것의 아이러니. 적군 아군 다 전쟁이라는 기계의 노예요, 부속품일 뿐.

네가 왜 그렇게 생각하는지 모르지만

네가 왜 그렇게 생각하는지 모르지만,
병정아, 너는 내가 너를 증오한다고 하지,
우리는 똑같은 족속이야,
나도,
너도.

너도 가난하고, 나도 가난하고;
나도 하층계급, 너도 하층계급:
병정아, 넌 어디서 내가 너를
증오한다고 결론을 내린 거니?

때때로 나는 네가 내가 누구라는 걸
잊어버리는 것이 마음 아파;
제기랄, 나는 너와 똑같아,
네가 나와 똑같듯이.

하지만 내가 그렇다고 꼭
너를 싫어하는 건 아니야;
우리는 똑같은 족속이니까,
나,
너,
그런데 병정아, 왜 너는 내가 너를 증오한다고

생각하는지 모르겠다.

이제 너와 나 우리 함께
같은 거리에서 만나게 될 거야,
어깨와 어깨를 맞대고, 너와 나,
너도 나도 없이 증오도 없이,
하지만 너와 나, 서로
어디로 가고 있는지 알면서……
병정아, 나는 네가, 왜 내가 너를
증오한다고 생각하는지 모르겠다!

하비에르 비야우루띠아(Xavier Villaurrutia, 멕시코, 1903~50) ─────────

옥따비오 빠스가 속한 '꼰뗌뽀라네오스(Contemporáneos) 그룹'의 대표적 시
인이 비야우루띠아다. 그는 인간 실존의 한계과 고뇌를 진실하게 노래한 '죽
음'의 시인이다. 그만큼 죽음을 많이 노래한 시인이 없기 때문이다. 죽음을 주
제로 시를 많이 쓴 이유에 대해 그는 "나에게는 죽음이라는 것이 종말이나 저
세상으로 가는 다리가 아니다. 그보다는 항상 현존하는 실존의 느낌이다. 순
간순간 그것을 만지고 느끼고 사는 것"이라고 말했다. 또한 그는 "시의 가장
큰 관심은 인간이라는 드라마의 표현이어야 한다는 것이다. 이 드라마는 진
실해야 한다. 모든 시는 인간에 대한 앎의 시도일 뿐"이라고 했다. 라이너 마
리아 릴케(Rainer Maria Rilke, 1875~1926)와 함께 비야우루띠아에게도 시는
"쓰지 않고는 못 배길, 죽어도 못 배길" 불가피한 필요성의 산물이었다. 시인
은 예언가라고 했던가. 하비에르 비야우루띠아는 47세의 젊은 나이에 죽음을
맞았다.

시집에 『야상곡』(Nocturnos, 1933) 『죽음에의 향수』(Nostalgia de la muerte,
1938) 『열번째 죽음』(Décima muerte, 1941) 『봄에 대한 찬가와 다른 시들』
(Cantos a la primavera y otros poemas, 1948) 등이 있다.

눈 속의 무덤

눈 속의 무덤은 무엇과도 비교가 안된다.
하얀 것 위에 하얀 것. 여기 무슨 다른 이름을 붙이랴?
하늘은 무감각한 눈 돌멩이들을
무덤들 위에 떨어지게 했다,
이제 눈 위에 눈밖에 남은 게 없다
제 손 위에 떨어진 손처럼 영원히 쉬고 있다.

새들은 차라리 하늘을 날기를 좋아한다,
눈에 안 보이는 대기의 길목을 상처 내다가
눈만 떨어뜨린다,
그래서 눈은 손자국이 없다,
눈은 눈 자국뿐.

눈 속의 무덤을
꿈 없는 잠이라거나
허옇게 뜬 두 눈이라고 해서는 안되는 이유가 여기 있다.

무감각하게 잠든 몸뚱이 같은 데가 있지만
고요 속에 떨어지는 침묵 같은 데가 있지만
끈질긴 하얀 망각 같은 데가 있지만
눈 속의 무덤은 그 무엇과도 비교가 안된다!
눈은 무엇보다도 고요이기 때문이다,

더구나 시든 무덤의 흙더미 위에서 눈은 더욱 고요하다:
이제 한마디 말조차 할 수 없는 입술 그대로.[1]

---

1 이미지가 너무 희고 고요하다. 어쩌면 고운 체념과 자연을 받아들임으로써 죽음
을 사는 무덤들의 모습이 손에 잡힌다.

눈에의 향수

눈길 위에 밤이 떨어진다!

우리는 모두 생각한 적이 있었지, 어떤 때
어떤 사람이나—나 자신도—지금 생각하지,
우리 모두가 언젠가 이미 그런 생각을 했었다는 것을 모르니까,
하루하루의 밤을 만드는 어둠들이
조용하게, 모른 척 늘 떨어지고 있다는 것을, 어둠 뒤에
어둠이 따르고, 그렇게 하늘로부터, 숨어 숨어
어둠 송이 송이들이 떨어지고 있다.
어둠은 어두운 눈송이,
생각할 수도 없이 고요한 검은 눈.

눈길 위에 밤이 떨어진다!

믿을 수 없을 만큼 밝은 해 질 무렵의 빛,
가장 고운 가루로 만든,
신비스러운 따스함으로 가득한
예감의 현신, 눈이여!
이윽고 눈에 보이지 않는 줄을 타고
머리카락처럼 대기에 흩어져서
내려온다
날개 송이, 거품 송이들이.

고뇌 없는 꿈,
달콤한 꿈과 같은 어떤 것이
어린애처럼, 보드랍게, 가볍게,
생각지도 못한
행복의 몸짓으로
기적처럼 내려온다, 밤에
흰 눈의 하얀 어둠들이,
조용히.[2]

---

2 신비주의에서 죽음은 임과 하느님과의 만남에 대한 기대와 축복의 순간이다. 그런 이미지와 상징으로 "하얀 어둠"의 눈송이들을 그리고 있다. 자신의 죽음을 상상한다는 것은 쉬운 일이 아니다. 그러나 비야우루띠아에게는 그 순간이 어떤 향수처럼 따스하게 느껴진다. "하얀 어둠"이나 이불이 내려오는 것 같은 안온함으로.

죽음의 야상곡

처음은 따스하고 느린 대기가 나를 에워싸겠지
아픈 사람의 아픈 팔에 감기는 붕대처럼
차가운 침묵처럼 이윽고 나의 불구가 다 된
어떤 죽은 사람 때문에 죽은 몸뚱이를 침범해오겠지.

그뒤에는 귀먹고 파란, 수없는 소음들이
잠든 내 귓바퀴와 소라 속에 갇히고
내 목소리는 갈수록 가늘어지는, 불타오르는
두려움의 바다에 빠지겠지.

누가 그 공간을 헤아릴 수 있으랴, 누가 그 크기를
그 순간 내 몸의 얼음과, 차가운 불길 같은 부동의
내 심장이 하나 되어 사위어가는 그 부피를 헤아릴 수 있으랴.

땅은 만질 수 없는 고요 속 고요가 되어,
희미한 고독, 잿빛 어둠이 되어
너의 눈길 위에 쏟아지겠지. 그리고 나의 이마와 격돌하겠지.

진실을 창조한다는 것

가슴에 찬찬히 귀를 기울인다,
바닷가에서 바다에 귀를 기울이는 소라처럼.
내 심장이 피 흘리며 뛰고 있는 소리를 듣는다
항상 똑같이, 항상 똑같지 않게.
나는 왜 이것이 이렇게 뛰고 있는지 안다, 그러나
앞으로 무엇을 위하여 이러고 있는지 모른다.

말이나 우연한 속임수로
그 귀신들과 이야기하려 들면,
놀라움에 떨면서, 또
진실을 만들어내고 말겠지:
너를 사랑한다고 거짓말했을 때
난 널 이미 사랑하고 있는 줄 몰랐어!³

---

3 진심이나 진실을 말할 수 있는 말은 없다. 어떤 형태로든 그것은 '거짓말'이다.
"너를 사랑한다고 거짓말했을 때" 나는 이미 창조적 진실을 말하고 있었다. 그때
는 내가 "널 이미 사랑하고 있는 줄 몰랐"지만.

에우헤니오 플로리뜨(Eugenio Florit, 꾸바, 1903~99)

에우헤니오 플로리뜨는『열대』(*Trópico*, 1930)라는 시집부터 에스빠냐 대표시인 후안 라몬 히메네스(Juan Ramón Jiménez, 1881~1958)가 추천하는 수제자로 평판이 높았다. 히메네스가 주창한 '순수시'의 후계자로, '비순수시'를 표방하던 빠블로 네루다의 라이벌이었다. 플로리뜨는 히메네스 계열의 순수하고 정교한 시어의 기수로서, 히메네스로부터 "지혜의 즐거움의 응결체"라는 찬사를 받았다. 라틴아메리카 시의 대표적 지성이며 시인인 알폰소 레예스도 "기하학에 가까운 자연의 응축미"라고 그의 시를 칭찬했다.

1912년 에즈라 파운드(Ezra Pound, 1885~1972)가 이미지즘을 주창하고, 아방가르드가 시학에서 이미지를 강조하면서 젊잖은 전통주의자들과 논란이 많았다. "이미지 놀이만으로는 시가 안된다. 의미가 있어야 시다" 하는 주장들이 그 예이다. 아방가르드는 무의미의 시까지 옹호하는 입장들이어서 논란은 끝이 나지 않을 수밖에 없었다. 그러나 점차 시인들은 뽈 발레리(Paul Valéy, 1871~1945) 등과 함께 외적으로는 무수한 이미지 놀이를 하고 내적으로는 깊은 상징적 의미를 심는 것을 시학으로 하는 '순수시'들을 개척해갔다. 이런 노력 중의 하나가 에우헤니오 플로리뜨의 시라고 할 수 있다.

그러나 순수시는 순수시여도 히메네스 계통의 순수시라면 플로리뜨의 순수성은 좀 다르다. 수사법상 비시적인 요소 일체를 제거하기를 원했던 발레리류의 순수시가 아닌 순수 자연, 동심과 동물, 순수 서정을 내용으로 삼았던 계열이었기 때문이다.

시집에『서른두편의 짧은 시』(*32 Poemas Breves*, 1917)『열대』『두 목소리』(*Doble acento*, 1937)『왕국』(*Reino*, 1938)『마지막 불협화음』(*Asonante final*, 1950)『희망의 의상』(*Hábito de esperanza*, 1965)『미완성 시선집』(*Antología penúltima*, 1970) 등이 있다.

바다 12

꺼져가는 한숨이 멀어져가는
물결에 수없이 굽이친다:
수천의 거울이 보드랍게
나를 완전히 산산조각으로 만든다.
웃음 짓는 통곡, 원경에 마음 둔
울부짖음. 그 많은 포효가
차가운 뱃길을 따라 항해하고 있었다
나를 떠나는 소리들, 나의 나날은
날개 돋은 다리 위로 그렇게 달아났다.[1]

---

1 플로리뜨는 멀어져가는 바다 물결의 포효 속에서 그리움을 본다. 무언가 끝없이
나를 떠나는 물살의 행렬을 본다. 세월이 흘러가듯, 나날이 흘러가듯 나의 젊음
과 꿈은 나를 떠나고 있다. 나의 오늘은 금방 어제로 물러선다. 산다는 것은 내가
산산이 부서져가는 모습을 지켜보는 일. 그 슬픔을 반추하듯 바다는 깊게 울부
짖는다.
이 시는 바다의 이미지, 그 파도의 멀어짐과 나의 삶의 떠나감이 무늬를 같이한
다. 그 안타까움과 울부짖음이 바다에 있다. 내가 플로리뜨 시의 제1성격을 '이
미지의 기하학'이라 이름 한 것은 이 두 구조, 다시 말하면 '파도의 멀어짐'과
'나의 삶의 떠나감' 사이의 감각이나 이미지의 연맥이 기하학에 가까울 정도로
지극히 투명하기 때문이다. 시인은 바다를 보며 떠나간 사람들을 생각할 수도
있다. 그 안타까움과 그리움에 몸부림친다. 이것을 '바닷가에서 떠나간 임을 생
각한다'라고 표현하면, 바다는 배경이 되고 내가 그 배경 속에서 임을 생각하는
연극이나 소설이 된다. 하나 에우헤니오 플로리뜨는 시인이다. 바다는 곧 내가
된다. 나의 마음을 그림 그리는, 나의 마음을 연주하는 그림과 음악이 된다.

신들의 열망

신들은 영원히 행복하고 싶어한다.
신들의 열망이 인간의 열망.
사랑이 오른다, 신들을 위로한다
향기 피어오르듯.

어느 또다른 가난한 신이 있어, 이 땅에
무슨 특별한 음식을 원하겠는가
오직 누군가 그의 시구에 눈길이 머물기를 바랄 뿐,
사랑을 위해, 사랑으로
또다른 신들을 찾아나설 뿐, 내부 속에
그들의 빛을 찾고 있을 뿐,
언젠가 한번 잃어버린 하늘의
그 작은 기억들과, 날마다 잃어가는
하늘 빛깔을 찾는 가난한 신의 눈길.

추방된 신, 시인이
바라는 것은 오직 그 사랑 하나.
얼마나 적은 —— 얼마나 많은 —— 얼마나 큰
열망인가, 계속 존재할 수 있다는 힘은?[2]

---

2 그러나 시인은 고독만이 그에게 주어진 삶의 맛임을 안다. 희망은 늘 허공에서
끝난다. 봄은 늘 가을을 향한다. 그래서 봄의 따스함은 늘 인생길의 유일한 소망.
그것은 사랑이다. "추방된 신, 시인"이 바라는 사랑은 자신의 '시'에 와닿는 봄

햇살 같은 눈길과 사랑.

동반자

신띠오 비띠에르에게

때로는 인생의 길 한중간에
우연히 만난다. 그리고
모든 게 다 좋다. 아무 상관 없다.
시끄러운 소음도 도시도 기계 소리도 좋다.
너도 상관 않는다. 손 잡고 그녀와 함께 간다.
죽음처럼 충실한 동반자,
그렇게 풍경이 기차와 함께 달리듯
4월의 대기 속에 봄이 달리듯
바다 곁의 소나무 숲처럼
야자수 옆의 산등성이처럼
강 옆의 포플러 나무들처럼
물길 옆의 잔풀 이파리처럼.
무슨 상관이랴. 모이고
보완되는 모든 것처럼. 물의 목마름
그 고통 곁의 망각. 불길 곁의 불,
꽃과 파란 이파리,
그리고 파란 바다, 하얀 물거품.
작은 여자아이와
그녀를 안고 가는 사랑의 팔,
쌀라망까 옆을 흐르는 또르메스 강.
봉사와 길잡이 개.
하나와 다른 하나, 꼭 닫힌 하나로

부족한 다른 반쪽을 채워준다.

하늘과 땅.

몸과 영혼.

너는 마침내 내게 그 이야기를 해주려

신이 되어 내 곁에 머물고 있구나, 고독이여.[3]

---

3 에우헤니오 플로리뜨는 봄 냄새 나는 평범한 동반자를 꿈꾼다. 그 동반자는 다름
아닌 자신의 그림자 같은 고독 자체였다. 지긋지긋하게 늘 따라다니는 고독. 그
것이 유일하게 나를 배반하지 않는 나의 동반자요, 신 같은 존재.

돌아오는 길은 모두가 슬픔

루이스 세르누다에게

아니면 차라리. 모든 것은 슬픔.
슬픔은 우리 속에 꼭꼭 지니고 다니는
재산. 지금 슬픈 것은 원래 슬펐던 것.
백번을 되돌아와도
백번 우리의 슬픔에
꿈은 더욱 멀리라
돌아오는 길은 더욱 비어 있으리.[4]

---

4 그와 마지막 만났던 날의 그 어둡고 작은 뉴욕 방에서의 씁쓸한 커피 맛을 기억
한다. 손수 커피를 끓이고 동양시 이야기를 하며 씁쓸히 웃던 초인스러운 그의
미소가 떠오른다. 나를 만나고 하이꾸 같은 시를 쓰기 시작했다면서 내게 바치
는 짤막한 시 몇편을 내놓았다. 그리고 선생과 나는 더이상 만나지 못했다. 지금
은 세상을 달리한 목소리. "나의 가장 조용한 친구 민용태에게"라는 헌사가 마음
에 걸린다. 에스빠냐 시인 루이스 세르누다의 「돌아오는 길은 모두가 슬픔」이라
는 시에 바치는 이 시가, 그가 돌아가신 것을 아는 지금 더욱 슬프다.

빠블로 네루다(Pablo Neruda, 칠레, 1904~73) ─────────────

빠블로 네루다는 세계 현대시의 가장 대표적 시인이다. 세사르 바예호로부터 우이도브로로 이어지는 라틴아메리카의 아방가르드 시가 빠블로 네루다부터 확연한 초현실주의적 색채로 물든다. 네루다의 『스무편의 사랑의 시와 한편의 절망의 노래』(*Veinte poemas de amor y una canción desesperada*, 1924)와 『지상에서의 주거 1』(*Residencia en la tierra I*, 1935) 『지상에서의 주거 2』(*Residencia en la tierra II*, 1935) 『제3의 주거』(Tercera Residencia, 1947), 이 세 권은 라틴아메리카 특유의 '열대성 초현실주의'의 정점을 이룬다.

에스빠냐의 후안 라몬 히메네스의 순수시 아류에 반발하여 '비순수시'를 부르짖으며 출발한 네루다는 인간 실존의 어두운 현실과 혼돈의 절망적 상황을 물거품처럼 내리쏟는다. 『지상에서의 주거』에서 보여준 그의 시는 초현실주의, 표현주의 등 갖가지 시 개혁의 냄새를 혼합한 독창적 시 세계를 구축한다. 내가 그의 독특한 초현실주의를 가리켜 '열대성'이라고 말하는 것은 네루다의 이미지 홍수가 초현실주의의 자동기술법과는 거리가 있는 열정적 용광로의 분출물 같은 성격이기 때문이다.

에스빠냐 내란에 참여했던 그는 『총가요집』(*Canto general*, 1950)과 함께 세계의 대표적 민중시인이 된다. 백인과 제국주의에 수탈당한 원주민, 원시공산천국의 잉카와 마야의 후예들, 그 선량한 민초들의 소박한 삶과 소망과 고뇌의 대서사시를 엮는다. 시대적 상황과 이데올로기를 초월한 이 걸작 시집은 약속의 땅 라틴아메리카의 영원한 비극과 희망을 피로 점철한 고전이다. 네루다 시선을 번역하여 『마추 삐추의 산정: 빠블로 네루다 시선』(열음사, 1986)으로 내놓은 것도 그의 민중시의 깊은 원시적·원초적 향기를 이 땅에 옮겨 심고 싶었기 때문이다.

네루다는 그 뿌리에서부터 사랑의 시인이다. 그를 유명 시인의 반열에 올려놓은 시집 『스무편의 사랑의 시와 한편의 절망의 노래』가 보여주듯 그의 근본적인 시정신은 사랑이다. 인간을 절망과 좌절로 빠뜨린 '지상에서의 주거'가 문

명으로 찌든 사회와 사랑 부재에 대한 실존적 몸부림이었다면 그의 민중시 또
한 진정한 인간성 회복을 위한 울부짖음이었다. 사랑과 투쟁의 사연을 익명
으로 출판했던 『대장의 시구들』(*Los versos del capitán*, 1952)과 『100편의 사랑
쏘네트』(*Cien sonetos de amor*, 1959)가 모두 본격적인 사랑의 테마를 다루고
있다.

1971년 노벨문학상을 수상했다.

시 5

너에게 내 말이 들리도록
내 말소리는 때때로
바닷가 갈매기 발자국처럼
가늘어진다.

가늘디가는 목걸이, 취한 듯 딸랑대는 종소리
포도송이 같은 너의 보드라운 손길을 위한.

나는 나의 말소리를 멀리 바라본다.
내 소리는 이제 나의 것이기보다 너의 것.
소리는 나의 오랜 고통 위를 담쟁이넝쿨처럼 타고 오른다.
그렇게 젖은 돌담 위를 기어오른다.
이 피투성이 놀이를 만든 죄인은 바로 너.

나의 말들은 나의 어두운 굴속을 빠져나간다.
네가 그 굴을, 그 모든 것을 채운다.

네가 오기 전 그 말들이 지금 너의 공간의 주인이었지,
그 말들은 너보다 더욱 나의 슬픔에 길들여져 있었지.

이제 나는 나의 말소리가 네게 하고 싶은 말을 전하길 바라
네가 내가 원하는 대로 내 말을 알아듣도록.

아직 때때로 고뇌의 바람이 내 말들을 휩쓸어가기도 해.
꿈의 폭풍들이 아직 그 말들을 뒤집어놓기도 해.

나의 고통스러운 목소리 속에서 너는 이상한 소리들을 들을 거야.
오랜 입술들의 울음소리, 오랜 애소의 피눈물.
사랑해다오, 친구여. 버리지 말아다오, 나를.
따르라, 친구여, 나와 함께 가자, 이 고뇌의 파도를 타고.

하지만 너의 사랑 빛으로 나의 말소리는 물든다.
너는 모든 것을 가득 채운다, 가득 채운다.

나의 모든 말소리로 하나의 끝없는 목걸이를 만든다
포도송이 같은 너의 보드라운 손길을 위해.¹

----

1 특히 이 시의 첫 구절들이 좋다. 간단한 감각 바꾸기 기법이다. 바닷가 갈매기 발자국의 시각적 이미지와 간절한 사랑의 하소연의 목소리. 텅 빈 바닷가의 안타까운 정적과 애조 띤 갈매기 울음에 반추된 사랑의 갈망은 크게 설득력이 있다. 거기, 너의 작은 귓바퀴에 들어갈 만한 작고 가는 목소리의 소망이 너무 예뻤다. 사랑의 애소를 "목걸이"나 "딸랑거리는 종소리"로 표현한 것도 무서운 비약이다. 무형의 목소리를 구체적 사물로 접합시킨 감성은 새로운 시도였다. 이 시에서는 애절한 사랑의 감정을, "젖은 돌담"을 기어오르는 "담쟁이넝쿨"처럼 길고 안타까운 애모의 순간의 고뇌를 적절한 이미지로 형상화시킨 묘를 엿볼 수 있다. 이 작품은 이런 수많은 무형의 감정의 매듭들을 순간순간 새로운 이미지로 구상화시킨 좋은 예다.

시 15

네가 말이 없을 때 난 네가 좋아, 그때는 네가 꼭 없는 것 같아.
내 목소리가 멀리서 들릴 거야, 어쩌면 내 목소리가 너에게 안 들릴지도 몰라.
어쩌면 너의 눈이 네게서 날아가버린 것 같아
그리고 입맞춤 하나면 너의 입이 꼭 닫히는 것 같지.

모든 사물들이 나의 영혼에 가득 차 있어서
너는 그 사물들로부터 문득 솟아나는 거야, 내 영혼을 가득 싣고.
꿈의 나비, 너는 나의 영혼을 닮았어.
너는 어쩌면 우수憂愁라는 말을 닮았어.

네가 말이 없을 때 나는 네가 좋아, 너는 꼭 없는 것 같아.
너는 사랑에 취한 나비처럼 안타까워 울고 있는 것 같아.
내 목소리는 멀리 들릴 거야, 그리고 내 목소리는 너에게 들리지 않지:
너의 침묵과 함께 나도 말을 안할래.

아냐, 너의 침묵에게 나도 말을 걸 거야
등불처럼 환하게, 가락지처럼 소박하게.
너는 밤과 같아, 그렇게 말이 없고 그렇게 별이 많은.
너의 침묵은 별밤, 그렇게 멀고, 그렇게 소박한.

네가 말이 없을 때 나는 네가 좋아, 네가 꼭 없는 것 같아.

네가 갑자기 죽은 것처럼 아프고 멀게 느껴지는 거 있지.

그때 한마디 말, 하나의 미소면 돼.

그러면 나는 기쁘지, 기쁘고말고, 네가 죽은 게 사실이 아니라는 걸 알았으니까.[2]

---

2 사랑을 하게 되면 사랑하는 사람이 땅으로 꺼질까 하늘로 날아갈까 걱정된다. 네가 말이 없으면 나는 갑자기 네가 사라진 것 같은 그런 공포에 산다. 그러나 그게 사실이 아니라는 것을 깨달았을 때의 안도감, 그 즐거움. 그것이 사랑하는 순간의 천당과 지옥을 오가는 즐거움인 것. 눈앞에 보고 있어도 그리운 사람을 아는 가. 보아도 보아도 눈에 안 보이는 너를 아는가. 그게 사랑이다, 그런 느낌을 살아야 사랑에 살고 있는 거다!

시 20

이 밤 나는 가장 슬픈 시를 쓸 수 있으리.

예를 들면, "밤은 별이 많다. 천체는 파랗게
떨고 있다, 멀리서, 파랗게"라고 쓸까.

밤바람은 하늘을 돌며 노래하는데.

나는 이 밤 가장 슬픈 시를 쓸 수 있으리.
난 그녀를 사랑했었지, 때로 그녀도 나를 사랑했었어.

오늘 같은 밤이면 그녀는 내 품에 있었지.
끝없는 하늘 아래서 난 몇번이고 그녀에게 입 맞추었지.

그녀는 나를 사랑했었지, 때로 나도 그녀를 사랑했었어.
그녀의 그 커다랗게 응시하는 눈망울을 어찌 사랑하지 않을 수
있었으리.

이 밤 나는 가장 슬픈 시를 쓸 수 있으리.
문득 그녀가 없다는 생각. 문득 그녀를 잃었다는 느낌.

황량한 밤을 들으며, 그녀 없이 더욱 황량한 밤.
풀잎에 이슬이 지듯 시구 하나 영혼에 떨어진다.

무슨 상관이랴, 내 사랑이 그녀를 붙잡아두지 못한걸!
밤은 별이 많고 그리고 그녀는 내 곁에 없다.

그게 전부다. 멀리서 누군가 노래한다. 멀리서.
내 영혼은 그녀를 잃어버린 것만으로 가만있지 못하는가.

그녀를 더위잡으려는 듯이 내 눈길이 그녀를 찾는다.
내 마음이 그녀를 찾는다, 그러나 그녀는 내 곁에 없다.

이 많은 나무들을 하얗게 깨어나게 하던 그 밤, 그 똑같은 밤.
우리는, 그때의 우리는, 이제 똑같은 우리가 아니다.

이제 난 그녀를 사랑하지 않아, 사실이지, 하지만 참 사랑했었지.
내 목소리는 그녀의 귀에 이를 바람을 찾곤 했었지.

남의 사람이 되겠지. 남의 여자. 내 입맞춤 이전처럼.
그 목소리, 그 맑은 몸매. 그 끝없는 눈길.

이제 난 그녀를 사랑하지 않아, 사실이야, 하지만 참 사랑했었지.
사랑은 그토록 짧은데 망각은 이토록 길담.

오늘 같은 밤에는 그녀가 내 품에 있었기 때문이야,
내 마음이 그녀를 잃어버린 것만으로 가만있지 않기 때문이야.

비록 이것이 그녀가 주는 마지막 고통이라 할지라도,
이것이 그녀에게 바치는 마지막 시라고 할지라도.[3]

---

3 하나의 시에는 시를 쓴 시인이 있고 쓴 시의 목소리를 이끌어가는 화자(話者)가 있다. 보통 우리 시에는 시인과 화자의 목소리가 하나로 혼동된다. 우리는 보통 화자의 목소리를 시인의 목소리라 착각한다. 그러나 시적 체험을 산 시인과 그것이 시어로 구현된 시 속의 목소리는 엄연히 다르다.
네루다의 이 시에는 시를 쓰는, 시 속의 화자를 부리는 시인의 목소리가 들린다. "이 밤 나는 가장 슬픈 시를 쓸 수 있으리.//예를 들면, '밤은 별이 많다. 천체는 파랗게/떨고 있다, 멀리서, 파랗게'라고 쓸까." 여기에서 작은따옴표 속은 화자의 목소리, 그밖의 말은 시를 쓰고 있는 시인의 목소리다. 이 두 목소리는 사랑했던 사람을 두고 서로 싸우고 갈등한다. "슬픈 시를 쓸 수 있으리"라는 말은 지금 슬픔을 감추려는 시인의 안타까움이다. "사랑은 그토록 짧은데 망각은 이토록 길담"에서처럼 시인은 잊지 못해서 "이 밤 가장 슬픈 시"를 쓰고 있다. "비록 이것이 그녀가 주는 마지막 고통이라 할지라도,/이것이 그녀에게 바치는 마지막 시라고 할지라도."

시학詩學

어둠과 허공 사이, 치장과 처녀 사이,
낯선 심장과 음산한 꿈들을 더불고,
철 이른 창백함, 이마부터 시들어서
내 생명의 하루하루를 여읜 홀아비, 그 성난 상복을 입고,
아, 잠 속이런 듯 마시는, 눈에 안 보이는 물방울들,
떨며 받아들이는 내 주위의 모든 소리에 대하여
난 항상 똑같은 목마름과 똑같은 차가운 열병을 앓는다.
문득 태어나는 귀, 문득 느껴오는, 형언할 수 없는 고뇌,
마치 밤도둑이나 귀신이 나타나는 밤 같은 날들.
거기 나는 응고된 깊은 체적의 겉껍질에 붙어서,
늘 굴욕당한 웨이터처럼, 약간 목쉰 종소리처럼,
낡은 거울처럼, 외딴집의 냄새처럼,
밤이면 고주망태가 되어 돌아오는 손님들을 받는다.
거기는 늘 방바닥에 내동댕이쳐진 옷 냄새와 항상 꽃이 없는,
(아냐, 어쩌면 보다 좀더 덜 비참하게 이야기해서)
그러니까, 사실, 갑자기 내 가슴을 치는 바람,
나의 침실에 굴러떨어진 알 수 없이 영원한 밤들,
끝없는 희생으로 부질없이 불타는 하루하루의 목소리가
나를 안타깝게 슬프게 부른다, 나에게 어떤 예언자적 대답을 요
구한다.
거기, 대답 없이 소리쳐 절규하는 사물들의
주먹이 있다, 거기 휴전 없는 싸움 속, 늘 혼미스러운 이름 하나.⁴

4 네루다의 난해시 혹은 초현실주의 기법의 『지상에서의 주거』의 시학을 말한다. 세월과 세상의 "어둠과 허공 사이", 그 이해할 수 없는 학대와 횡포 속에서 나는 실존한다.

그냥 이유 없이 슬프고 고독하다. "내 생명의 하루하루를 여읜 홀아비." 나의 실존의 느낌을 시인은 "응고된 깊은 체적의 겉껍질에 붙어서,/늘 굴욕당한 웨이터처럼, (…) 밤이면 고주망태가 되어 돌아오는 손님"이라고 표현한다.

재미있는 것은 괄호 속에 이 시의 화자의 목소리를 이끌고 가는 시인의 목소리가 들리는 점. 지금까지 화자의 목소리가 너무 비참하게 느껴졌나보다. 시인은 다시 목소리를 가다듬고 화자더러 너무 시적으로 비극적으로 쏠리지 말고 "좀더 덜 비참하게 이야기"하자고 한다. 이런 기법을 베르톨트 브레히트(Bertolt Brecht, 1898~1956)의 서사시적 사실주의의 '소외기법' 혹은 문학의 허구성 벗어나기 기법이라고 한다. 같은 맑스주의자인 네루다는 시에 이런 기법을 도입한다. 너와 내가 사는 오늘의 구체적인 삶에 보다 가까운 묘사를 구현하기 위해서.

우리가 먹고산다고 날마다 힘들게 하는 일들이, 혹은 "끝없는 희생으로 부질없이 불타는 하루하루"가 "나에게 어떤 예언자적 대답을 요구한다". 이렇게 사는 게 무슨 의미가 있냐고, 혹은 이게 뭐 하는 짓이냐고, 정말 이렇게 대책 없이 늙어가도 되는 거냐고. 우리의 실존의 고통에 늘 대답은 "혼미스러운 이름"뿐. 그것이 시다.

바다에 떨어진 시계

공간에 너무 어두운 빛이 많다
너무 갑자기 노래지는 부피들,
바람이 지는 것도 아닌데,
이파리가 숨 쉬는 것도 아닌데.

바다에 머문 어느 일요일 같은 날,
물속에 잠긴 배 같은 하루,
투명한 물기로 맹렬하게 치장한
고기비늘들이 공략하는 시간 방울.

하나의 복장 속에 심각하게 쌓인 나날들, 다달들,
우리는 그 냄새를 맡으며 눈을 감고 울고 싶다,
단 하나의 눈먼 물의 기호 속
그 파란 저장 탱크 속에 갇힌 세월들.
어느 손가락도 빛도 더위잡지 못한 나이가 있다.
부서진 부챗살보다 더욱 값진 세월,
흙에서 파낸 발보다 더욱 고요한 세월,
물고기들만 덤벼드는 한 슬픈 무덤 속에
흩어진 날들을 모아 결혼시키는 나이가 있다.

시간의 꽃 이파리들은 하늘처럼 희미한 우산들을 쓰고
광활하게 떨어진다,

주위가 점점 부풀어오르며, 뭐랄까
한번도 보지 못한 커다란 종?
홍수에 침몰한 장미? 하나의 해파리? 하나의 부서진
긴 심장의 박동?
아니다. 그건 아니다. 그것은 어떤 만질 수 있는, 만져도 닿지 않는
소리도 새도 없는 어떤 희미한 발자국,
향기와 민족의 소멸 같은.

시계 하나 들판에, 이끼 위에 누웠다
그리고 그 전동장치로 어느 엉덩이를 때렸다
그로부터 시계는 그 무서운 물 밑에서 달린다
중앙에서 오는 물줄기에 떨며 출렁이는 물 밑에서.[5]

---

5 바다는 죽음이다. 산다는 것은 죽음 위에서 허우적대기. 산다는 것은 시간이고
시계의 움직임이다. 이 어처구니없는 몸부림.

사랑이여 아메리카여(1400)

가발과 연미복 이전
그것들은 강이었다, 대동맥 강물 줄기,
그것들은 산맥이었다, 그 민둥한 물결 위
콘도르 독수리나 설원은 움직임이 없어 보였다:
그것은 습기와 숲이었다, 아직 이름없는
우레, 우주처럼 광활한 평원.

사람은 흙이었다, 옹기였다, 떨리는 진흙 덩이의
눈짓, 점토의 몸짓,
그것은 카리브의 물동이, 치브차의 돌,
제왕의 술잔, 혹은 아라우까나의 규토.
아직 보드라운 핏빛 형상이었다, 하나 그 물기 젖은
수정 무기의 손잡이에는
이 땅의 첫 글자가 쓰여 있었다.

아무도 그 글자를
기억하는 사람은 없었다, 그후로는: 바람이
글자를 잊어버렸다, 물의 언어는
땅에 묻히고, 비밀의 열쇠는 없어졌다
피나 침묵의 홍수에 휩쓸려나갔다.

생명은 없어지지 않았다, 목동 형제들이여.

그러나 야생 장미처럼
숲에 빨간 물 한 방울이 떨어졌다,
그리고 온 땅의 등이 꺼졌다.

나는 여기 그 이야기를 들려주러 나왔다.
들소의 평화로부터, 마지막 흙의
두들겨 부서진 모래알까지,
남극의 빛으로 싸인
물거품들 속에서,
베네수엘라의 어두운 평화로부터 흘러내린
짐승의 소굴들 속에서,
나는 당신을 찾았다, 나의 아버님이시여,
구리와 어둠을 산 젊은 투사,
아니면 당신, 한창 자란 풀, 길들여지지 않는 머리칼,
악어 어머니, 무쇠로 만든 비둘기.

나, 진흙탕 속 잉카인은
돌을 만지고 소리쳤다:
누가 나를 기다렸는가? 그리고 텅 빈
수정 방울 한 줌 위에서 주먹을 불끈 쥐었다.
그러나 나는 사뽀떼까의 꽃들 사이를 거닐었다
빛은 사슴 떼처럼 다정했다,

그리고 어둠은 파란 눈짓이었다.

이름 없는 나의 땅, 아메리카 없는 아메리카,
적도의 젖줄, 진홍의 창,
당신의 향기가 나의 뿌리를 타고
내가 마시던 술잔까지 올라왔다, 내 입에서
아직 태어나지 않은 말의 가장 가는 밑뿌리까지.[6]

---

6 맑스주의의 원시 공산주의 비전이 아메리카의 원형적 모습에 아른거린다. 자본
주의나 사유재산 이전의, "가발과 연미복 이전"의 자연이 참으로 아름답게 펼쳐
진다. 사회주의는 흙냄새, 풀 냄새 진동하는 시 속에서 숨 쉰다.

9월 8일

오늘, 이날은 하나 가득 찬 술잔이었다,
오늘, 이날은 거대한 파도,
오늘, 모든 것이 땅 그것이었다.

오늘 폭풍의 바다가
하나의 입맞춤 속에 우리를 일으켜세웠다
아주 높이 올라가서, 우리는
번개 불빛에 떨었다, 하나로 엮여서
우리는 물 밑까지 내려왔다, 두 팔은 서로 놓지 않고.

오늘 우리 두 몸은 광대해졌다,
세상 끝까지 몸이 자라 올랐다
그리고 하나의 유성이나 밀랍
한 방울과 섞여
땅 위에 굴렀다.

너와 나 사이 하나의 새로운 문이 열렸다
그리고 아직 얼굴 없는 누군가
거기 우리를 기다리고 있었다.[7]

----

7 이렇게 하나의 인연의 문이 열렸다. "아직 얼굴 없는 누군가"에 의해 맺어진 "너
  와 나 사이 하나의 새로운 문"의 개통은 땅 위에 사는 두 몸뚱이에게 주어지는
  최대의 열락이며 동시에 두려움일 수 있었다. "오늘 모든 것이 땅 그것이었다"라

는 말은 땅은 고향, 땅은 공산주의의 이상인 원초적 자연의 삶, 땅은 여체라는 네
루다의 상상의 공식으로 볼 때 "세상 끝까지" 함께할 따스한 동반자의 발견에 대
한 감탄으로 보아야 하리라.

시인은 한 여자와의 육체적 만남의 묘사를 이렇게 에로틱한 이미지로 꾸미고 있
다. "폭풍의 바다"와 "번개 불빛에" 떨리는 것, 격정의 순간의 상승과 하강, 그리
고 "하나의 유성".

끝없이 광활한 여인

이 손이 보이니? 이 손이
땅을 누비고
광산을 열고 곡식을 일구고
전쟁과 평화를 만들고
모든 바다와 강의 거리를
무너뜨렸단다,
그러나 이 손이
너의 몸을 더듬어갈 때는
밀알처럼, 종달새처럼
작은 여인아,
너를 모두 다 껴안을 수가 없구나,
그저 네 가슴에 날아가다 멈춘
쌍둥이 비둘기를
잡기에도 지치고,
너의 두 발 사이 거리를 달려가다가
네 허리의 빛에 휘말리고 만다.
나에게 너는 바다와 바다의 포도송이보다
더욱 큰 광활함으로 가득 찬 보물이다
너는 포도 따기 계절의 땅처럼
넓고 푸르고 하얗구나,
너의 발에서 너의 이마에 이르는
그 광활한 영토에서 나는

걷고 또 걷고 또 걷다가

일생을 보내리.[8]

---

8 강력한 에로티즘은 때때로 이렇게 "광활한 여인"의 육체를 만난다. 사랑의 손길
은 끝이 없다. 끝이 없는 사랑의 손길이 닿은 영토 또한 무한대다. "바다와 바다
의 포도송이보다/더욱 큰 광활함으로 가득 찬" 사랑의 영토. "밀알처럼" 작으면
서 온 세상처럼 큰 너의 모습을 사랑은 안다.

네루다는 사랑하는 여인을 늘 "포도 따기 계절의 땅"에서처럼 '땅'에 비유한다.
땅이 준 것을 네 것 내 것 없이 나누어 먹고 살던 시절, 먹을 만큼 먹고, 다음은 배
고픈 자, 배고픈 때에게 양보하고 살던 시절, 자연의 품속에서 사람과 사람은 서
로 형제나 자매처럼 오직 사랑으로만 이어서 살던 시절이 원시 공산사회의 이상
이다. 이런 이상이 네루다에게는 '땅'의 이미지이며 그 풍성한 사랑의 땅의 모습
이 연인의 몸에서 살아 있는 그대로 느껴진다.

이처럼 네루다의 사랑은 진정한 사랑이면서 맑스주의적 사랑의 냄새가 짙다. 유
물론적인 사랑이기에 몸의 사랑이라는 말은 아니다. 영과 육의 사랑이면서도,
야단스러운 이데올로기적 말투가 없으면서도, 그의 연인에 대한 사랑에는 자신
의 사랑과 행복에 대한 염원이 농축되어 있다. 그런 만큼 맑스주의적인 것.

보통 사랑하는 사람들 사이에서는 "영원히 너를 사랑해!" 한다든지 "네가 죽으
면 나도 따라 죽을래!"가 원칙이다. 그러나 맑스주의 입장에서 보면 그것은 지극
히 에고이스트적 사랑일 수 있다. 네가 죽더라도 너에 대한 사랑의 힘으로 모든
너를 사랑하고 모든 나를 해방시키는 것이 진정한 사랑의 숭고화일 것이며, 그
런 자세에는 물론 보통 사람 이상의 아픔이 따르리라.

죽은 여인

문득 네가 세상에 없다면,
문득 네가 살아 있지 않다면,
나는 계속 살아가리라.

아니지,
차마 그걸 쓰지는 못하겠지,
네가 죽는다면.

나는 계속 살아가리라.

왜냐하면 사람의 목소리가 없는 곳에
거기 내 목소리가 있어야 하니까.

검둥이들이 매 맞아 죽어가는 곳에
내가 죽어 있을 수는 없다.
나의 형제들이 감옥에 들어가면
나도 그들과 함께 들어가리라.

큰 승리가
나의 승리가 아닌
그 커다란 승리가
오시는 날,

나는 입이 없어도 말을 하리라:
눈이 멀어도 나는 승리를 보리라.

아니야, 나를 용서해다오.
네가 살지 못한다면,
네가, 사랑하는 사람아, 내 사랑아,
만일 네가
죽었다면,
모든 낙엽들이 내 가슴에 지리라,
밤낮이고 내 영혼에는 비가 오리라,
흰 눈이 내 심장을 태우리라,
추위와 불과 죽음과 흰 눈을 맞으며 나는 걸어가리라,
나의 발들은 네가 잠든 곳을 향하여 기어이 걸어가리라,
그러나
나는 기어이 살아 있으리라,
왜냐하면 너는 이 세상 무엇보다도
기어이, 기어이 나만을 사랑했으니까,
사랑이여, 너는 내가 한 사람만이 아니라는 것을 알 테니까,
나는 모든 사람이라는 것을 너는 알 테니까.

양말에 바치는 노래

마라 모리가 내게
한켤레
양말을 가져왔다
목장 아가씨, 그녀의 손으로
손수 짠
토끼처럼
보드라운 양말 두 짝.
그 속에
내 두 발을 넣는다
마치
양의 털과
노을의
실오라기로
짠
두 상자에
발을 들이밀듯이.

거친 양말이었지
나의 두 발,
양털로 만든
두 물고기,
먼 바다의

황금 머리칼을
휘둘러 감은
먼 바다 푸름 속
두마리 긴 상어,
두마리 거대한 앵무새,
두대의 대포;
나의 발들은
이렇게
이들
하늘스러운
양말들로
휘장을
받았다.
양말이
너무 아름다워서
처음으로 내 발은
노쇠한 두
소방수처럼
죄송스러웠다,
이들 찬란한
양말들에
수놓인 불길을

잡을 길 없는
소방수들.

하지만
난 유혹에 버텼다,
나는 그것들을 그대로
고이 간직해두고 싶은
유혹에,
마치 학생들이
반딧불을 모으듯이,
마치 학자들이
성스러운 자료를
모으듯이,
난 성난 충동에 버텼다,
그것들을
황금
새장에 넣고,
날마다
신성한 풀을 주고
장밋빛 멜론 속살을 주고 싶은
이 충동에.
밀림 속에서

진기한 파란 사슴을
화덕에 넣는
탐험자들처럼,
화덕에 넣고
참회하듯
그것을 먹는
그들처럼,
나는
두 발을 펴고
용감하게
그 고운 양말들 속에
둘을 집어넣었다
그리고
구두를 신었다.

이것이
나의 노래의 도덕률:
아름다움은 두번
아름다움이다,
좋은 것은 두번
좋다
두 짝의 양말일 때,

겨울 속
양털일 때.[9]

<hr />

[9] 맑시즘은 사람이 살지 않는 집은 집이 아니라고 한다. 그래서 아름다움도 입을
수 있는 아름다움, 먹을 수 있는 아름다움일 때 두번 좋다. 같은 선행이어도 나에
게도 좋고 우리에게도 좋을 때 두번 좋다. 양말 한켤레를 선사받고 느낀 이 깊은
애정, 감흥은 네루다가 아니면 이렇게 진솔하게 표현하기 힘들 것이다. 네루다
특유의 무서운 상상의 비약, 그러나 하늘과 땅이 무리 없는 따스함과 진실스러
움으로 하나가 될 때 우리의 일상이 곧 구름 속임을 실감한다.

무제[10]

것은
필요한
위해서
올라가기
하늘에

두 날개,
바이올린 하나,
그리고 몇가지
이름 없는, 번호 없는 사물들,
길고 찬찬한 눈떠 증명서,
벚꽃 손톱에 비명 하나,
아침 풀잎 학위증들.[11]

---

10 시집 『외유』(*Estravagario*, 1958)의 서시(prólogo)이다.

11 제목조차 없는 무위(無爲)의 시다. 그가 노장을 배우러 마오쩌둥(毛澤東, 1893~1976) 때 중국에 왔다는 이야기만은 아니다. 중국을 노래하고 동양을 노래했다는 소리가 아니다. 아니면 그가 일찍부터 인도 근방에서 영사로 근무했다는 영향론도 아니다. 네루다는 원래 우리 모두처럼, 나처럼 고향이 시골이었다. 고향을 빌딩 숲에 둔 사람이 어디 있는가. 마음은 모두 시골로, 자연으로 달리고 있는 것을.

부동의 계절

아무것도 알고 싶지 않다, 꿈꾸고 싶지 않다.
누가 나에게 무위無爲를 가르쳐주겠는가,
누가 계속 살지 않고 사는 길을 가르쳐주겠는가?

어떻게 물이 사는가?
돌들의 하늘은 어떤 것인가?

철새들이 그 전성기를 멈출 때까지
마침내 그들이 그들 화살과 함께
차가운 섬들로 날아갈 때까지
부동자세로.

부동자세로, 은밀한 삶을 누리며
쏟아부을 수 없는 물방울 같은
나날들이 미끄러지는 대로
지하에 숨어 사는 도시의 삶:
우리의 부활의 순간까지,
무너져 누워 있던 것으로부터
묻혀 있던 봄의
차분한 발걸음으로 돌아올 때까지
닳지 않고 죽지 않는
끝없는 부동자세로,

마침내 무생무위로부터
금방 꽃가지 되어 올라오는.¹²

---

12 네루다는 생명의 시인이다. 니체(Friedrich Wilhelm Nietzsche, 1844~1900)와 함께 네루다는 죽음에 뿌리내린 삶의 구도에 대해서, 기독교주의나 순수주의에 대해서 저항한다. 살아 있음은 그가 밟고 있는 땅의 순수와 더러움의 절규를 함께 어루만지는 행위다. 이미 냄새가 나기 시작하는, 이 죽으면 썩을 살, 삶의 원형질을 아끼고 모시고 노래하는 것이 예의다.
네루다는 서양인이라기보다는 동양인이다. 노장(老莊)이다. 열대지방의 뜨거운 열기를 빼면 그의 사랑은 항상 내 살로부터 남의 살로, 남의 살로부터 우리의 살로 향하는 유교적 사랑의 흐름을 실천한다. 죽음의 원리, 최후의 심판을 계율로 삶의 원리, 살의 권리, 생명의 약동을 제도하려는 모든 서양 사고는 네루다의 저항을 받는다. 그래서 그의 시는 뜻하지 않는 곳에서 노장의 냄새까지 풍긴다.

쏘네트 16

나는 너라는 땅 조각을 사랑한다,
이 행성의 초원에서 나는 다른 별은
가지고 있지 않기 때문이다. 너는
우주의 번성繁盛을 반추한다.

너의 크막한 눈은 패배한 천체에서
내가 유일하게 가지고 있는 별빛,
너의 살결은 빗속에 스쳐 지나가는
유성이 밟고 간 길처럼 파닥거린다.

그 많은 달들이 나에게는 너의 엉덩이들이었다,
모든 햇살이 너의 그 깊은 입과 그 감미로움,
어둠 속에 꿀처럼 불타는 빛의 홍수

길고 빨간 번갯불로 불탄 너의 가슴,
그래서 나는 네게 입 맞추며, 너의 몸의 불을 더듬는다,
너는 작지만 지구의 모든 것, 너는 비둘기, 세상의 지도.[13]

---

13 1959년 네루다는 전쟁터 속의 애인이며 이제는 아내가 된 마띨데 우루띠아에
게 『100편의 사랑 쏘네트』를 바친다. 네루다는 그녀에게 바치는 헌사에서 "오직
당신이 생명을 주었기에 일어설 수 있었던 나무로 만든 쏘네트들, 사랑의 말들
을 바친다"고 감동스럽게 고백한다. 그는 첫 소곡에서 그녀와의 만남의 인연을
"알지 못하는 어두운 터널 문 끝에서 세상의 향기로움과 만나듯" 만났다고 말한
다. 흙냄새, 풀 냄새, 나무 냄새 가득한 한 여인을 만나 여름을 알고 "레몬의 빛이

터지는 소리"를 듣고 비로소 세상의 향기를 느꼈단다. 세상은 갈수록 어두운 터
널이었고, 알 수 없는 부조리와 불의의 소용돌이였었지. 그 싸움터에서 너를 만
나 따스함을 알고 향기를 알고 세상살이의 맛을 알았단다. 너의 이름에는 그 많
은 희망과 안식에의 꿈이 숨 쉬지. 이 나의 크막한 사랑을 믿고 더욱 사랑해다오.
너의 사랑 속에 영원히 살다가 영원히 이대로 잠들게 해다오.
시인은 연인의 몸에서 천체를 읽는다. 땅에서 하늘을 점치듯이, 그것이 우리 인
간에게 부여된 유일한 감지 기능. 사랑하는 사람에게서 우리는 비로소 우주의
조화의 아름다움과 따스함을 읽는다. 내게 달의 아름다움이 어디 따로 있는가.
때때로 나는 너의 엉덩이의 감미로움에서 달의 열락을 읽는다. 햇살이 어디 따
로 있는가. 너와의 입맞춤 속에서 느끼는 꿀빛 열락이 햇살의 맛이려니.

자력의 예술

많이 사랑하고 많이 걷다보니 책이 나온다.
입맞춤과 땅이 없으면
손바닥 가득 사람이 없으면
물방울마다 여자가 없으면, 여자와
배고픔과 욕망과 분노와 길이 없으면
아무것도 방패나 종이 될 수 없다:
눈이 없으니 누가 그 눈들을 뜨게 하랴.
수사학의 죽은 입일 뿐.

잎가지의 생식기들을 사랑했다
피와 사랑 사이 나의 시들을 파 새겼다,
굳은 땅에 하나의 장미를 일으켜세웠다,
불과 이슬의 시새움 속에서.

그래서 나는 노래하며 길을 갈 수 있었다.[14]

---

14 네루다는 시를 마력이나 매력, 자력을 가진 현실 자체로 보았다. 이 점에서는 초현실주의자들과 다를 바 없다. 시가 꼭 무슨 내용을 전하는 광고문일 수는 없다. 그래서 네루다는 자신의 시를 마름하는 시학을 차력술이 아니라 자석의, "자력의 예술"이라 이름 한다.

오 흙이여 기다려다오

오 태양이여, 되돌려다오, 내게
나의 농부의 길 위에
그 오랜 숲의 비들을,
되돌려다오, 그 향기와
그 하늘로부터 떨어지던 칼들을,
풀밭과 돌멩이의 고적한 평화,
강 언저리의 촉촉함,
떡갈잎 냄새,
가슴처럼 살아 있는 바람,
아라우까나 대평원의
사람 냄새 없는 무리 사이 뛰놀던 맥박.

흙이여, 너의 그 순연한 선물을 되돌려다오,
너의 뿌리의 숭엄함으로부터
올라온 침묵의 탑을 돌려다오:
나는 내가 아니었던 사람이 다시 되고 싶다,
그 깊은 곳으로부터 돌아갈 길을 배우고 싶다,
모든 자연 사물들 사이
살 수 있는, 살지 않을 수 있는
삶: 무슨 상관이랴
거기, 돌 하나 더, 어두운 돌 하나,
강물이 쓸어갈 순연한 돌 하나.[15]

15 네루다의 언어는 서구적이다. 그러나 그가 갈구하는 인생의 고향은 노자나 이백이 꿈꾸던 산중문답이 들려오는 곳. 물론 네루다에게는 지하 벙커에서 봄을 기다리던 투사의 핏기가 있다. 피의 어두운 열망과 우수의 척척함이 있다. 그러나 그 젖은 목소리가 향하는 곳은 무릉도원 언저리. 이미 때는 늦었지만······
후기 네루다의 시는 다시 자연으로 돌아간다. 자연의 영원한 생명성으로 복귀한다. 민중의 목소리로 어우러지던 잎사귀들이 이제 색깔을 벗고 원래의 물빛으로 반짝인다.

루벤 다리오(Rubén Darío, 니까라과, 1867~1916) ─────────

에스빠냐어계 문학운동 '모데르니스모'(Modernismo)의 선구자, 니까라과에서 태어나 라틴아메리카 최초로 이베리아 반도에까지 큰 영향을 미친 시인, "미주 문화와 에스빠냐 문화가 하나 되어 에스빠냐어권 문학의 통일성을 보인"(페데리꼬 데 오니스Federico de Onís Sánchez, 1885~1966) 시인이다.

1882년 처음으로 '미대륙발견백주년기념단'의 일원으로 에스빠냐를 여행하고, 살바도르 루에다(Salvador Rueda, 1857~1933), 후안 라몬 히메네스, 바예인끌란(Valle-Inclán, 1866~1936) 등과 교유하면서 에스빠냐에 모데르니스모 선풍을 불러일으키게 되었다. 루벤 다리오는 에스빠냐어 정형시의 시법이나 기발한 착상에서 타의 추종을 불허할 만큼 뛰어났는데, 모데르니스모의 기본 성격은 전통적 정형시에서 자유시 선호로 넘어가는 과도기라고 말할 수 있는 기발하고 자유로운 시 형식이다. 프랑스 베르사유 궁전의 화려한 무도회나 사교 생활을 그리워하며 문학이나 시 읊기가 일종의 풍류(vida galnate)로서 인기를 발하던 때도 이때다. 이국 취향 미학의 일환으로 고대 중국이나 일본의 공부를 그리워하고, 특히 이백을 흉내 내고 싶었던 루벤 다리오는 즉흥시에서도 뛰어난 시인이었다. 낭만주의가 목동이나 서민, 민요 중심의 시풍이었다고 한다면 모데르니스모는 감각적으로 화려하고 고상한 삶과 고양된 문화의 향기를 숭상했다. 때로는 지나친 감상주의와 식자적 수사 표현으로 현대시의 기틀인 후기 낭만주의나 상징주의의 삶의 내적 성찰의 시학에서 멀어진 감이 있으나, 에스빠냐어 시문학 사상 전에 없는 자유로운 형식과 근대적 시정신으로 찬양받았다.

칠레에서『엉경퀴들』(Abrojos, 1887)『서정요』(Rimas, 1887)『푸르름』(Azul..., 1888)을 펴내고, '위대한 시인'으로 인정받기 시작했으며, 부에노스아이레스에서 대표작『불온한 글과 다른 시들』(Prosas profanas y otros poemas, 1896)이, 마드리드에서 대표 서정시집『삶과 희망의 노래. 백조와 다른 시들』(Cantos de vida y esperanza. Los cisnes y otros poemas, 1905)이 발표됐다. 그외 시집에『떠돌이의 노래』(*El canto errante*, 1907) 『가을의 시와 다른 시들』(*Poema del otoño y otros poemas*, 1910) 『아르헨띠나에 바치는 노래와 다른 시들』(*Canto a la Argentina y otros poemas*, 1914) 등이 있다.

오, 사랑스러운 아가씨!¹

오, 사랑스러운 아가씨!
내 진정으로 말하노니,
그대 두 눈은 수정 뒤에
숨은 불길 같구려;
그대의 머릿결은 까만 상복.
그리고 아름다운 그대 입술은,
피 묻은
칼날 자국.²

----

1 『엉겅퀴들』의 「시 10」(Poema X). 옮기면서 첫 줄을 제목으로 삼았다.
2 즉흥시에 가까운 이 시는 사랑의 빛과 그림자를 그린다. 루벤 다리오의 감각주의
  적 색채가 선명하다. 거기에는 지극히 아름다운 수정빛 불길과 상복, 비극의 순
  간의 "피 묻은/칼날 자국"을 연상시키는 입술이 있다. 이 사랑의 시는 사랑의 감
  정이 주는 크막함을 천지 사랑으로까지 승화시킨다. 과장인 것 같으면서 그 안
  에는 사랑하는 순간의 진정한 느낌과 천지와 영원까지 껴안고 싶은, 사랑하는
  마음의 진실이 반짝인다.

작은 쏘나따

공주는 슬픈 얼굴…… 무슨 일일까, 공주는?
딸깃빛 그녀 입에서 한숨이 새어나온다,
얼굴빛이 변했다, 웃음을 잃었다.
황금 의자에서 공주는 창백한 모습,
낭랑하던 그녀의 피아노 건반이 입을 다물고
화병에선 잊힌 꽃 하나 시들어간다.

정원에는 개선장군처럼 공작들이 판을 친다.
수다쟁이 하녀가 잔소리로 수다를 떤다.
어릿광대가 빨간 옷을 입고 발끝으로 돈다.
공주는 웃지 않는다. 공주는 재미없다;
공주는 동방의 하늘로 눈을 돌려
어떤 희미한 꿈의 희미한 잠자리를 좇고 있다.

어쩌면 그녀는 골콘다의 왕자나 중국의 왕세자를
그리워하고 있는 게 아닐까? 공주의 그 달콤한
눈빛을 보기 위해, 잠깐 은수레를 멈추었던 그 왕자님?
아니면 향기로운 장미로 가득한 섬들의 임금님?
아니면 그 맑고 밝은 다이아몬드 제국의 임금님?
아니면 호르무즈 해의 진주를 다 가진 의젓한 성주님?

하지만 아니야! 장밋빛 입술 불쌍한 공주는

제비가 되고 싶어, 나비가 되고 싶어,
가벼운 날개를 달고 하늘 밑을 날고 싶어;
번개의 빛의 계단을 타고 해에게로 가고 싶어,
5월의 시구들로 백합들에게 인사하거나
바다의 천둥 위 바람 속으로 사라지고 싶어.

이제는 더이상 궁궐이 싫어, 은실패도 싫고
마법의 매도 싫고, 주홍색 광대도 싫고,
암청색 호수의 전부 똑같은 백조들도 싫어.
그리고 꽃들도 궁중의 꽃이어서 슬프다,
동방의 재스민도 슬프다, 북방의 연꽃들도
서양의 달리아도, 남방의 장미꽃들도.

파란 눈의 불쌍한 공주님! 그녀는
그녀의 황금에 갇혀, 망사 비단옷에 갇혀,
궁중의 대리석 울타리에 갇혀 있다;
수백개의 긴 반달 창을 든 수백명 흑인들이
옹위하는, 호위병들이 지키는 황궁,
잠자지 않는 개, 그리고 거대한 용 하나.

아, 누가 번데기를 벗고 나온 나방이었던가?
(공주는 슬픈 모습. 공주는 창백하다)

아, 황금과 장미와 상아의 숭앙받는 정경!
누가 왕자가 있는 땅으로 날아갈 것인가?
──공주는 창백하다. 공주는 슬프다──
여명보다 더욱 빛나는, 4월보다 더욱 아름다운 왕자가 있는 곳
으로!

"조용, 조용히 있어요, 공주님── 엄마 요정이 말한다──;
날개 단 말을 타고 이쪽으로 오고 있어요,
허리에 칼을 차고, 손에 독수리를 들고,
그대를 보지 않고도 그대를 사모하는 행운의 왕자가
죽음의 신을 이기고, 멀리서 오고 있어요, 사랑의 입맞춤으로
공주님의 입술을 불타게 할 행운의 왕자가."³

───────────────────

3 프랑스 고답파 시에서 떼오필 고띠에(Théophile Gautier, 1811~72)를 중심으로
유행하던, 중국이나 동양에 대한 이국 취향 미학의 영향을 받은 루벤 다리오의
유명한 시다. 고띠에는 "먼 것은 멀다는 자체만으로 아름답다"고 했다. 지역적으
로 먼 곳, 시대적으로 고대, 계급적으로 공주가 합쳐지면 충분히 한 시인이 그리
워할 만한 아름다움의 자격을 얻는다고 봐야 될까? 그것이 낭만적인 시인의 유
일한 꿈이라면 누가 나무라겠는가.

봄에 부르는 가을 노래

마르띠네스 씨에라에게

젊음이여, 진귀한 보배여,
돌아올 길 없는 길로, 이제 너, 떠나는구나!
울고 싶을 때 난 울지 못하고……
그러다 이따금 뜻 없이 운다……

하늘스러운 내 가슴의 역사는
늘 복수형이었다. 그것은
고통과 번뇌의 이 세상에
태어난 한 달콤한 소녀.

순수한 새벽 같았다;
꽃 같은 미소.
밤과 고통으로 된
그녀의 검은 머리칼.

나는 어린애처럼 부끄러워했지.
그녀는 물론 하얀 담비 같은
나의 사랑에, 잔인한 사랑의
주인공 살로메와 헤로디아였지……

젊음이여, 진귀한 보배여,
돌아올 길 없는 길로, 이제 너, 떠나는구나!

울고 싶을 때 난 울지 못하고……
그러다 이따금 뜻 없이 운다……

다른 한 여인은 훨씬 정이 많았지
훨씬 다정하고 어머니같이 포근한
평생 다시 만날 수 없으리만큼
몸도 말씨도 고운 여인.

그녀의 한결같은 다정함 뒤에는
늘 격정적인 정열이 따라붙었지.
그녀의 순연한 비단 너울 속에는
광란의 여인이 숨어 있었지……

나를 품에 안고 나의 꿈을 마시고
나를 갓난애처럼 어르고 잠재웠지……
그리고 이내 내 슬프고 작은 꿈을 죽였지
나의 꿈은 빛을 잃고, 믿음을 잃고……

젊음이여, 진귀한 보배여,
돌아오지 못할 길로 이제 넌 떠났구나!
울고 싶을 때 난 울지도 못하고……
그러다 이따금 뜻 없이 운다……

다른 한 여인은 나의 입을
자신의 정열을 담는 상자로 여겼지;
나의 심장을 자기 이빨로
미친 듯 갉아 먹겠노라고 했지.

그리고 자기 젊음의 모든 소망을
하나의 지나친 사랑에 퍼부었지,
그러는 동안 그 입맞춤과 포옹은
영원을 한데 모아놓은 듯했지;

우리들의 가벼운 육체를
항상 에덴동산이라 생각하며
봄과 육체도 때가 되면
사위어간다는 생각을 못하고……

젊음이여, 진귀한 보배여,
돌아오지 못할 길로. 이제 너, 떠나는구나!
울고 싶을 때 난 울지도 못하고……
그러다 이따금 뜻 없이 운다.

그리고 다른 여자들! 그 많은 기후마다

그 많은 지방마다 항상 있게 마련,
그녀들은 나의 시를 위한 소재거나
내 가슴속 환상들이었지.

부질없이 난 공주를 찾아 헤맸지,
나를 기다리다 슬픔에 빠져 있는.
인생은 무정한 것. 쓰리고 아픈 것.
이제 노래를 바칠 공주는 없나니!

어떻든 세월은 잔혹하지만,
사랑에 대한 나의 목마름은 끝이 없어;
빛바랜 회색 머리칼을 쓰고, 정원 속
장미들에게 다가가곤 하지……

젊음이여, 진귀한 보배여,
돌아오지 못할 길을, 이제 너, 떠나는구나!
울고 싶을 때 난 울지도 못하고……
그러다 이따금 뜻 없이 운다……
아직 황금의 여명은 내 거다!⁴

---

4 원시의 9음절 율격은 니까라과 천재 시인의 영탄조적 슬픈 회상의 마음을 잘 반
  추하고 있다. 번역할 때 제일 먼저 잃어버리는 것은 바로 이런 정형시의 율격이
  갖는 소리상징성이다. 이 시는 루벤 특유의 진솔성이 묻어난다. 그만큼 "하늘스

러운 내 가슴의 역사"는 진솔한 경험의 표현이니까. 때로는 역설과 모순이 가로섞인 시인의 사랑의 이야기는 늘 '복수적'이었다고 술회한다. 마지막 4행시의 율격을 파괴하고 절규하는 시인의 목소리가 인상적이다. "아직 황금의 여명은 내 거다!"

내 사랑 네 사랑[5]

사랑, 사랑, 사랑, 항상 사랑, 어떻든
온 존재로, 땅과 하늘로 사랑하리,
모든 해의 밝음으로, 땅 진흙의 어둠으로;
이 세상 모든 지혜로, 모든 열망과 그리움으로 사랑하리.

인생이라는 산이 우리에게
힘들고, 높고, 깊고, 어두운 심연으로 가득 차 있을 때,
우리는 사랑으로 불타는 광활한 천지를 사랑하리,
불붙은 우리 둘의 두 가슴을 모아!

---

5 『삶과 희망의 노래. 백조와 다른 시들』의 「노래 30」(Cento XXX). 옮기면서 제목
  을 붙였다.

운명이라는 것[6]

레네 뻬레스에게

거의 느낌이 없는 나무는 행운아다. 단단한 돌은
더 행운아지, 이미 아무것도 느끼지 않으니까,
사실 살아 있다는 고통만큼 더 큰 고통은 없으리라,
의식하며 사는 삶보다 더 괴로운 것도 없으리니.

존재한다는 것, 아무것도 모른다는 것, 확실한 방향도 없이
살아간다는 것, 살아온 것에 대한 두려움, 미래에 대한 공포……
내일은 틀림없이 죽어 있으리라는 이 경악스러운 진실,
그리고 살기 위해 고생하고 그림자를 위해 고생하고, 또

아무것도 알지 못하는, 상상도 할 수 없는 무엇을 위해 싸우는,
신선한 포도송이로 유혹하는 육신,
장례식 꽃다발을 놓고 기다리는 무덤,

그리고 우리가 어디서 왔는지
어디로 가고 있는지 모른다는 사실……!

---

6 루벤 다리오의 후기 시 중 대표적인 작품이다. 낭만주의가 늘 염세주의에 떨어지
  듯 루벤 다리오의 정열과 젊은 열기 또한 우수와 우울증에 빠진다. 젊은 시절의
  감각주의가 인생 황혼에 이르러 삶에 대한 깊은 고뇌와 사색의 빛깔로 바뀐다.

호세 마르띠(José Marti, 꾸바, 1853~95)

마르띠는 부모가 에스빠냐인이었으나 꾸바의 라아바나에서 태어났다. 에스빠냐로부터의 라틴아메리카 해방과 꾸바 독립을 위하여 평생을 바쳐 투쟁했다. 그의 시는 소박성, 진실성, 진솔성이 빚은 보석들이다. 마르띠의 시적 주제는 인간의 진실성과 영혼, 자유이다. 그런 의미에서 마르띠의 시는 낭만주의를 뛰어넘어 후대에게 긴 영향을 드리운 라틴아메리카 특유의 맑스주의다. 그만큼 그의 시에는 원형적 인간의 진실이 살아 있다. 특히 사랑보다는 '친구, 동무'를 앞세우는 그의 목소리에는 민중민주 혁명가의 기질이 보인다. 그리고 오늘 또다시 맑스주의를 버리지 못하고 새로운 사회주의 부활을 꿈꾸는 꾸바와 라틴아메리카 여러 나라의 뿌리 깊은 인간 실존의 진실이 엿보인다. 『이스마엘리요』(Ismaelillo, 1882)『소박한 시』(Versos sencillos, 1891) 등의 시집을 남겼다.

소박한 시 1

나는 야자나무 자라는
고장의 진실한 사람,
죽기 전 내가 바라는 건
내 영혼에서 시를 뽑아내는 것.

나는 이 세상 곳곳에서 와서
이 세상 곳곳으로 간다:
예술 속에 서면 나는 예술,
산들 사이에 서면 나는 산.

나는 풀이나 꽃 중에서
이상한 이름들도 알지.
치명적인 속임수도
숭고한 고통들도 알지.

어두운 밤에 나는 나의
머리 위에 성스러운
아름다움의 순연한 빛이
비처럼 쏟아지는 걸 보았지.

아름다운 여인들 어깨에서
날개가 돋는 것도 보았지:

그리고 또한 쓰레기통에서
나비가 날아오르는 것도 보았지.

나는 한 사나이가
옆구리에 칼을 맞고도
그를 죽인 사람 이름을
끝내 말하지 않는 것을 보았지.

나는 빛살처럼 빠른
영혼을 두번 보았지:
불쌍한 노인이 죽었을 때,
그녀가 내게 작별을 고했을 때.

떨리던 영혼——포도밭 입구
철창가에서——
야만스러운 벌이
여자아이의 이마를 찔렀지.

한번 참기쁨을 맛보았지,
내 평생 맛보지 못한 기쁨:
그것은 내게 내린 사형 선고문을
시장 스스로 울면서 읽었을 때.

한숨 소리를 듣는다, 땅과
바다를 통하여 들리는,
그것은 한숨이 아니다,
내 아들이 잠을 깨려는 소리.

보석장이에게 가면, 가장 좋은
보석을 집으라는 말이 있지,
나는 보석으로 가장 진실한 친구를 택하겠어
그리고 사랑은 한편으로 젖혀놓지.

나는 상처 난 독수리가 고요한
푸르름으로 날아가는 걸 보았지,
그리고 독을 품은 독사가
자기 굴에서 죽는 걸 보았지.

나는 잘 알지, 세상이 창백해져서
휴식하러 물러갈 때에,
서서히 흐르는 시냇물이
깊은 침묵을 깔고 속삭이는 것을.

나의 대문 앞에 불 꺼진

별이 떨어졌을 때, 나는
공포와 환희로 굳어진 내 손으로
용감하게 별을 어루만진 일이 있지.

나는 용감한 내 가슴에
가슴속 찌르는 고통을 숨기지:
종이 된 민족의 아들이
그 가슴을 위해 살고 말없이 죽어가지.

모든 것은 아름답고 끊임없어,
모든 것은 음악이고 정의야,
그리고 모든 것은 금강석처럼
빛이기 전에는 석탄이야.

나는 알지, 어리석은 자는 땅에 묻힐 때,
엄청난 사치와 커다란 통곡으로 묻히고,
그래서 지상 과일 중 최고는
묘지 과일이라는 걸 알지.

입 다물고, 이해하고, 그리고
이 화려한 시인의 의상도 벗지:
시들어가는 나무에

나의 박사 가운도 걸고.

소박한 시 5

산더미 거품을 보면
그대는 나의 시를 보는 거야;
나의 시는 산, 나의 시는
깃털로 만든 부채지.

나의 시는 칼과 같이
주먹으로 꽃을 피우지:
나의 시는 분수
산호로부터 물을 내뿜지.

나의 시는 파란 맑음의 산물
나의 시는 불붙은 진홍의 산물:
나의 시는 상처 난 사슴,
산에서 안식처를 찾지.

나의 시는 용감한 자가 좋아하지:
짧고 진실하고 강철의
강인한 힘을 가졌으니까,
커다란 칼을 빚을.¹

---

1 마르띠가 참으로 크고 위대한 영혼임을 잘 보여주는 시다. 「관따나메라」의 노래
가사로도 유명한 이 시는 에스빠냐어계 사람이면 모르는 사람이 없을 정도로 유
명하다. 글자 그대로 소박해서 해설이 따로 필요없다. 다만 모든 형식과 격식을

버리고 오롯하게 오직 진실 하나만으로 살고 싶은 참한 한 사람의 맑은 영혼이 들여다보인다.

소박한 시 8

나는 죽은 친구가 하나 있다.
그 친구는 자주 나를 찾아온다:
나의 친구는 앉아서 노래한다;
노래하는 소리를 들으면 마음 아프다.

"두 날개를 가진 새를 타고
나는 푸른 하늘로 배 저어 다니지:
날개 하나는 검은색
다른 하나는 카리브의 황금색.

가슴은 미치광이,
한 색깔을 모르지;
아니면 자기 사랑은 두 색깔이라고
아니면 그건 사랑이 아니라고 말하지.

불행한 가슴보다
더욱 사나운 미친 여자가 있지:
그 가슴의 피를 빨고
그리고 이내 웃음을 터뜨리는.

가정의 충실한 닻을
부숴뜨리고 다니는 가슴은

길 잃은 배처럼 떠돌아다녀
어디로 가야 할지 모른다네.”

이 고통스러운 대목에 이르면
이 죽은 친구는 욕을 퍼붓는다.
나는 그의 해골을 어루만지고 그를 눕힌다.
죽은 자를 잠재우러 자리에 눕힌다.[2]

---

2 카리브 해의 황금 태양 아래 태어난, 피부가 검은 꾸바인. 물론 마르띠는 에스빠
냐계지만, 그가 사랑하는 자신의 정체성은 꾸바인이다. 어떤 사연이 있을 듯한
자신의 죽은 친구의 이야기를 통해 혼혈인 라틴아메리카인의 방황하는 정체성
과 그 한을 느껴볼 수 있다. 죽어서도 고통받고 있는 영혼을 어루만지고 잠재우
는 마르띠의 사랑이 우리 무속의 어딘가를 닮았지 않는가?

소박한 시 25

순진한 초등학생처럼
기쁨이 넘칠 때, 나는
노란 카나리아 새 하나를 생각해요,
아주 까만 눈을 가졌던.

내가 조국도 없이, 하지만
주인은 없이, 내가 죽으면,
나는 나의 무덤 시멘트 바닥 위에
꽃다발 하나, 깃발 하나만 있으면 해요.[3]

---

3 이 시 속에서 독립운동가의 이 소박하고 진실한 소망의 깊은 목소리가 들리는가.

소박한 시 39

나는 하얀 장미를 기른다,
6월에나 1월에나,
내게 솔직한 손을 내미는
진실한 친구를 위하여.
그리고 또한 나의 목숨, 나의 심장을
도려내는 잔인한 자를 위하여도,
엉겅퀴나 쐐기풀을 키우지 않는다:
나는 하얀 장미를 기른다.[4]

---

4 "원수를 사랑하라!"는 기독교주의의 목소리가 들린다. 마르띠가 시대를 당파를
  초월한 진실한 시인이고 혁명가인 것을 잘 보여주는 시다.

옮긴이의 말

　현대 라틴아메리카 시를 총괄하여 19세기 루벤 다리오로부터 최근의 현대시까지 좋은 시를 선별하고 번역한다는 것이 보통 까다로운 일이 아니었다. '좋은 시'를 뽑는 데는 물론 현지 학자들의 일반적 평가와 선자의 평가 기준이 지표가 되었다. 라틴아메리카라고 하지만 멕시코, 칠레, 아르헨띠나, 꾸바 등 워낙 많은 나라들의 여러 시인들이라서 선별 작업에 어려움이 있었다. 그러나 칠레의 미스뜨랄, 네루다, 아르헨띠나의 보르헤스, 멕시코의 옥따비오 빠스 등 이미 서구 현대시를 대표하는 시인들의 품격 높은 작품이 주는 흥분과 감동이 있었다.

　근대시의 시작으로부터 우리 문학의 발전에는 외국문학의 번역이 가장 큰 영향을 끼쳐왔다. 우리 '신체시'(新體詩)가 서구 낭만주의 · 상징주의 시를 번역하면서 그 모방으로 시작되었으니 말이다. 워즈워스(William Wordsworth, 1770~1850)를 비롯한 낭만주의 문학론의 영향으로 서민들의 말이나 민요가 가장 좋은 서정적 시어라는 생각이 들어왔다. 그때까지의 유일한 시 형식인 한시(漢詩)가 아닌 한글시가 주로 민요의 노랫말을 바탕으로 이루어진 것도 서구 낭만주의 영향이다. 주로 여자 목소리에 길들여진 사랑 노래나 인생의 한(恨) 등 감정과 서정 중심이 우리 시의 특징이 된 것도 바로 이 때문이다. 전통적으로 한글로 쓰인 철학이 부재하다보니 자연히 우리말 문학은 형이상학성 결핍이라는 빈혈증을 앓을 수밖에 없었다.

　이렇듯 문학의 언어는 한 나라 문학의 내용과 형식을 지배한다. 그중에서도 우리 근대문학의 길잡이 역할을 한 서구문학 번역은 그 번역어의 적절한 구사와 번역 텍스트의 미학적 성취도에 따라 엄청난 영향력을 행사한다. 우리가 보통 『젊은 베르테르의 슬픔』으로 알고 있는 괴테의 유명한 소설 *Die Leiden des jungen Werther*를 최근 임홍배 교수가 좀더 원문에 가깝게 『젊은 베르터의 고뇌』로 옮겼다. 이는 우선 번역어의 어감이 '슬픔'이라는 감정적 여운보다는 자살을 결심할 만큼 '고뇌'스러운 결단과 복잡한 내적 갈등이 담겨 있다는 점에서 기존 번역과 무척 다르다. 우리가 보통 알고 있는 '베르테르'는 박목월의 「사월의 노래」에서 "베르테르의 편질 읽노라"로까지 유명하다. 그것은 "눈물 어린 무지개 계절"을 체험하게 하는 서정성 짙은 젊음의 한 색깔이기 때문이다. 그러나 막상 로테의 무서우리만큼 충실한 전통적 귀족 아가씨의 풍모와 위선, 그 앞에서 신분적 차별의 모멸까지 참아가며 사랑했던 한 젊은 가슴의 번민과 고뇌는 자신을 극단적 우울증과 그 결단으로 몰아갈 수밖에 없었던 점에서 '젊은 베르터의 고뇌'가 맞다. 어떻든 원작에 충실하냐 번역어에 더욱 신경을 쓰느냐 하는 것은 늘 번역자의 고뇌와 갈등이며 그 행복이다.

특히 시 번역은 매 순간 원문의 시취와 우리말 번역의 맛과 여운에 대한 생각 사이의 치열한 신경전이다. 때로는 번역자가 시인이 되고 시인이 번역자가 되는 것은 번역이나 시나 모두 창작 능력이 그 생명이기 때문이다. 사실 가장 이상적인 번역은 번역의 원어권에서도 시인이고 번역되는 우리말에서도 시인인 경우(자화자찬 같지만!)가 가장 이상적이다. 특히 시 번역은 해당 언어에 대한 창작적 능력이니 음감, 시학에 정통하지 않고서는 그 전달에 있어서 거의 아무것도 기대할 수가 없다.

예를 들어, 마리아노 브룰의 「파란 기쁨」의 번역에서 "팔요일, 팍, 파란/처녀, 파란 난쟁이"(본문 203면 각주 1 참조)를 보라. 번역이 원작의 가치를 동가치로 옮기는 작업이라고 한다면 이런 번역이야말로 동가치라는 일치점 빼놓고는 핵심 언어가 전연 다른 재창작이다.

세사르 바예호의 *Trilce*라는 시집 번역도 그렇다. 에스빠냐어에 없는 말이니 그냥 '뜨릴세'라고 옮겨도 하자가 없으리라. 그러나 우리말로 '뜨릴세'를 듣거나 읽을 때 어떤 느낌이 올까. 그냥 외국 지명이나 이름, 아니면 외래어 정도로 지나칠 수밖에 없다. 'Trilce=triste(슬픈, 쓰라린)+dulce(달콤한)'이라는 합성어의 매력이 전연 감지되지 않으니까. 그래서 나는 일부러 '쓰달픔'이라는 말을 만들어 옮기기로 했다. 즉 '쓰라린, 슬픈'+'달콤한'을 합성해본 것. 어떤가. '쓰달픔' 하면 원작 시집의 맛이 느껴지는가.

356

여기 번역한 시들 혹은 시인들은 내가 반세기 동안 읽고 또 읽고 사랑해온 시들이다. 우리말 번역에서 원시의 맛과 여운을 살리려고 노력했다. 아무리 번역이라도 우리말로 시가 아니면 번역이 아니라고 생각한다. 우리나라는 번역을 너무 쉽게 생각하는 경향이 있다. 외국어를 하는 사람이면 문학 번역 정도는 누구나 한다고 생각한다. 정말 큰일 날 착각들이다. 위에서 말했듯이 외국문학이 우리 문학에 영향을 가졌고 또 가지고 있기 때문이다. 그런 적당한 생각으로 서구문학을 읽고 적당하게 문학을 한다면 결국 자신의 성실성 결핍으로 그들에게서 절대 좋은 문학예술이 나올 수 없다, 예를 들어 우선 우리 문학의 노벨상에 대한 짝사랑만 해도 그렇다. 그게 뭐가 그리 대단한 거라도 해마다 신문 방송에 떠들고 물만 먹고 있는가. 권위 있고 돈만 많으면 위대한 문학상이라고 믿고 복권 기다리듯 그것만 기다리는 불쌍한 군상이 문학인이라면 그런 현실이 슬프다.

말이 났으니 말이지만, 현대 라틴아메리카 문학에는 가브리엘라 미스뜨랄, 미겔 앙헬 아스뚜리아스(Miguel Ángel Asturias Rosales, 1899~1974), 빠블로 네루다, 가브리엘 가르시아 마르께스(Gabriel José de la Concordia García Márquez, 1927~), 옥따비오 빠스, 마리오 바르가스 요사(Jorge Mario Pedro Vargas Llosa, 1936~) 등 여섯개의 노벨상이 떨어졌다. 다들 시를 썼지만 특히 미스뜨랄과 네루다, 옥따비오 빠스는 우리 선집에도 번역했듯 현대시의 혁혁한 거장들이다. 노벨상은 타지 않았지만 이들보다 더욱 유명한 현대문학의 지표 아르헨띠나의 보르헤스까지 합치면 오늘 우리가 펴낸 라틴아메리카 시 선집은 현대시의 대표적인 명작들을 모두 모은

셈. 부디 이런 좋은 시들에 감동을 받고 우리 시가 더욱 깊고 풍성
해졌으면 하는 기대가 있다.

2013년 6월

민용태(시인. 스페인 왕립한림원 종신위원)

수록작품 출전

옥따비오 빠스 Octavio Paz

"상호보조Complementarios," *Salamandra*(1958~61) in *Salamandra(1958~1961)*, Joaquín Mortiz 1990.

"너의 눈동자Tus ojos" "육체를 보며Cuerpo a la vista," *El girasol*(1943~48) in *Libertad bajo palabra*, Tezontle 1949.

"연인들Los novios," *Condición de nube*(1944) in *Lo mejor de Octavio Paz: El fuego de cada día*, Editorial Seix Barral 1998.

"확실한 것Certeza," *Díaz hábiles*(1958~61) in *Salamandra(1958~1961)*, Joaquín Mortiz 1990.

"시인의 숙명Destino de poeta," *Condición de nube*(1944) in *Lo mejor de*

Octavio Paz: *El fuego de cada día*, Editorial Seix Barral 1998.

"글Mientras escribo," *Puerta Condenada*(1938~46) in *Libertad bajo palabra*, Tezontle 1949.

"독백Monólogo," *Primer día*(1935) in *A la orilla del mundo y Primer día*, Compañía Editora y Librera ARS, S.A. 1942.

"말들Las plalabras," *Puerta Condenada*(1938~46) in *Libertad bajo palabra*, Tezontle 1949.

"태양의 돌Piedra de sol," *Piedra de sol*, Tezontle 1957.

"비가 오는 소리를 듣듯이Como quien oye llover" "한 예Ejemplo" "바쇼오 암Basho An" "귤Naranja" "여명Alba" "별과 귀뚜라미Estrellas y grillo" "고요 Calma," *Árbol adentro*(1976~88), Editorial Seix Barral 1995.

니까노르 빠라 Nicanor Parra

"비명Epitafio" "개인의 독백Soliloquio del Individuo," *Poemas y antipoemas*, Nascimento 1954.

"의식들Ritos" "홀로Solo," *Canciones rusas*(1964~67), Editorial Universitaria 1967.

"십자가La cruz," *La camisa de fuerza*(1962~68) in *Obra gruesa*, Editorial Universitaria 1969.

"시 15Poema XV," *Otros poemas*(1950~68) in *Obra gruesa*, Editorial Universitaria 1969.

"독사La víbora" "자화상Autorretrato," *Poemas y antipoemas*, Nascimento 1954.

"내 침대 밑에Debajo de mi cama" "사랑에 취한 이 두 연인들Estos enamorados idílicos," *Hojas de Parra*, Ediciones Ganymedes 1985.

에르네스또 까르데날 Ernesto Cardenal

"노래 1. 빅뱅Cantiga 1. El Big-Bang" "노래 2. 말Cantiga 2. La palabra" "노래 43. 종말Cantica 43. Omega," *Cántico cósmico*, Nueva Nicaragua 1989.

"내가 너를 잃으면Si te pierdo" "어제 너를 보았지Te vi ayer," *Epigramas*, Universidad Nacional Autónoma de México 1961.

"올빼미는 밤에만 보듯Como las lechuzas que sólo ven de noche" "독재자 쏘모사 궁전의 불은 빛나고Es la hora en que brillan las luces de los burdeles," *Gethsemani, Ky*(1961), Jesús Zomeño Nicolás 2005.

"또다른 귀향Otra llegada," *Antología*, Editorial Nueva América 1986.

"메릴린 먼로를 위한 기도Oración por Marilyn Monroe," *Oración por Marilym Monroe y otros poemas*, Ediciones La Tertulia 1965.

로베르또 후아로스 Roberto Juarroz

"수직의 시 1Poesía vertical 1" "수직의 시 4Poesía vertical 4," *Poesía vertical*, Ediciones Equis, 1958.

"제3의 수직의 시 19Tercera poesía vertical 19," *Tercera poesía vertical*, Ediciones Equis 1965.

"제7의 수직의 시 1Séptima poesía vertical 1" "제7의 수직의 시 5Séptima poesía vertical 5," *Séptima poesía vertical*, Monte Avila Editores 1982.

호세 에밀리오 빠체꼬 José Emilio Pacheco

"역사가 박차를 가한다Aceleración de la historia" "대반역Alta traición," *No me preguntes cómo pasa el tiempo*(1964~68), Joaquín Mortiz 1969.

"오징어El pulpo," *Los trabajos del mar*(1979~83), Ediciones Era 1983.

"붓다의 말Las palabras de Buda," *El reposo del fuego*(1963~64), Ediciones Era

1984.

"담쟁이La enredadera," *Primera condición*〔1958~59〕 in *Tarde o temprano: poemas 1958~2000*, Fondo de Cultura Económica 2000.

"멕시코의 폐허 1Las ruinas de México I" "멕시코의 폐허 2Las ruinas de México II," *Miro la tierra*〔1983~86〕, Ediciones Era 1986.

하이메 싸비네스 Jaime Sabines

"항상 나는 나의 좆이었습니다Siempre fui mi pene," *Otros poemas sueltos* 〔1973~93〕 in *Algo sobre la muerte del mayor Sabines*, Joaquín Mortíz 2001.

"미스 X Miss X," *Horal*, Departmento de Prensa y Turismo 1950.

"칼날Espero," *Un pedazo de hidra: antología*, La Página 1999.

"가족Familia," *Poemas sueltos*〔1951~61〕, Papeles Privados 1981.

"길 잃은 새들처럼Como pájaros perdidos," *Maltiempo*, Joaquín Mortiz 1967.

오메로 아리드히스 Homero Aridjis

"그것은 너의 이름이다. 또한 시월이다Es tu nombre y es también octubre" "봄 속의 나의 여인Mi mujer en primavera" "때때로 사람이 한 육체를 만진다 A veces uno toca un cuerpo y lo despierta" "왕국 이전에Antes del reino" "생 각보다 더 빨리 이미지가 간다Mas rápido que el pensamiento va la imagen," *Antes del reino*, Ediciones Era 1963.

엘사 끄로스 Elsa Cross

"초혼Invocación," *Casuarinas*, Universidad Nacional Autónoma de México 1992.

"표범Jaguar," *Jaguar*, Ediciones Toledo 1991.

"사랑 그 가장 어두운 것 1Amor el más oscuro I" "사랑 그 가장 어두운 것 3Amor el más oscuro III," *Amor el más oscuro*, Profils poétiques des pays latins 1969.

라울 아세베스 Raúl Aceves

"철물점의 은유, 연인들Los amantes, metáfora de ferretería," *Cielo de las cosas devueltas*, Cuaderno Breve 1982.

"개구리 잡는 법Cómo coger la rana" "여자의 힘을 이해하는 방법Cómo entender la fuerza de la mujer" "친절 La amabilidad," *Enramada*, 1984.

"반 고흐의 구두 한 짝El zapato de Van Gogh," *Serpentina*, 1987.

비센떼 끼라르떼 Vicente Quirarte

"까라라에서의 부오나로띠Buonarrotti en Carrara," *Puerta del verano*, Cuarto Menguante Ed. 1982.

"곰의 이론 1Teoría del oso 1" "곰의 이론 10Teoría del oso 10," *Vencer a la blancura*, Premiá Editora 1982.

호세 후안 따블라다 José Juan Tablada

"꿀벌Las abejas" "벌레El Insecto" "개나리El Chirimoyo" "거위들Los gansos" "대나무El bambú" "매미Las cigarras" "두꺼비들Los sapos" "거미La araña," *Un día...*(1919) in *Tres libros*, Hiperion 2000.

"잠자리Libélula" "비 오는 날Día lluvioso" "6:30 p. m." "12 p. m.," *El jarro de flores*(1922) in *Tres libros*, Hiperion 2000.

"밤의 쌍곡선Nocturno Alterno" "이백 1Li-Po 1" "이백 2Li-Po 2," *Li-Po y otros poemas*(1920) in *Tres libros*, Hiperion 2000.

라몬 로뻬스 벨라르데 Ramón López Velarde

"나의 사촌 누나 아게다A mi prima Águeda," *La sangre devota*, Ediciones Literarias de Revista de Revistas 1916.

"개미들Hormigas" "나의 마음은 어둠 속에서 빛으로 벼려집니다Mi corazón amerita..." "저주받은 귀향 El retorno maléfico," *Zozobra*, Ediciones Mexico Moderno 1919.

가브리엘라 미스뜨랄 Gabriela Mistral

"죽음의 소곡Los sonetos de la muerte," *Desolación*(1922) in *Desolación. Ternura. Tala. Lagar*, Libreria De Porrua Hermanos Y 1999.

"내게 꼭 붙어서Apegado a mí," *Ternura*(1924) in *Desolación. Ternura. Tala. Lagar*, Libreria De Porrua Hermanos Y 1999.

"세상사Cosas," *Tala*(1938) in *Desolación. Ternura. Tala. Lagar*, Libreria De Porrua Hermanos Y 1999.

마리아노 브룰 Mariano Brull

"파란 기쁨Verde halago" "그라나다Granada," *Poemas en menguante*, Le Moil & Pascaly 1928.

"아이와 달El niño y la luna," *Temps en peine: Tiempo en pena*, Maison du Poète 1950.

"장미에 바치는 비명Epitafio a la rosa," *Canto Redondo*, Ediciones G.L.M. 1934.

"전야제Víspera," *Temps en peine: Tiempo en pena*, Maison du Poète 1950.

세사르 바예호 César Vallejo

"검은 사자들Los Heraldos negros" "초원의 사랑의 죽음Idilio muerto" "희미

한 불빛Medialuz," *Los Heraldos Negros*, Mate de Coca, en el Arte y la Cultura 1918.

"시 13XIII" "시 28XXVIII" "시 35XXXV" "시 65LXV" "시 73LXXIII," *Trilce(1922)*, Editorial Losada 1961.

"시간의 횡포La violencia de las horas," *Poemas en prosa*(1923~29) in *Poemas en prosa, Poemas humanos, España, aparta de mí este cáliz*, Editorial Losada 1979.

"오늘 나는 인생이 훨씬 덜 좋다Hoy me gusta la vida mucho menos," *Poemas humanos*(1931~39) in *Poemas en prosa, Poemas humanos, España, aparta de mí este cáliz*, Editorial Losada 1979.

비센떼 우이도브로 Vicente Huidobro

"물 거울El espejo de agua," *Espejos de agua*, Orión 1916.

"밤Noche" "전함이 떠난다Depart" "마도로스Marino," *Poemas árticos*, Pueyo 1918.

리까르도 몰리나리 Ricardo Molinari

"엘레지 3Elegía III" "엘레지 4Elegía IV," *Las sombras del pájaro tostado, 1923~1973*, El Mangrullo 1974.

"베르가라 왕자의 노래Cancionero de Príncipe de Vergara," *Cancionero de Príncipe de Vergara*, Francisco A. Colombo 1933.

"우수에 바치는 작은 송가Pequeña oda a la melancolía," *Una sombra antigua canta*, Emecé 1966.

호르헤 루이스 보르헤스 Jorge Luis Borges

"은혜의 시Poema de los dones" "시학Arte poética," *El hacedor*, Emecé Editores

1960.

"미궁Laberinto," *Elogio de la sombra*, Emecé Editores 1969.

"호랑이의 황금El oro de los tigres" "위협받는 자El amenazado," *El oro de los tigres*, Emecé Editores 1972.

니꼴라스 기엔 Nicolás Guillén

"오는 날Llegada," *Sóngoro cosongo: poemas mulatos*, Ucar, Garcia y cía 1931.

"총살Fusilamiento" "네가 왜 그렇게 생각하는지 모르지만No sé por qué piensas tu," *Cantos para soldados y sones para turistas*, Editoial Masas 1937.

하비에르 비야우루띠아 Xavier Villaurrutia

"눈 속의 무덤Cementerio en la nieve" "눈에의 향수Nostalgia de la nieve" "죽음의 야상곡Nocturno muerto," *Nostalgia de la muerte*, Sur 1938.

"진실을 창조한다는 것Inventar la verdad," *Canto a la primavera y otros poemas*, Editorial Stylo 1948.

에우헤니오 플로리뜨 Eugenio Florit

"바다 12Mar 12," *Trópico(1928~1929)*, Revista-Avance 1930.

"신들의 열망Ansia de dioses," *De tiempo y agonía*, Ediciones de lar Revista de Occidente 1974.

"동반자La compañera" "돌아오는 길은 모두가 슬픔Qué ruido tan triste," *Asonante final y otros poemas, 1946~1955*, Orígenes 1956.

빠블로 네루다 Pablo Neruda

"시 5Poema 5" "시 15Poema 15" "시 20Poema 20," *Veinte poemas de amor y una canción desesperada*, Editorial Nascimento 1924.

"시학Arte poética" "바다에 떨어진 시계El reloj caído en el mar," *Residencia en la tierra(1925~1931)*, Ediciones del Árbol 1935.

"사랑이여 아메리카여(1400)Amor América(1400)," *Canto general*, Talleres Gráficos de la Nación 1950.

"9월 8일8 de septiembre" "끝없이 광활한 여인La Infinita" "죽은 여인La muerta," *Los versos del capitán*, Imprenta L'Arte Tipografica 1952.

"양말에 바치는 노래Oda a los calcetines," *Nuevas Odas Elementales*, Editorial Losada 1955.

"무제Prólogo" "부동의 계절Estación inmóvil," *Estravagario*, Editorial Losada 1958.

"쏘네트 16Soneto XVI," *Cien sonetos de amor*, Editorial Universitaria 1959.

"자력의 예술Arte magnetica," *Arte magnetica*, Imprenta Anzilotti 1963.

"오 흙이여 기다려다오Oh tierra, espérame," *Memorial de Isla Negra*, Editorial Losada 1964.

루벤 다리오 Rubén Darío

"오 사랑스러운 아가씨!Poema X," *Abrojos*, Imprenta Cervantes 1887.

"작은 쏘나따Sonata," *Prosas profanas y otros poemas*〔1896〕, Ediciones Akal S.A. 1999.

"봄에 부르는 가을 노래Canción de otoño en primavera" "내 사랑 네 사랑 Canto XXX" "운명이라는 것Lo fatal," *Cantos de vida y esperanza, los cisnes y otros poemas*, Tipografía de Revistas de Archivos y Bibliotecas 1905.

호세 마르띠 José Marti

"소박한 시 1Verso I" "소박한 시 5Verso V" "소박한 시 8Verso VIII" "소박한 시 25Verso XXV" "소박한 시 39Verso XXXIX," *Versos sencillos*(1891), Red ediciones S.L. 2011.

원저작물 계약상황

"비명Epitafio" "개인의 독백Soliloquio del Individuo" "독사La víbora" "자화
상Autorretrato," POEMAS Y ANTIPOEMAS ⓒ Nicanor Parra, 1954
"의식들Ritos" "홀로Solo," CANCIONES RUSAS ⓒ Nicanor Parra, 1964~1967
"십자가La Cruz," LA CAMISA DE FUERZA ⓒ Nicanor Parra, 1968
"내 침대 밑에Debajo de mi cama" "사랑에 취한 이 두 연인들Estos enamorados
idílicos," HOJAS DE PARRA ⓒ Nicanor Parra, 1985
"시 15Poema XV," OTROS POEMAS ⓒ Nicanor Parra, 1950~1968

"시 5Poema 5" "시 15Poema 15" "시 20Poema 20," VEINTE POEMAS DE
AMOR Y UNA CANCIÓN DESPERADA

"시학Arte poética" "바다에 떨어진 시계El reloj caído en el mar," RESIDENCIA EN LA TIERRA

"사랑이여 아메리카여(1400)Amor América(1400)," CANTO GENERAL

"양말에 바치는 노래Oda a los calcetines," NUEVAS ODAS ELEMENTALES

"부동의 계절Estación inmóvil," ESTRAVAGARIO

"오 흙이여 기다려다오Oh tierra, espérame" "자력의 예술Arte magnetica," MEMORIAL DE ISLA NEGRA

"무제Prólogo," ESTRAVAGARIO

"9월 8일8 de septiembre" "끝없이 광활한 여인La Infinita" "죽은 여인La muerta," LOS VERSOS DEL CAPITÁN

"쏘네트 16Soneto XVI," CIEN SONETOS DE AMOR

© Fundación Pablo Nerruda, 2012

This Korean translation is arranged with Agencia Literaria Carmen Balcells S.A. All rights reserved.

위 작품들의 한국어 판권은 Agencia Literaria Carmen Balcells S.A.를 통해 계약한 (주)창비가 비독점적으로 소유합니다. 저작권법에 의해 보호받는 저작물이므로 무단 전재와 복제를 금합니다.

"노래 1. 빅뱅Cantiga 1. El Big-Bang" de *Cántico cósmico*

"노래 2. 말Cantiga 2. La palabra" de *Cántico cósmico*

"노래 43. 종말Cantica 43. Omega" de *Cántico cósmico*

"내가 너를 잃으면Si te pierdo" de *Epigramas*

"어제 너를 보았지Te vi ayer" de *Epigramas*

"메릴린 먼로를 위한 기도Oración por Marilyn Monroe" de *Antología nueva*

© Esnesto Cardenal

This Korean translation edition is arranged with Editorial Trotta S.A.
All rights reserved.

위 작품들의 한국어 판권은 Editorial Trotta S.A.를 통해 계약한 (주)창비가 비독점적으로 소유합니다. 저작권법에 의해 보호받는 저작물이므로 무단 전재와 복제를 금합니다.

"은혜의 시Poema de los dones" "미궁Laberinto" "시학Arte poética" "호랑이의 황금El oro de los tigres" "위협받는 자El amenazado"
Poems by Jorge Luis Borges © 1995, Maria Kodama, used by permission of The Wylie Agency (UK) Limited.

This Korean translation is arranged with Wylie Agency (UK) Ltd.
All rights reserved.

위 작품들의 한국어 판권은 Wylie Agency (UK) Ltd.와 계약한 (주)창비가 비독점적으로 소유합니다. 저작권법에 의해 보호받는 저작물이므로 무단 전재와 복제를 금합니다.

"오는 날Llegada""총살Fusilamiento""네가 왜 그렇게 생각하는지 모르지만
No sé por qué piensas tu"
© Nicolás Guillén

This Korean translation edition is arranged with Argencia AGENCIA
LITERARIA LATINOAMERICANA.
All rights reserved.

위 작품들의 한국어 판권은 AGENCIA LITERARIA LATINOAMERICANA
를 통해 계약한 (주)창비가 비독점적으로 소유합니다. 저작권법에 의해 보호
받는 저작물이므로 무단 전재와 복제를 금합니다.

"수직의 시 1Poesía vertical 1""수직의 시 4Poesía vertical 4""제3의 수직의 시 19
Tercera poesía vertical 19""제7의 수직의 시 1Séptima poesía vertical 1""제7의
수직의 시 5Séptima poesía vertical 5"
© Roberto Juarroz

"항상 나는 나의 좆이었습니다Siempre fui mi pene""미스 XMiss X""칼날
Espero""가족Familia""길 잃은 새들처럼Como pájaros perdidos"
© Jaime Sabines

"초혼Invocación""표범Jaguar""사랑 그 가장 어두운 것 1Amor el más oscuro I"
"사랑 그 가장 어두운 것 3Amor el más oscuro III"
© Elsa Cross

"철물점의 은유, 연인들Los amantes, metáfora de ferretería" "개구리 잡는 법 cómo coger la rana" "여자의 힘을 이해하는 방법cómo entender la fuerza de la mujer" "친절 La amabilidad" "반 고흐의 구두 한 짝El zapato de Van Gogh"
© Raúl Aceves

This Korean translation edition is arranged with copyright holders.
All rights reserved.

위 작품들의 한국어 판권은 저작권자와 직접 계약한 (주)창비가 비독점적으로 소유합니다. 저작권법에 의해 보호받는 저작물이므로 무단 전재와 복제를 금합니다.

"상호보조Complementarios" "너의 눈동자Tus ojos" "육체를 보며Cuerpo a la vista" "연인들Los novios" "확실한 것Certeza" "시인의 숙명Destino de poeta" "글Mientras escribo" "독백Monólogo" "말들Las plalabras" "태양의 돌Piedra de sol" "비가 오는 소리를 듣듯이Como quien oye llover" "한 예Ejemplo" "바쇼오암Basho An" "귤Naranja" "여명Alba" "별과 귀뚜라미Estrellas y grillo" "고요Calma"
© Octavio Paz

"올빼미는 밤에만 보듯Como las lechuzas que sólo ven de noche" "독재자 쏘모사 궁전의 불은 빛나고Es la hora en que brillan las luces de los burdeles" "또 다른 귀향Otra llegada"
© Esnesto Cardenal

"역사가 박차를 가한다Aceleración de la historia" "대반역Alta traición" "오징어El pulpo" "붓다의 말Las palabras de Buda" "담쟁이La enredadera" "멕시코의 폐허 1Las ruinas de México I" "멕시코의 폐허 2Las ruinas de México II"
© José Emilio Pacheco

"그것은 너의 이름이다. 또한 시월이다Es tu nombre y es también octubre" "봄속의 나의 여인 Mi mujer en primavera" "때때로 사람이 한 육체를 만진다 A veces uno toca un cuerpo y lo despierta" "왕국 이전에Antes del reino" "생각보다 더 빨리 이미지가 간다Más rápido que el pensamiento va la imagen"
© Homero Aridjis

"까라라에서의 부오나로띠Buonarrotti en Carrara" "곰의 이론 1Teoría del oso 1" "곰의 이론 10Teoría del oso 10"
© Vicente Quirarte

"엘레지 3Elegía III" "엘레지 4Elegía IV" "베르가라 왕자의 노래Cancionero de Príncipe de Vergara" "우수에 바치는 작은 송가Pequeña oda a la melancolía"
© Ricardo Molinari

"바다 12Mar 12" "신들의 열망Ansia de dioses" "동반자La compañera" "돌아오는 길은 모두가 슬픔Qué ruido tan triste"
© Eugenio Florit

Every reasonable effort has been made to contact the copyright holders of works reproduced in this book. But if there are any errors or omissions,

Changbi will be pleased to discuss the best way to use the works with the copyright holders.

원저작권자와 연락하기 위한 모든 노력에도 불구하고 일부 작품은 한국어 번역 판권을 확보하지 못한 상태로 번역 출간되었습니다. 저작권자가 확인될 시 창비는 원저작권자와 최선을 다해 협의할 것입니다.

고전의 새로운 기준, 창비세계문학

오늘날 우리는 인간의 존엄과 개성이 매몰되어가는 시대를 살고 있다. 물질만능과 승자독식을 강요하는 자본주의가 전지구적으로 확산되면서 현대사회는 더 황폐해지고 삶의 질은 크게 훼손되었다. 경제성장만이 최고의 선으로 인정되고 상업주의에 물든 문화소비가 삶을 지배할수록 문학은 점점 더 변방으로 밀려나고 있다. 삶의 본질을 성찰하는 문학의 자리가 위축되는 세계에서는 가진 자와 못 가진 자 할 것 없이 모두가 불행할 수밖에 없다.

이 시대야말로 인간답게 산다는 것의 의미가 무엇인지 근본적인 화두를 다시 던지고 사유의 모험을 떠나야 할 때다. 우리는 그 여정에 반드시 필요한 벗과 스승이 다름 아닌 세계문학의 고전이라는 점을 강조한다. 고전에는 다양한 전통과 문화를 쌓아올린 공동체의 경험이 녹아들어 있고, 세계와 존재에 대한 탁월한 개인들의 치열한 탐색이 기록되어 있으며, 새로운 세상을 꿈꾸는 아름다운 도전과 눈물이 아로새겨 있기 때문이다. 이 무궁무진한 상상력의 보고이자 살아 있는 문화유산을 되새길 때만 개인의 일상에서 참다운 인간적 가치를 실현하고 근대적 삶의 의미와 한계를 성찰하는 지혜를 얻을 수 있을 것이다.

'창비세계문학'은 이러한 문제의식에서 출발한다. 세계문학의 참의미를 되새겨 '지금 여기'의 관점으로 우리의 정전을 재구성해야 할 필요성이 그 어느 때보다 절실하다. '정전'이란 본디 고정된 목록으로 존재하는 것이 아니라 그때그때 주어진 처소에서 새롭게 재구성됨으로써 생명을 이어가는 것이다. 우리는 먼저 전세계 문학들의 다양성과 차이를 존중하면서 국가와 민족, 언어의 경계를 넘어 보편적 가치에 기여할 수 있는 가능성에 주목하고자 한다. 근대를 깊이 성찰한 서양문학뿐 아니라 아시아와 라틴아메리카, 중동과 아프리카 등 비서구권 문학의 성취를 발굴하고 재평가하는 것 역시 세계문학의 지형도를 다시 그리려는 창비의 필수적인 작업이 될 것이다.

여러 전집들이 나와 있는 세계문학 시장에서 '창비세계문학'은 세계문학 독서의 새로운 기준이 되고자 한다. 참신하고 폭넓으면서도 엄정한 기획, 원작의 의도와 문체를 살려내는 적확하고 충실한 번역, 그리고 완성도 높은 책의 품질이 그 기초이다. 독서시장을 왜곡하는 값싼 유행과 상업주의에 맞서 문학정신을 굳건히 세우며, 안팎의 조언과 비판에 귀 기울이고 독자들과 꾸준히 소통하면서 진정 이 시대가 요구하는 세계문학이 무엇인지 되묻고 갱신해 나갈 것이다.

　1966년 계간 『창작과비평』을 창간한 이래 한국문학을 풍성하게 하고 민족문학과 세계문학 담론을 주도해온 창비가 오직 좋은 책으로 독자와 함께해왔듯, '창비세계문학' 역시 그러한 항심을 지켜나갈 것이다. '창비세계문학'이 다른 시공간에서 우리와 닮은 삶을 만나게 해주고, 가보지 못한 길을 걷게 하며, 그 길 끝에서 새로운 길을 열어주기를 소망한다. 또한 무한경쟁에 내몰린 젊은이와 청소년 들에게 삶의 소중함과 기쁨을 일깨워주기를 바란다. 목록을 쌓아갈수록 '창비세계문학'이 독자들의 사랑으로 무르익고 그 감동이 세대를 넘나들며 이어진다면 더없는 보람이겠다.

2012년 가을
창비세계문학 기획위원회
김현균 서은혜 석영중 이욱연 임홍배 정혜용 한기욱

창비세계문학 15

태양의 돌
라틴아메리카 현대대표시선

초판 1쇄 발행 / 2013년 6월 28일
초판 4쇄 발행 / 2024년 12월 17일

지은이 / 옥따비오 빠스 외
엮고 옮긴이 / 민용태
펴낸이 / 염종선
책임편집 / 심하은
펴낸곳 / (주)창비
등록 / 1986년 8월 5일 제85호
주소 / 10881 경기도 파주시 회동길 184
전화 / 031-955-3333
팩시밀리 / 영업 031-955-3399 편집 031-955-3400
홈페이지 / www.changbi.com
전자우편 / lit@changbi.com

한국어판 ⓒ (주)창비 2013
ISBN 978-89-364-6415-8 03870

* 이 책 내용의 전부 또는 일부를 재사용하려면
  반드시 저작권자와 창비 양측의 동의를 받아야 합니다.
* 책값은 뒤표지에 표시되어 있습니다.